이건숙 문학전집 15
빈 배를 타고 하늘까지

이건숙 문학전집 15

빈 배를 타고 하늘까지

1쇄 발행일 | 2022년 06월 20일

지은이 | 이건숙
펴낸이 | 윤영수
펴낸곳 | 문학나무
편집 기획 | 03085 서울 종로구 동숭4나길 28-1 예일하우스 301호
이메일 | mhnmoo@hanmail.net

출판등록 | 제312-2011-000064호 1991. 1. 5.
영업 마케팅부 | 전화 | 02-302-1250, 팩스 | 02-302-1251
ⓒ이건숙, 2022

값 15,000원
잘못된 책은 바꾸어 드립니다
지은이와 협의로 인지는 생략합니다
무단 전재 및 복제를 금합니다
ISBN 979-11-5629-141-1 03810

이건숙 문학전집 15

■

빈 배를 타고 하늘까지

이건숙 장편소설

문학나무

용감한 젊은이의 고백

이 장편은 월간 『창조문예』에 2005년 1월호부터 12월호까지 연재하여 그 다음해 창조문예 출판사에서 출간한 소설이다. 그 당시 쓴 작가의 말에는 자신이 좋아하는 삶을 찾아나선 한 젊은이의 고백이라고 했다.

현대인은 진짜 자신을 잊을 정도로 급변하는 사회의 물결에 밀려가고 있다. 그 물결에서 어떻게 빠져나오지도 못하고 동질화의 압력으로 자신이 누군지도 모르고 살고 있다. 자신이 진짜 가고 싶은 길로 못 가고 가정이나 환경에 얽매어 허우적이고 있는 셈이다.

하지만 인간이란 자신이 좋아하고 보람을 느끼며 가치가 있고 만족할 만한 일을 하면서 살 자격이 있다. 이러자면 큰 모험을 해야 한다.

지금까지 누려온 모든 자리에서 물러나야 한다. 재산도 명예도 그간 가졌던 기득권도 다 포기해야 한다. 이런 길은 용감한 자만이 갈 수 있고 깊은 사고와 성찰과 믿음이 없이는 갈 수 없는 길이고 선택이다. 대게 많은 사람들은 그런 용기와 자신이 없어서 그냥 물결에 휩쓸려 흘러가다가 자신이 지닌 달란트도 다 버리고 가치 없는 인생을 살고 나서 죽음의 자리에 이르러 회한에 빠지게 된다. 아마도 이게 인간이 동물과 다른 점일 것이다.

　작가란 자신이 쓰는 작품 속의 주인공에게 가장 창조적이고 바람직하며 꿈으로만 갈 수 있는 삶을 살게 할 수 있는 특권이 주어져 있다. 그렇게 등장한 인물이 이 소설의 주인공 닥터 정현종이다. 아마도 필자의 무의식 세계에서 이런 삶을 원하고 있었는데 못 가서 작품 속에서나마 창조해낸 인물이라고 독자들이 봐도 된다.

　팔십 고개를 넘은 나이에 오래 전에 쓴 장편을 다시 퇴고하며 어려운 환경에서 자신이 원하는 삶에 도전한 닥터 정에게 박수를 보낸다. 한 번 태어나서 한 번 죽어야 하는 외길을 가는 인생을 용감하게 도전한 젊은이가 이 나이에도 얼마나 멋져 보이는지!

2022년 5월
신촌 서재에서
이건숙

차례

빈 배를 타고 하늘까지

1부

휘청거리는 만선滿船

1

　현종은 팔짱을 끼고 벽에 걸린 그림 앞에 섰다. 연한 색의 파란 하늘 속으로 물고기 세 마리가 꼬리와 지느러미를 세우고 힘차게 헤엄을 치고 있다. 수평선 밑 짙푸른 물속엔 수십 마리의 새들이 앞장선 한 마리의 큰 새를 따라서 잠자리처럼 활짝 날개를 펴고 있다. 그는 깊은 추억에 잠겼다.

　'하늘엔 물고기, 바다엔 새들이라!'
　대형 유리창을 통해 감빛 저녁노을이 스며든다. 석양을 듬뿍 끌어안은 그림 속의 하늘과 바다가 신비하게 살아 숨을 쉬는 듯했다. 이 그림은 현종이 초등학교 4학년 때

전국미술대회에서 수상한 작품이다. 현종은 그 그림 속으로 빨려들어가서 세 마리의 물고기들과 함께 하늘 속을 힘차게 헤엄치다가 피식 웃음이 터졌다. '고정관념과 편견에 사로잡힌 사람들이 감히 생각도 못할 순수한 상상력을 높이 산다'는 심사평을 지금도 이따금 떠올려본다.

지난 6개월 간 결혼문제로 어머니, 송혜선 권사의 잔소리에 시달리던 중 떠오른 묘안이 너무 기발해서 스스로 생각해도 웃음이 터졌다. 이런 엉뚱한 생각이 무의식 세계에 자리 잡고 있는 유년시절의 아픔에서 나온 것이 아닐까 하는 대목에 이르자 머리를 살래살래 흔들었다. 의사란 이래서 문제다. 심리분석까지 시도하고 있으니 말이다. 어쨌든 지금 그가 하려고 하는 일은 가히 코미디감이다.

처음부터 계획하고 거기에 간 것이 아니었다. 다만 오랜만에 하루 쉬는 짬을 이용해 신문에서 떠드는 중고품 시장엘 돌아다니다가 돌발적으로 떠오른 아이디어다. 좋은 옷도 많았건만 하필이면 팔뚝이나 소매가 나긋나긋 닳아서 아무도 사가지 않을 그런 반코트를 집어 들었다. 되놈들의 찌든 소매 끝에서나 흘러내림직한 땟물이 더께로 내려앉은 코트는 걸인도 입지 못할 그런 옷이었다. 어린 시절 대문에 몸을 비비면서 구걸하던 문둥이가 떠올랐다. 고름이 말라붙은 옷을 대문에 비벼대면 문둥병을 옮길 것이 두려워 빨리 돈을 주기 때문이다. 이런 때면 어머니는 신발을 거꾸로 신고라도 뛰어나가 돈을 줘서 좇아버리지 않았던가. 그 시절 문둥이가 입었던 옷이 이랬을까. 요즘 거지는 지하도 입구에 엎드려 구걸하지 집집마다 돌지는 않는다. 그래도 그의 계획은 얼마나 기발한가!

국방색 반코트는 전쟁 때 입었음직한 추억으로 보관했던 것을 내놓은 모양이다. 추측하기엔 주인이 죽은 뒤 자녀들이 내다버린 것이 틀림없다. 해서 더 효과 만점이다. 그걸 사겠다고 하니 파는 사람도 눈이 휘둥그레져서 미안해했다.

"총각, 그건 쓰레기통에 버리려고 한 쪽에 밀어놓은 것인데 그걸 사서 무엇 하려고 그래. 쓸 만한 것들을 진열해 놓아야 하는데 너무 바빠서 그냥 몽땅 내놓고 정리하려던 참이야."

오십 중반의 몸피가 왜소한 주인여자가 미안해하면서 닥터 정의 손에서 더러운 외투를 앗아간다.

"아니에요. 제가 꼭 필요해서 사려고 합니다."

완강하게 옷을 잡고 놓지를 않으니까 주인여자는 의아해서 그를 한참 보더니 빙그레 웃었다.

"아하! 연극하시는 분이군요. 가끔 여길 찾아와서 육이오 전쟁을 재현할 옷을 구하는 연극배우들이 있어요. 젊은이도 그런 사람이구먼. 연극할 때 입으려고 그러지?"

"절 보고 연극배우라고요? 하하…… 맞아요. 연극배우

랍니다. 이 세상이 제 무대이니 인생을 연출하는 배우지
요."

"어쩐지 풍기는 멋이 특이했어. 내 눈을 속일 수는 없
지. 연극을 해도 주연급을 맡을 사람으로 보이는군. 내가
인심 썼다. 그냥 가져가. 나중에 연극표나 하나 주구려.
내 아들이 대학생인데 연극에 미쳐서 날마다 표 살 돈을
달라고 성화야."

여자는 낡고 빛바랜 국방색 반코트를 검은 비닐에 싸서
내민다. 만 원짜리를 주면서 이거라도 받으라고 했지만
여자는 막무가내로 손사래를 친다. 엉거주춤 그걸 한 손
에 들고 가발 파는 곳을 찾아 중고시장을 맴돌았다. 마침
가발 두 개가 헌옷 속에 묻혀 있어 끄집어냈다. 하나는 검
은색이고 다른 하나는 노랑머리다. 미군들이나 그들과 함
께 사는 여자들이 썼던지 아니면 젊은이들이 머리에 물들
이기 싫어서 뒤집어썼던 것이 분명하다. 아무래도 그에게
는 노랑보다 까만 가발이 어울렸다. 장발이지만 그건 문
제가 아니다. 가위로 삐죽삐죽 마구 잘라내고 땅바닥에
문질러서라도 더벅머리로 만들면 된다. 옆 좌판에서 군인
들이 신었을 목이 긴 구두를 샀다. 아직도 등산할 때 신을
수 있는 것이지만 구두코가 오랜 세월 부풀어 올라 까칠
한 것이 영락없이 군고구마 껍질 같았다. 그놈도 사서 비
닐봉지에 넣었다. 회색 낡은 바지도 허리 사이즈를 재보
고 사고 나니 그의 계획은 이걸로 족했다.

어느 날을 디데이D-day로 잡느냐가 문제다. 한낮은 곤란하고 어머니가 며느릿감으로 맞겠다고 강요하는 여자의 귀가 시간을 어느 정도 알아서 움직여야 한다. 아마도 으스름 땅거미가 내리는 저녁이 좋을 듯하다. 얼굴에 앙괭이를 그리자면 연극배우처럼 화장을 해야 한다. 생전 처음 화장품 가게에 들러 검은색과 회색의 아이섀도를 샀다. 만반의 준비를 갖춘 셈이다.

어머니가 준 강미도의 사진을 훑어보았다. 허리 상반신을 찍은 옆얼굴 사진과 활짝 웃으면서 정면을 보고 있는 사진을 꺼내 찬찬히 보니 밉상은 아니었다. 하지만 여자 얼굴만 보고 일생을 사는 것이 아니 잖는가. 지금까지 참으로 많은 사람들을 칼로 째고 수술을 했다. 환자들도 그 성품이나 인격에 따라 의사를 대하는 자세가 다르고 병을 견디는 마음도 성품에 따라 판이했다. 한 여자를 사랑한다는 것은 거죽만 보는 것이 아니고 그 안에 거하는 혼과 성품 그리고 인격을 보는 것이 아니겠는가. 어머니 말을 따른다면 시골에서 수퇘지를 암퇘지에게 몰고 와서 씨받이를 하는 것과 무엇이 다르단 말인가.

'나는 수퇘지가 아니다' 라는 외침이 목까지 치밀어 올랐다. 인간이 짐승처럼 조건을 맞춰보고 하는 그런 결혼은 노총각으로 일생 살면 되지 정말 싫다. 여자가 암퇘지가 아니란 걸 알기 위해서는 그가 계획한 방법으로 여자를 관찰하는 것이 제일일 것이란 확신이 들었다. 선배들 중 그 누구도 닥터 정처럼 결혼할 여자를 객관적으로 관찰하는 법을 가르쳐 준 이는 없다. 외과의사이니 칼로 째고 헤집어 안을 보고 수술하듯 강미도란 여자를 볼 수밖에 없지 아니한가. 현종은 두 발을 벌린 채 멍청하게 서서 피식 웃었다.

이제 그는 그림 속의 물고기가 아니다. 현실로 돌아와 있었다. 자신의 젊음을 바친 의사라는 직업이 이런 이상한 짓을 하게 만드는 것이 아닐까. 마치 실험용 쥐를 수없이 죽이고 가르고 꿰매었던 것처럼 호기심에 달뜬 계획은 머릿속에서 착착 진행되었다.

아침나절에 집도한 수술이 실패한 탓에 기분은 한껏 저기압이다. 포근한 날씨 탓인지 함박눈송이가 포도 한 알만하다. 수술 도중 숨을 거둔 사십대 중반의 남자가 현종을 우울하게 했다. 수술실 밖에서 기다리던 가족들의 울음소리가 귓가에 그렁그렁 매달리면서 메아리처럼 환청으로 남아 그가 걸음을 옮길 적마다 따라붙었다. 나는 왜 외과의사가 되어서 이런 아픔의 소용돌이 속에 있어야 하는가 하는 질문을 던져보며 눈을 창밖에 두었다. 매일 죽음과 삶의 경계선을 넘나들면서 산다는 것이 시간이 흐르면서 수용될 줄 알았는데…… 예민한 탓일까. 점점 짙어지는 회색빛 하늘이 영육 간에 우울하고 어둡게 파고들었다.

바깥의 풍경과 다르게 난방시설이 잘된 병원은 아늑하고 평온하다. 수술 도중 흘린 땀이 흥건하게 등에 고여 있어 옷을 갈아입어야겠다고 일어서는 순간 전화벨이 울렸다.

"너냐? 어미다. 너 오늘 저녁 7시에 선보는 거 잊지마라. 크리스마스 밤에 수술이라니. 쯧쯧…… 수술이 끝나면 그 뒤에는 한가하겠구나. S호텔 로비에서 만나자. 귀한 집 외동딸이라 아버지, 어머니, 할머니까지 총출동한다더라."

"알았어요."

잿빛 하늘만큼 칙칙한 가슴속으로 어머니의 목소리가 날 선 칼처럼 섬뜩하게 파고든다. 왜 귀하게 기른 딸을 상품처럼 내놓는 것일까. 적어도 결혼은 사랑을 전제로 하는 것인데 말이다. 동물이 짝짓기를 하듯 그냥 대를 이을 자식을 얻기 위해 하는 것도 아닐 테고…… 그는 천천히 창가로 다가갔다. 까치 두 마리가 눈발 속에서도 서로 사랑을 나누느라고 꽁지를 까부르면서 경쾌하게 나무 밑에 흩어진 잔가지를 쪼아댄다.

눈앞에 초린이 다가왔다. 어깨까지 늘어뜨린 검은머리가 가슴이 출렁거리도록 그의 마음을 사로잡았다. 호수처럼 맑은 눈이 그를 응시한다. 그러고 보니 초린을 마지막으로 본 지도 벌써 이십 년 가까운 세월이 흘렀다. 대학입시, 의과대학, 인턴과 레지던트를 거치면서 옆으로 눈 돌릴 시간이 없었다. 초린은 벌써 엄마가 되어서 아기를 안고 있을지도 모른다. 그런 여자를 여덟 살의 소녀 모습으로 이제야 떠올리다니…….

묘안을 빨리 행동에 옮겨야 한다. 그러고 나서 오랜만에 맞는 성탄휴일에 동네사우나에 가서 몸을 물에 담그기도 하고 늘어지게 사우나 안에 누워 배꼽언저리가 간지러울 정도로 초린을 생각해야겠다. 어머니 송혜선 권사는 닥터 정의 나이가 너무 많아 좋은 규수 얻기가 힘들다고 성화다. 남자 나이 서른이 뭐가 그리 많다고 어머니는 이토록 서두르는 것일까.

어머니의 주장은 다음과 같이 아주 논리적이다.

남자도 결혼할 시기를 놓치면 일생 고생하는 법이다. 좋은 여자를 얻으면 일생 풍작이고 악처를 얻으면 일생 흉작이니 남자의 일생에 여자란 아주 중요한 사람이다. 모래알처럼 수많은 여자들 중에서, 밤하늘의 별처럼 많은 무리들 가운데서 딱 한 여자를 골라 잡아야 한다. 지금처럼 정보가 쏟아져 나오는 시대에는 좋은 규수는 이미 대학시절 다 없어져서 고를 수가 없는 상황에 다행히 대화백화점 회장님의 외동딸, 강미도가 병원에서 그를 먼발치에 숨어서 여러 번 보고 반해서 혼자 좋아하고 있다니 선을 보라는 것이다. 요즘은 의사도 인기가 없어 좋은 규수감 고르기가 어렵다고 아침 밥상머리에서 어머니는 호들갑을 떨면서 규수감을 칭찬하느라 입에 거품을 물었다.

강미도라. 대학졸업반이면 스물세 살 정도 되었겠구나. 더구나 대화백화점이라면 호텔까지 달린 대형 기업이 아닌가. 전국적으로 문어발처럼 많은 체인도 가지고 있는 부잣집 외동딸이 하필이면 의사인 현종을 왜 택하는 것일까. 어머니가 왼쪽 눈을 끔뻑 윙크하면서 아주 의미심장한 한 마디를 했다.

"사위를 위해 대형종합병원도 하나 차려준다고 하더라. 아들도 없이 그 딸 하나인데 그 많은 재산을 다 어디에 쓰겠니. 우리도 가진 재산이 많아서 그런 것 필요 없다고 했다만 재산은 많을수록 좋은 게 아니겠니. 우리나라의 손꼽는 재벌들은 거죽만 커 보이지 은행 빚과 외채가 많아서 진짜 부자는 드물단다. 그런데 이 집이야말로 알부자다. 반석처럼 굳건하게 뿌리를 내린 재산이라고 하더라."

"어머니는 며느릿감의 인격이나 심성은 보지 않고 돈만 보세요? 제가 먹을 것만을 탐하는 수퇘지가 된 것 같잖아요. 저는 돈하고 결혼할 마음이 없는데요."

"이 녀석아! 우선 거죽을 보고 그 다음 만나서 속을 보면 된다. 그건 네 몫이다. 집안이 좋으니 자식도 잘 길렀을 것이다. 사람이란 자신이 살고 있는 환경의 지배를 받는 법이다."

"조건이야 어떻든 제가 사랑하는 여자하고 결혼할 것입니다. 물건처럼 좌판에 내놓은 여자는 싫어요. 더구나 우리 집 재산이 그렇게 많은데 왜 돈, 돈……돈타령을 하세요."

"쯧쯧…… 넌 인생을 모른다. 여자란 만나서 살아보면 다 그런 거다. 옛날엔 선도 보지 않고 결혼해서 잘만 살았다. 요즘에 사랑이니 뭐니 하고 매스컴에서 난리를 치니까 모두 사랑을 그렇게 해야 하는 것으로 알고 있어 문제다. 넌 내 말대로 해라. 사랑을 먹고 사는 것이 인생이 아니다. 사랑은 짧지만 인생은 길단다. 너처럼 공부만 한 녀석이 여자를 고를 재주도 없으면서 말이 많구나."

송 권사는 아들이 자랑스러워 죽겠다는 듯 어깨를 으쓱거렸다. 따지고 보면 이 모자母子 간의 싸움은 대학입시를 앞둔 가을부터 시작되었다. 입학시험 전에는 완전히 엄마의 치맛자락에 휘감겨 꼭두각시처럼 하라는 대로 살아왔다. 의대에 간다고 했을 때 어머니는 쌍수를 들고 반대했다. 어머니 혼자 운영하고 있는 회사도 그를 목마르게 기다리고 있는 판에 힘든 의사공부는 무엇 때문에 하느냐고 무척 역정을 냈었다. 그러나 현종은 의사가 되기로 결심하고 어머니와 대결하면서 공부를 마치지 않았던가. 의사가 되겠다는 꿈은 초등학교 시절부터 아주 강하게 그의 머리에 각인된 것이다. 그건 소명과 같은 것이라고 늘 생각했다. 어렸을 때 죽은 누나, 효숙이와 병으로 일찍 돌아가신 아버지 때문이다.

어제 준비한 것들로 거사를 치르자면 오늘 선보는 시간을 뒤로 미뤄야 한다. 닥터 정은 급히 수화기를 들었다.

"어머니! 그 처녀에게 전화해서 밤늦게라도 만나자고 하세요. 오늘 저녁 신장을 이식하는 대수술이 갑자기 잡혀서 제 시간에 못 나가요. 의사란 환자가 생기면 꼼짝 못 하는 걸 엄마도 아시지요?"

"아이쿠! 그래. 네가 그래도 거절하지 않고 만난다고 하니 기쁘구나. 미루는 거야 지금 전화하면 되지."

"강미도가 살고 있는 집주소를 아세요?"

"그야 물론이지. 내가 중신아비에게 받아둔 것이 있다. 방배동 부자들이 모여 사는 동네라고 했거든."

"제가 수술 끝나는 즉시 그 여자에게 연락해서 혼자 만날 거예요. 그러니 어른들은 나오지 마세요. 그 집으로 직접 가려고 해요."

어머니에게서 쉽게 주소를 받아낸 것이 닥터 정을 기쁘게 했다. 이제 슬슬 작업을 시작하면 된다. 그나저나 이 옷들을 입고 어떻게 집을 빠져나가느냐가 문제다. 아참! 그건 간단했다. 자동차를 한가한 곳에 세워놓은 뒤에 가장을 하고 그 집까지 걸어가면 되는 것이다. 어제 산 것들이 트렁크에 그냥 있으니 차 안에서 모든 걸 처리하면 된다.

2

얼굴에 앙괭이를 그리고 선글라스를 썼다. 사람들이 모

두 찬사를 아끼지 않는 그의 총명하고 빛나는 눈을 볼 수 없도록 말이다. 가발을 적당히 가위로 마구 처내고 코끝이 군고구마 껍질처럼 조글조글한 구두를 신었다. 백미러에 비친 그의 모습은 영락없는 거지였다. 그것도 정신질환에 걸렸거나 아니면 알코올중독자로 보기 십상이다. 아니면 마약에 중독되어서 뇌에 이상이 생겼을 것이라고 상상도 할 수 있는 몰골이었다. 도둑촌이라고 알려진 부자촌으로 들어가기 전에 밀집해 있는 연립주택 한 귀퉁이에 차를 세우고 어둑해질 무렵 닥터 정은 자가용에서 빠져나왔다.

희미한 외등을 등지고 강미도의 대문 앞에 섰다. 고급 돌들로 장식한 돌담 위에 철조망이 드높다. 개 조심이라고 대문 앞에 써 붙인 것을 보니 도사견이라도 몇 마리 풀어놓은 것일까. 안에 쌓아놓은 것이 얼마나 많으면 집을 지키려고 야단일까. 거기 갇혀 사는 강미도란 여자는 어떤 성품을 지녔을까. 이 집처럼 그녀의 거죽도 수십 겹의 베일을 뒤집어쓰고 있는 것이 아닐까. 너무 많은 베일을 써서 본모습을 어스름한 저녁 외등 불빛으로 잘못 볼 수도 있을 거란 생각에 이르자 닥터 정은 선글라스를 벗어 눈을 문지르고 나서 다시 안경을 썼다. 밤 9시가 넘었으나 아무도 그 집을 드나드는 사람이 없었다. 우뚝 선 거대한 고성이 신비한 베일에 싸여 있듯 그렇게 강미도의 집은 닥터 정 앞에 버티고 서 있었다. 밤이 되니 기온이 급격히 떨어지면서 눈발이 듬성듬성 흩날리다가 그쳤다. 찬 바람이 코끝이 시리게 파고 들어와서 더 이상 밖에서 버티는 것이 힘들었다. 천천히 뒷걸음질해서 차 안으로 들어갔다. 어떻든 그녀를 만나야 한다. 어머니의 성화에서 벗어나자면 나름대로 강미도에 대한 평가를 내려야 하기 때문이다. 무슨 일이 있어도 성탄 전야에 맞선을 봐야 하는 임무는 반드시 수행해야 한다.

의학은 완성된 학문이 아니라 끊임없이 정보의 물결을 타고 변하는 학문이다. 대학을 나오고 4년을 그냥 지내면 고등학교 출신이 되고 또 3년을 안방과 부엌과 시장만을 오가는 생활을 하면 중학교 출신 정도로 추락한다고 한다. 그만큼 정보사회 물결은 엄청나게 밀려오고 있다. 그 중에서 제일 변화가 많은 학문이 의학이 아닐까. 그것도 칼을 들고 직접 인간의 몸을 째는 외과는 가장 변혁의 물결이 심한 분야다. 인생은 나그네길이라고 하는 말을 많이 들었다. 외과 전문의가 되려고 공부하면서 닥터 정은 이 길이야말로 정말 미지의 세계를 향한 나그네 길임을 실감했다. 마치 처녀림을 정복하듯 연구할 것도 많았고 세계의 많은 석학들이 힘을 다해 연구하면서 개척해 놓은 정보를 캐야 하는 분야다. 결혼하지 않고 온전히 이 분야에 몸과 시간을 투자해도 모자랄 지경이었다. 그는 특히 신장이식에 관심이 많았다. 그건 돌아가신 아버지가 신장이 나빠서 오줌독으로 얼굴이 검어졌고 나중에는 복수가 차서 날마다 끙끙 앓다가 돌아가셨기 때문에 그런지도 모른다. 아무튼 그는 외과의사 그것도 신장전문의 분야를 열심히 하고 있다. 하지만 집도를 할 적마다 밀려오는 긴장감과 두려움이 어쩌면 훗날 사랑하는 여자를 만나 결혼함으로 사라질 수 있고 인생의 보람을 느낄 수도 있을지 모른다는 기대감에 여자에 대한 막연한 그리움을 안고 살고 있다.

언덕에 위치한 강미도의 집 근처에서 아래 도심지를 내려다보니 온통 하늘의 별들처럼 불빛이 찬란했다. 크리스마스가 다가오면 언제나 도시는 화려하게 옷을 입는다. 벌거벗은 나무까지 밤에는 요란한 치장을 한 요염한 창녀로 변신해서 번쩍이는 옷을 입고 사람들의 기분을 들뜨게 한다. 예수의 생일이 다가오면 사람들은 주머니의 돈을 몽땅 털어서라도 세상을 요란하게 옷을 입힌다.

바깥바람이 너무 차서 차안으로 들어가 시동을 켜고 몸을 녹였다. 가위로 마구 잘라낸 가발을 벗어서 다시 점검했다. 오랜 세월의 흐름으로 빛바랜 가발은 군데군데 퇴색한 회색 빛깔이 얼굴의 버짐처럼 더러웠다. 백미러를 보면서 얼굴의 앙괭이를 다시 고쳐 칠하고 선글라스를 썼다. 구두까지 다시 점검했다. 누가 봐도 영락없는 노숙자, 알코올중독자 행색이다. 호텔 커피숍에서 9시에 만나자는 걸 강미도의 집 앞에서 만나기로 했다. 이제 곧 그녀가 대문 밖으로 나올 것이다.

한겨울의 칼날 같은 바람이 부자들의 골목에도 어김없이 불어왔다. 난방생활에 길든 닥터 정에게 이런 바람은 무리다. 운동할 시간도 없고 먹는 것도 수술 중에는 하루종일 꼬박 거른 적도 있어 건강이 말이 아닌데 이런 바람은 그의 몸을 칼날로 난도질하는 듯했다. 흐릿한 가로등이 추위로 오그라든 듯 졸음 오는 빛을 발한다. 대문이 열리더니 두런거리는 남자들의 음성이 들렸다. 현관불도 켜지고 대문의 외등도 강렬한 빛을 발하도록 도수를 높여 사방이 대낮처럼 환해졌다. 닥터 정은 옆집 대문에 몸을 착 붙이고 숨어서 저들을 지켜보았다.

"저희들이 연락을 할 테니 아가씨는 들어가 계세요."

"괜찮아. 여기서 만나 동네 커피숍으로 가자고 했으니 내가 직접 만나야지."

"그래도 이런 밤 저희들이 보디가드를 서야 하는 것 아닙니까? 지랄 같은 크리스마스 때문에 나쁜 놈들이 길에 깔려 있어요. 커피숍까지 미행하면서 경호하겠습니다."

"만날 사람이 남자니까 보디가드보다 더 힘이 셀 거야. 그것도 의사라 다치면 잘 고쳐줄 테니 걱정하지 말라니까."

"아가씨 학교 다닐 적에도 저희 두 사람이 항상 보디가드 선 걸 잊으셨어요. 어쨌든 저희들은 임무수행을 완벽하게 다해야 합니다."

"글쎄 귀찮다니까 왜 이렇게 야단이야. 오늘 나 데이트 하는 날이야. 연애하는 거라고. 둘이 오붓한 시간을 가지고 싶어. 그러니 제발 귀찮게 나대지 말고 들어가 있어. 사고라도 나면 내가 휴대폰으로 연락할 테니까."

한참 옥신각신하더니 보디가드들이 안으로 사라졌다. 대문 앞에 동그마니 혼자 서 있는 강미도에게 닥터 정이 다가갔다. 기겁을 한 그녀는 조촘거리면서 뒷걸음질을 했다.

"감옥에서 오늘 아침 출소했습니다. 갈 데가 없습니다. 도와주세요. 날은 이렇게 춥고 배가 고픕니다. 하룻밤 지낼 여관비라도 성스러운 성탄전야이니 적선하십시오."

"아니 이거 거지가 아니야. 재수 더럽게 하필 이 시간에 거지가 오다니. 돈을 구걸하려면 상점 쪽으로 가야지 이 부자촌에 와서 무얼 얻겠다고 이 난리야."

"이런 추위와 불황에선 저처럼 붉은 줄이 그어진 사람이 직업을 얻기 어렵습니다. 너무 배가 고프고 추워서 기절하여 얼어 죽을 것 같습니다. 집에 앓아누운 어머님이 계시고 아내는 산달이 가까운데 차가운 구들을 등지고 누워있고……."

앙괭이를 그린 손을 강미도의 코앞에 바짝 들이댔다. 환하게 켜진 대문 불빛에 드러난 여자의 치장은 눈이 부셨다. 밍크코트의 윤기가 잎을 몽땅 떨어뜨리고 벌거벗은 나무가 휘감고 있는 자잘한 전구들보다 더 찬란해서 눈이 부셨다. 귓불에 매달린 귀고리가 여자가 찡그리며 몸을 도사리고 언성을 높이자 현란한 빛을 발하며 흔들렸다. 그녀가 찬 손목시계가 눈에 들어왔다. 다이아몬드라도 박힌 것일까. 눈이 시렸다.

"가지고 나온 돈이 없으시면 시계라도 주세요. 그거라도 팔아서 크리스마스 밤에 식구들 따신 밥이라도 먹이고 싶습니다. 물건은 또 사실 수 있지만 죽음을 앞둔 저희 비천한 목숨들을 불쌍히 여겨주세요. 제발 이렇게 빕니다."

닥터 정이 두 손을 맞잡고 싹싹 빌기 시작했다. 순간 여자의 구두 발이 닥터 정의 발등을 짓이겼다. 새까만 부츠의 코가 쇼를 하고 있는 돌고래 주둥이처럼 번질거렸다. 뾰죽한 뒤꿈치가 어찌나 날카롭게 발등을 파고드는지 그는 몸을 부르르 떨면서 신음을 삼켰다. 여자의 바지 끝단에 구찌Gucci라고 찍힌 큼직한 검은 영어 활자들이 현란하게 불빛에서 살아났다.

"사람 살려! 강도다. 강도가 날 죽이려고 해."

강미도의 기함이 부자촌을 뒤흔들었다. 그와 동시에 그녀의 발길질이 보기 좋게 닥터 정의 턱을 걷어찼다. 아마도 이런 경우를 대비해서 호신술을 연마한 모양이다. 우당탕 보디가드들이 뛰어나오는 소리도 들렸다. 흘끔 뒤돌아보니 그들의 몸이 어찌나 민첩한지 한 방만 맞아도 목뼈가 으스러질 듯했다. 닥터 정은 무조건 뛰기 시작했다. 이런 경우를 미리 예상하여 대피장소를 알아둔 것이 다행이었다.

　부잣집의 아들도 없는 외동딸이라지만 보디가드까지 동원할 줄은 미처 몰랐다. 옆 골목은 공터고 거기에 있는 작은 둔덕이 몸을 숨기기에는 안성맞춤이었다. 두 사람의 보디가드들은 엉뚱한 방향으로 내닫고 있었다. 닥터 정은 서서히 가발과 안경을 벗어 코트 주머니에 찔러 넣었다. 반코트도 벗어서 뒤집어 팔뚝에 걸치고 차를 세워 놓은 부자촌 입구를 향해 털레털레 걸었다. 전신에 암이 퍼져 엉망진창인 환자의 뱃속을 갈라놓고 바라보는 기분이었다.

　쓸쓸했다. 연극무대 위에서 내려오면 이런 기분일까. 한바탕 연극을 하고 환호하는 관객을 뒤로하고 혼자 어둠에 묻히는 기분이다. 강미도가 만 원짜리 지폐를 한 장만이라도 내주었다면……. 다정한 말 한마디를 던지면서 위로해 주었다면……. 냉골에서 얼어 죽어가는 노모와 산달을 앞둔 산모를 동정하면서 가진 것이 없으니 잠깐 기다리라고 말해 놓고 돈을 가져오겠다며 안으로 들어가기만 했어도……. 아아! 그랬었다면 그는 자신의 정체를 밝히고 함께 커피숍으로 향했으련만……. 둘이 손을 맞잡고 한바탕 배꼽이 빠지도록 웃으면서 얼마나 귀한 만남인가를 연발하면서 감탄했을 텐데……. 그녀의 피 속엔 단 한 톨의 겨자씨만한 사랑이나 동정심이 없었다. 아아!

이런 여자와 일생을 함께 먹고 자고 자식을 낳고 길러가면서 둘이 한 몸이 되어 산다는 것은 얼마나 끔찍한 일인가! 더구나 보디가드들이 항상 붙어 다닌다면 그건 지옥생활과 무엇이 다르단 말인가. 족쇄에 채인 꼴이 아닌가. 차를 몰고 큰길로 나왔다. 차들의 물결 속에 묻히면서 그는 초린의 여덟 살 적 얼굴을 떠올렸다. 지금 그녀는 어디에 있을까. 어떤 모습으로 변했을까.

말기 간암환자의 배를 갈라놓고 너무 많이 전이되었으니 췌장까지 들어내어 그 안쪽까지 메스를 대어 도려내야 할지 아니면 생명을 포기하고 그냥 덮어버려야 할지 심각한 기로에 선 기분이 이랬었다. 더구나 강미도의 눈에서 뿜어내던 경멸에 찬 눈빛이 그의 뇌리에 각인되어 버렸다. 그건 도저히 지울 수 없는 무서운 눈이었다. 외등 밑에서 파르르 떨던 손가락은 또 어떠한가. 폐병을 앓고 있는 사람의 손이 이럴까. 병든 손이었다. 단 한 번도 일을 해보지 않고 치장만 한 손가락이 가늘고 여려서 마치 석고상을 보는 듯했다. 비너스의 손도 저렇지는 않을 것이다. 외과의사인 그의 눈에 비친 여자의 손은 죽은 사람의 손이지 살아서 피가 흐르는 손이 아니었다. 차고 단단하고 꽁꽁 얼어붙은 매몰찬 손이었다. 그 손을 잡았다면 분명 얼음이었을 것이다. 손톱에 칠한 팥죽색 매니큐어가 마귀할멈의 손을 연상케 하지 않았던가.

휴대폰이 방정맞게 울려 잡다한 생각을 흩뿌려놓았다.

"너 왜 거기 가지 않았니? 전화가 수없이 오고 야단이다. 너 진짜로 그 약속을 잊어버렸단 말이냐."

"어어…… 어머니. 거기 갔었는데 반기지를 않더라고요. 그 집 대문 앞에서 보기좋게 쫓겨났어요."

"너를 내쫓았다고! 무슨 소릴 하는 거냐."

"아하! 그럼 제가 다른 집 앞에 갔었나봅니다."

"넌 학교에서 공부만 했기 때문에 집을 제대로 찾아갈지 걱정했다. 내 추측이 맞았다. 그러게 내가 뭐라고 했니. 호텔 커피숍에서 만나라고 했지. 아무튼 전화 어서 끊어라. 내가 그렇게 말해서 그 집을 달래놔야지. 다른 집 앞에 서 있다 왔다고 하면 온 집안이 웃느라고 너만 바보 되는 거 아닌지 모르겠다. 오늘이 성탄 전야라 두 사람이 인연을 맺기에는 아주 무드 있는 밤이었는데 쯧쯧……."

어머니의 카랑카랑한 목소리가 귀청이 찢어지게 울리다가 뚝 끊어졌다. 그 순간 하필이면 아파트에 숨어사는 살색의 작은 개미들이 떠올랐다. 돋보기를 들이대야 보이는 그런 작은 개미들 말이다. 이 개미들이 가장 좋아하는 것은 마른 오징어다. 다리 하나만 놔둬도 한 군단이 됨직한 수많은 개미들이 어디서 그렇게 쏟아져 나오는지! 수백 마리의 개미들이 줄을 이어 총동원되어 출몰하는 걸 몇 번 실험해 본 적이 있었다. 참으로 신비로운 것은 개미가 있는 곳에 바퀴벌레가 없다는 점이다. 바퀴벌레로 고민하던 친구녀석은 아파트의 살색 개미들을 잡아서 병에 넣어 가지고 갔다. 제 몸의 수백 배가 될 바퀴벌레도 개미들의 집단전술에는 꼼짝 못하는 모양이다. 아마도 강미도가 개미라면 그는 바퀴벌레가 아닐까. 전혀 어울릴 수 없는 부부가 될 테니 말이다.

3

어머니가 정성을 다해 싸 보낸 도시락을 시간을 아끼기 위해 선채로 뚝딱 먹어치운 닥터 정은 오후 2시에 집도할 환자의 병실에 들렀다. 10년 간 앓은 콩팥이 회복 불능상태로 약화되어 간까지 나빠진 만성신부전증 환자다. 얼굴은 물론 팔뚝까지 시들은 배춧잎처럼 누렇게 들뜨고 검은 기운이 감돌았다.

신진대사로 생성되는 혈액의 노폐물이 문제다. 이걸 소변으로 내보내는 필터역할을 맡은 콩팥이 제 기능을 못하니 몸에 독이 가득 차서 팔뚝과 발등까지 흑인처럼 검었다. 혈액 투석도 더 이상 할 수 없을 정도로 죽음을 앞둔 상태에서 딸이 주는 신장을 받아 수술하기로 되어 있는 환자다. 수혜자는 의료비도 감당하기 어려운 생활보호대상자인고로 레지던트인 닥터 정에게 손수 집도할 수 있도록 기회가 주어졌다. 의사의 친척이거나 돈 많은 사람, 혹은 명성 있는 환자들이었다면 어찌 감히 레지던트가 책임진 수술을 하겠는가.

닥터 정은 혈액형을 비교하고 조직적 합성평가를 포함한 여러 가지 수치를 적어놓은 차트를 꼼꼼하게 훑어보았다. 장기기증자와 수혜자의 이식 가능성 여부를 판단하는 상호검사는 수술 전에 면밀하게 조사하여 이미 오케이가 난 터이지만 다시 한 번 더 검토했다. 닥터 정은 신장이식의 권위자인 김기수 교수의 장기이식팀에 끼어 지금까지 수많은 수술을 지켜보고 배우면서 도와왔다. 그러나 이번엔 외과의사로서 난생 처음 직접 집도하고 김기수 교수는 지켜볼 뿐이니 아무래도 버거워 잔뜩 긴장이 되었다. 바로 옆방에서 떼어내어 아직도 온기가 있는 콩팥을 넘겨받아 이식수술은 순조롭게 진행되었다.

언제나 수술할 적에는 긴장하게 된다. 솔직히 말해서 의사에게 완벽을 기대하는 것은 온당치 못한 일이다. 특히 외과의사에게 요구할 것은 완벽이 아니라 완벽을 향한 끊임없는 노력이어야 한다고들 한다. 환자들만의 특이구조는 배를 열어봐야 알기 때문에 자기 전문분야인 수술만 반복해서 많은 경험을 쌓은 뒤에야 특정 상황에 처해도 당황하지 않고 기계처럼 능숙하게 수술할 수 있다. 이러기 위해 수없이 같은 수술을 반복해야 한다. 신동맥과 신정맥을 이식된 신장에 연결하고 혈관감자를 풀자 희끄무레하던 신장에 핏기가 돌기 시작했다. 소변이 요관에서 흘러나와야 한다. 수술팀은 10분을 조마조마한 마음으로 기다렸다. 긴장되는 순간이다. 죽음과 삶이 엇갈리는 찰나다. 모두의 눈이 요관 끝에 모아졌다. 소변이 뿜어 올랐다. 샘물처럼 주기적으로 오줌이 흘렀다. 리드미컬하게 뿜어 나오는 노란 액체를 바라보면서 수술팀들은 안도의 숨을 내쉬었다.

외과의사에게 필요한 자질이 무엇인가? 강의실에서 김기수 교수님이 하던 말이 떠올랐다.

'독수리의 눈을 가져야 한다. 그리고 사자의 심장을 소유하고 여자의 손을 가져야 외과의사가 될 수 있다.'

실감나는 말이지만 참으로 어려운 조건이다.

신장이식은 수술 뒤가 중요하다. 만약에 거부반응으로 동맥경화성, 폐쇄성 혈관질환이 오면 5년 이내 사망하는 경우가 30퍼센트에 이르기 때문이다. 사실 신장이식 그 자체의 성공률은 90퍼센트 이상이다. 의사들이 할 수 있는 수술은 성공적이지만 생명은 역시 창조주의 손에 있다는 걸 새삼스럽게 깨달을 적이 많았다.

신장을 받은 어머니는 중환자실에 누워 딸과 격리되어 있었다. 닥터 정은 먼저 신장을 이식한 어머니를 보고 난 뒤 장기기증자인 딸의 방엘 들렸다. 각박한 세상에 모녀 간이라도 어려운 일을 해낸 딸의 얼굴을 잠깐 들여다보고픈 호기심이 일었다. 너무 기특해서 의사로서 격려도 할 겸 말이다. 신장을 기증한 뒤 수술 후유증으로 복막이 약해져서 탈장이 되어 탈장수술을 하는 경우도 있다. 말이

쉬워 장기기증이지 복부를 절개하고 콩팥을 주는 것은 보통 일이 아니다. 지나치다 싶게 핏기가 없는 뺨에 파란색이 도는 환자가 천장을 향해 똑바로 누워있었다. 수액과 진통제가 주사선을 타고 팔로 들어가고 있었다. 환자는 약기운에 절어 푹 가라앉은 모습이다. 침대 머리맡으로 가만히 다가가서 여자의 맥을 짚었다. 가녀리게 뛰었다. 이런 약한 몸으로 신장을 떼어내는 수술을 받은 것이 무리가 아니었을까 하는 의구심이 들 정도로 건강이 좋지 않아 보였다. 침대 발끝 가드라인에 매달린 차트에 눈길을 던지는 순간 닥터 정은 하마터면 소리를 지를 뻔했다.

'홍초린 1978년 생'

초린! 세상에 이럴 수가! 초린이 여기에 누워 있다니 믿을 수가 없었다. 닥터 정은 얼굴이 붉어지는 걸 숨기려고 병실을 급하게 빠져나왔다. 홍초린, 홍초린. 담벽을 타고 흐드러지게 핀 넝쿨장미를 볼 적에도 문득 뇌리를 스쳤던 여자다. 아름다운 것을 볼 적이나 외로울 때 심지어 괴로울 적에도 영화의 스크린처럼 스쳐가는 여자, 초린은 맷골을 떠나면서 마지막 봤던 모습 그대로 항상 눈앞에서 알찐거렸다. 자신은 몸도 마음도 변해서 삼십 고개를 넘어서는 나이지만 초린은 아직도 어깨까지 내려오는 까만 머리에 빛이 뿜어 나올 정도로 초롱초롱한 눈을 지닌 조그마한 계집애다. 겁먹은 듯한 큼직한 눈망울은 어찌나 또랑또랑한지 마치 농익은 까마종이 알 같았다. 두 손을 가운 주머니에 찔러넣은 채 복도를 걸으면서 방금 본 초린을 떠올렸다. 머리가 긴 것은 옛날과 같았다. 하지만 앙상한 몸피가 도시락을 억지로라도 먹였던 유년시절처럼 마음이 쓰인다. 키도 크고 허리께까지 시트를 올려 덮고 누워있는 몸은 가슴도 볼록하고 허리의 곡선이 완연한 성인이었다.

자신의 방으로 돌아왔지만 아직도 가슴이 뛰었다. 레지던트 5년차 과정을 거의 마쳐 가는 그에게 환자를 보고 이런 설렘이 남아있었던가. 그가 걸어온 삶의 뒤안길을 되돌아보니 너무 각박하게 살아온 인생이었다. 지금까지 눈코 뜰 새 없이 살아오면서 삶이란 다 그런 거지 하면서 순순히 받아들이고 살아왔다. 그러나 그동안 그가 무엇을 잃고 있었는가? 의사로서 살아남기 위해 필사적으로 옆을 보지도 않고 얼마나 열심히 달려왔던가! 초린을 보고 난 뒤 처음으로 절실한 질문을 자신을 향해 던졌다.

나는 누구인가? 내 진정한 모습은 무엇인가? 이렇게 사는 것이 진짜 내가 앞으로 살아야 할 길인가? 지금까지 난 로봇처럼 감정이 하나도 없는 기계가 아니었던가. 진짜 나는 누구인가? 공부에 매달렸던 만큼 취미생활이나 정신적, 영적인 성장, 그리고 주위 사람이나 친구들에 대한 애정을 가졌던가? 병원이나 학교 울타리를 떠나 여유 있게 자신과 주위를 조감도를 보듯 바라볼 수 있는 여행을 한 적도 없었다. 자신의 행복을 위한 일이나 자신에게 이로운 것이 무엇인가를 생각한 적도 없다. 매일 기계체조선수나 수영선수처럼 수술에 능숙해지려면 반복적인 연습을 해야 한다는 강박감에 떠밀려 병실과 수술실을 무대 삼아 뛴 삶이었다. 운동선수들과 달리 외과의사는 연습대상으로 따뜻한 피가 흐르는 인간의 생명을 놓고 죽음과 삶을 넘나들기 때문에 언제나 긴장은 고조된다. 성공적인 수술 뒤에 오는 기쁨이나 새로운 외과기술을 익히고 만끽할 회열만을 따라 살아온 인생이 진짜 내가 갈 길인가. 내가 의사가 된 것은 생활수준을 전보다 높이려는 목표에서일까? 그건 아니다. 유년기에 죽은 누나, 효숙과 마흔 줄에 가버린 아버지처럼 아픈 사람들을 구하기 위해 의사가 되었다면 지금부터 내가 무엇을 해야 하는가. 인생의 황금기인 청년기를 허비한 뒤에 밀려오는 허무함은 무엇이란 말인가. 아무리 생각해도 닥터 정 자신은 지금까지 살아온 삶보다 감정적, 영적, 정신적으로 더 나은 기분으로 살아갈 자격이 있는 사람이라는 마음을 떨쳐버릴 수가 없었다. 이 모든 것은 초린을 만나면서 그의 내면에서 소용돌이치는 것들로 순간 여러 가지 생각이 그를 회오리바람처럼 휘감았다.

초린은 그보다 네 살이 어렸다. 커다란 구렁이가 똬리를 틀고 있는 듯한 산세의 아늑한 맷골에서 생활했던 유년의 추억이 그의 머리에서 넘실거렸다. 그녀와 함께 이

성호가 나란히 나타났다. 그 앤 지금 어디서 무엇을 하고 있을까. 의사의 길을 간다고 모두 기억 저편으로 밀어내고 이제야 자신을 직시하니 별똥별처럼 떨어져 나온 처지라 짙은 외로움이 치솟았다. 물론 생활의 변화와 환경 차이가 주요인이었다고 할 수 있다. 갑자기 부자가 된 어머니를 따라 도시로 나와 어머니의 소원을 붙들고 줄타기를 하듯 공부만 해온 인생이 아닌가. 어둔 터널을 지나는 동안 번개처럼 초린이 떠오르고 성호도 함께 살아났지만 저들은 꿈속의 장면처럼 흘러갔고 눈앞을 스치고 지나가는 영화관의 자막과 같았다.

다음날 초린이 누워있는 병실로 다시 갔다. 가슴에 달고 있는 이름표를 뒤집어놓았다. 붉어지는 얼굴과 두근거리는 가슴을 숨기려고 깊은 숨을 몇 번이고 내쉬었다. 6인용 병실이라 사람들이 많았지만 의사가 환자를 보러오는 것이니 관심을 가지고 지켜보는 사람은 없었다.

양쪽 옆구리 아래 좌우에 한 개씩 있는 콩팥은 10센티 길이의 강낭콩처럼 생긴 배설기관이다. 이걸 하나 떼어냈으니 얼마나 아플까. 맥을 짚는 것처럼 초린의 손을 잡았다. 유년의 숲에서 만졌던 작은 손이 아니었다. 험한 일을 했는지 손바닥이 까칠했다. 아직도 진통제 기운이 심한지 의사가 왔는데 미동도 하지 않고 눈을 감은 채 뜨질 않는다. 이따금 아픔을 참느라고 눈을 살짝 찡그린다. 그 표정에서 옛날 얼굴이 떠올랐다. 땡감을 따서 먹을 적의 표정이 그랬었다. 설익은 살구를 먹을 때 그런 얼굴이었다.

초린의 진료 넘버를 수첩에 적어가지고 병실을 나왔다. 그녀의 신상기록을 훑어보았다. 가막산 기슭의 맷골이라면 제천시 명도리라는 주소가 나와야 한다. 그런데 거기가 아니고 신림동 산꼭대기다. 가슴 한가운데로 싸한 바람이 분다. 어렵게 살고 있구나. 하긴 산골마을에서도 넉넉한 살림은 아니었다. 그 시절에도 끼니를 제대로 잇지 못했으니까. 어머니가 정성을 다해 싸준 도시락을 먹지 않고 그대로 가지고 있다가 개울가를 지날 적에 초린을 불러 앉히고 먹이지 않았던가. 처음 몇 번은 맛있게 먹더니 나중에는 먹지 않겠다고 억지 까탈을 부리면서 징징댔다.

"내가 거지인 줄 알아. 날마다 이렇게 도시락을 주면 어떡해. 처음에는 오빠가 먹기 싫다고 해서 먹어주었지만 그게 아니잖아. 날마다 도시락을 준다는 것은 내가 불쌍해서 그러는 거지."

"오늘은 배가 부른 것이 아니고 배가 아파서 그래. 설사하고 있거든. 아침에 먹은 고등어구이가 상했나봐."

"오빠가 뒷간에 가는 걸 한 번도 못 봤는데 거짓말하고 있어."

"넌 내가 화장실에 가나 안가나 그것만 보고 있었니?"

"나 이거 안 먹어. 오빠의 속셈을 내가 다 알아. 나 때문에 일부러 굶으면서 그러는 거."

"네가 먹지 않으면 이 도시락을 냇물에 버릴 거다. 난 먹을 수 없으니까. 집에 그냥 가지고 가면 울 엄마가 걱정하고 야단이 날 거야. 오빠를 위해 먹어줄 수 없겠니? 이렇게 빌게 날 도와주렴."

어쩔 수 없이 눈물이 그렁한 눈으로 그를 응시하면서 초린은 도시락을 까먹었다. 여우비가 지나가고 얼굴을 내민 햇살을 받고 그녀의 젖은 눈이 반짝였다. 다소곳이 머리를 숙이고 도시락을 먹던 그녀의 모습이 선명하게 뇌리에서 살아났다. 냇가 둑에 지천으로 자란 토끼풀이 꽃을 한창 피어 올려 밥을 다 먹은 뒤 토끼풀꽃으로 목걸이를 만들어 초린의 목에 걸어주었다. 팔찌도 만들어 손목에 채워주고 앙증맞은 작은 토끼풀꽃으로는 반지를 만들어 끼워주었다.

그 시절 초린은 초등학교에 갓 입학했고 그는 5학년이었다. 노란 달맞이꽃을 따서 양쪽 귓등에 꽂아주었다.

"이렇게 하는 것이 신랑각시 소꿉놀이야?"

"신랑각시놀이는 연지곤지 찍고 예쁜 옷을 입어야 하는 거야."

초린의 얼굴이 갑자기 새치름해졌다. 어젯밤에 현종 엄마가 초린의 집에 와서 어처구니 없는 말을 하면서 못을 박았기 때문이다.

'저 애들이 너무 가깝게 지내는데 우린 댁의 딸을 며느리로 맞을 마음이 조금도 없으니 행여나 그런 마음을 먹

지 말아요. 저렇게 둘이 좋아하고 학교도 꼭 붙어 다니지만 어림없는 일이니 그리 알아요.'

'현종을 내 사위로 맞을 마음이 눈곱만큼도 없어요. 어린것들을 놓고 별별 상상을 다 하시는구려.'

초린의 엄마는 화가 나서 더 면박을 주려다가 둘이 오뉘처럼 오순도순 지내는 것을 알면서 상처주는 게 싫었다. 발등을 덮는 앞치마자락으로 물 묻은 손을 닦으면서 딸의 등굣길에 부엌에서 나온 엄마가 딸의 귓가에 속삭이듯 현종의 엄마 눈에 띄지 않게 조심해서 놀라고 당부까지 한 걸 깜박 잊고 있었다. 초린이 몸에서 바람이 일 정도로 쌩하니 돌아서서 달아나기 시작했다. 학교에서 집까지 5리 길을 항상 동행해야 하는 것은 같은 동네에 살고 있기 때문이다.

"초린아! 왜 갑자기 그래. 내가 너 화나게 한 거니?"

"오빠 엄마가 우리 엄마 불러다가 야단쳤다. 나 같은 가난한 집 아이를 색시로 맞지 않겠다고 말이야. 피! 오빠네 집 뭐가 그렇게 부자라고 그래. 옷 보따리를 이고 산골을 돌면서 뭘 그래. 집집이 찾아다니는 장사꾼이면서 뭐가 그렇게 큰 부자라고 땅땅거려."

"우리 엄마를 내가 혼내줄게 같이 놀자."

꽁지가 새빨간 고추잠자리를 잡느라고 둘이는 책가방을 냇가에 팽개치고 이리저리 뛰어다녔다. 초린이 잽싸게 고추잠자릴 한 마리 잡았다가 불쌍하다고 그냥 놓아주었다. 그는 보리잠자리를 잡아서 장가보낸다고 꽁지를 잘라 내고 거기에 풀대를 꽂아 날려 보냈다.

"제발 그러지마. 얼마나 아프겠어. 왜 그렇게 잠자리를 아프게 해. 오빠도 다리를 잘라내면 아프지?"

화가 난 그녀가 다시는 현종과 놀지 않겠다고 선언해서 그런 짓을 절대로 하지 않겠다고 맹세를 할 정도로 너스 레를 떨어댄 적도 있었다.

그 시절의 그런 여린 마음을 지금도 초린이 지니고 있 을까. 폐쇄적이고 강퍅한 성품으로 변했을 수도 있다. 초 린의 거친 손을 보니 도시로 나와 무척 고생했다는 뜻인 데 그동안 마음도 인격도 다 황폐해진 것이 아닐까. 한나 절 햇살에도 사람이 변하는 시대가 되었다. 어린 시절의 고운 마음을 지금까지 지니고 있다고 어찌 말할 수 있겠 는가. 강미도보다 더 무서운 여자로 둔갑했는지도 모른 다. 지난번처럼 거지가 되어 찾아가 볼까. 생활보호대상 자가 되어 의사인 그의 앞에 나서는 걸 부끄러워할 수도 있으니 무턱대고 내가 바로 맷골을 떠난 현종이고 네 엄 마를 수술한 의사라고 나섰다가 20년간의 공백을 채울 수 없을지도 모른다는 두려움이 일었다. 유년의 숲을 헤 매고 있는 그에게 김 간호사가 다가와 어깨를 세차게 흔 들었다.

"닥터 정, 무슨 생각을 그렇게 깊이 하세요. 벌써 여러 번 인터폰을 넣어도 응답이 없어 제가 직접 왔어요. 과로로 쓰러져 잠이 드신 줄 알았어요."

"어! 또 급한 환자가 생겼나?"

"아니요. 형님이라고 하면서 간호사실에 와서 호령하시는 분이 있어요. 술이 곤드레만드레 취해서 말도 통하질 않아요. 나와 보세요. 우리 힘으론 역부족이니 힘이 드네요. 석 달 전에 와서 난동을 부렸던 바로 그 형님인 것 같은데 어쩌지요?"

형, 교종이 온 모양이다. 그는 심심하면 병원에 와서 돈을 뜯어간다. 집에서는 아예 내놓은 자식으로 알고 생활비 이외에는 일절 돈을 주지 않으니 빚을 잔뜩 얻어 마구 써버리고 동생인 닥터 정을 찾아와서 억지를 부리는 것이다. 닥터 정은 마지못해 멈칫거리는 마음을 숨기고 간호사실로 향했다.

"어어……너 어디 숨었었니? 네가 아무리 꼭꼭 숨어도 난 널 찾을 수가 있어. 하나뿐인 이 형님을 푸대접하는 것 아니다. 넌 이 형님을 하늘처럼 떠받들어야 할 이유가 있어. 이건 나만의 비밀이야. 그러니 나중에 후회하고 울고 매달리지 말고 지금 이 형님이 어려울 때 도와다오."

"또 돈을 달라고 온 것이지요. 왜 어머니가 주신 돈을 가지고 잘 쓰지 않고 늘 빚을 얻어 쓰고 절 찾아오세요. 형이 엄마에게서 받는 돈은 제가 이곳에 버는 돈 다섯 배가 넘잖아요. 그 돈이면 형수님과 조카들하고 풍족하게 살 텐데 왜 이래요. 어머님이 준 돈을 형수하고 잘 의논해서 쓰면 그 돈이 왜 모자라는지 이해가 가지 않아요. 그리고 집에서 이야기해요. 여기 오지 마세요."

형이 술집여자와 바람나서 얼레살풀고 있는 걸 그는 알고 있었다.

"형한테 동생이 따지는 법이 어디 있어. 얼마나 힘이 들었으면 여기까지 왔겠니. 그까짓 돈이 문제냐. 어머니가 돌아가시면 우리……어어……우리……그 많은 재산을……어어……."

닥터 정은 형, 교종의 손을 잡아끌어 될 수 있으면 간호사실에서 멀리 가려고 안간힘을 썼으나 그는 강제로 끌려가는 망아지처럼 두 발을 버티고 서서 움직이려 하지 않았다. 간호사들이 지켜보는 데서 횡포를 부려야 돈을 많이 뜯어낼 수 있다고 믿기 때문이다.

"얼마나 필요한 것인지 알아야 처리하지요. 석 달 전에 와서 가져간 돈으로도 모자랐단 말인가요."

"어머니에게 알리지 마라. 네가 알아서 처리해다오. 이번이 마지막이다. 한 번만 도와주면 이렇게 널 들볶지 않을 테니 하늘을 두고 맹세한다. 집에 가면 마누라가 얼마나 바가지를 긁는지 내가 살 수가 없다. 독사같이 무서운 마누라를 만나서 난 제 명에 죽지 못할 거다. 나더러 네 형수가 무능하다고 발광이다."

"어머니 회사에 나가서 일하면 되잖아요."

"일하나 안 하나 돈은 똑같이 주는데 무엇 때문에 나가서 고생하니. 난 일하는 거 싫어. 어머니 돌아가시면 어머니가 가진 재산만 파먹고 살아도 다 못 먹고 죽을 텐데 왜 내가 일을 하니."

"일하기 싫으면 먹지도 말라는 것이 어머니의 신조인 걸 알면서 왜 이래요. 제발 정신 좀 차려요."

닥터 정보다 여덟 살이 많은 형, 교종에게 닥터 정은 언제나 존경어를 쓴다. 형은 학교에 다닐 적에도 문제아가 되어서 늘 학교에 불려 다녔던 어머니는 형으로 인해 학교 문 앞에만 가도 주눅이 들었다. 될성부른 나무는 떡잎부터 알아본다고 어머니는 형을 아예 포기한 상태다. 그 반대로 막내인 현종이 학교에 들어가자마자 수석을 맡아 놓고 하니 그때부터 어머니는 등에 날개를 단 듯 목에 힘을 주었다. 이런 동생 때문에 교종은 늘 피해의식을 가지고 매사에 부정적이고 신경질적인 반응을 했다.

"너까지 날 무시하기냐? 나도 너에게 들이댈 엄청난 무기가 있다. 내가 한번 그 무기를 꺼내면 넌 끝장이야."

"늘 비장의 무기가 있다고 협박하는데 어떤 것인지 지금 내놓아 봐요. 어려서부터 나만 보면 밑도 끝도 없이 너스레를 떨어대는데 도대체 그게 뭡니까? 그게 핵무기요 뭐요? 지금 말해 보세요."

"그건 마지막 내 방패막이다. 머잖아 너와 내가 대결할 때 내놓을 것이다. 이렇게 시시하게 내놓을 것이 아니야."

형의 눈에서 무서운 독기와 증오가 강렬하게 뿜어 나왔다. 그알량 꼴량한 자부심이 그런 망상을 하게 만드는 것인지 형은 늘 그렇게 동생인 닥터 정을 협박했다.

4

대보름을 앞둔 도심지는 성탄절보다 더 풍성한 먹거리가 상점마다 넘쳤다. 밤, 호두, 잣과 땅콩이 지나가는 사람들조차 풍요로움을 느낄 정도로 수북했다. 시계를 보니 저녁 8시 30분. 그는 차를 천천히 신림동 쪽으로 몰았다. 지도로 확인한 결과 그녀의 주소지는 산동네라 차를 산 밑 유료주차장에 두고 더듬어 올라가야 한다. 초린이 퇴원한 지 한 달이 넘었으니 이 시간대에 모녀가 함께 집에 있을 것이 분명했다. 신림동 산꼭대기이니 좋은 주거지가 아니다. 분명히 달동네일 것이다. 저들의 입원기간 내내 닥터 정은 자신의 이름과 신분을 숨겼다. 그녀의 주치의가 아닌 것이 다행이었다. 초린이 자신도 현종이 의사가 되어 집도까지 했다고 생각할 리 없지 아니한가. 지도를 연구해서 대략 가는 길을 알아놓았으나 10시가 가까워서야 그 집 문 앞에 설수 있었다. 주차장에서 이 집까지 오는데 반 시간도 더 걸렸다. 셋방이라고 했으니 어느 방에 그녀가 살고 있는지 감을 잡을 수조차 없었다. 다행히 외등이 밝아서 주소를 확인하기는 좋았다. 강미도를 찾았을 때와 똑같은 거지복장으로 그 행색이 말이 아니었다. 두 번째라 이번에는 아주 능숙하게 변장을 잘 해서 진짜 불쌍한 거지행색이었다. 지난번 변장과 다른 점은 반백의 콧수염을 붙이고 벙거지를 뒤집어썼더니 늙은 노숙자처럼 보였다. 대문 어디를 봐도 초인종이 없었다. 납작한 기와집이 전쟁시절에 지었음직한 누추한 가옥이었다. 대문을 밀치니 힘없이 열렸다. 문간방 쪽을 향해 물었다.

"누구 안에 계십니까?"

맹인인 양 코허리까지 내려온 선글라스를 올려 쓰면서 대문을 두드렸으나 인기척이 없다. 발로 대문을 걷어차고 소란을 피웠더니 문간방 문이 열렸다. 심지를 박은 등잔불처럼 어둑한 방에서 초린이 나오는 것이 아닌가. 얼굴이 백짓장처럼 하얘서 파란 실핏줄이 외등불빛에 드러났다. 병색이 완연했다. 찬바람에 입을 오른손으로 틀어막고선 그녀는 밖에 서 있는 노인거지를 보고 대문 밖으로 나왔다.

"할아버지, 누굴 찾으세요? 날씨가 너무 춥네요."

"친척집을 찾고 있는데 늦은 시간이라 방향을 잡을 수가 없어요. 게다가 며칠을 굶었더니 배가 고파 죽을 지경입니다."

"어쩌지요. 쌀이 떨어졌는데 사러 나가지 못하고 있어요. 밥은 없지만 라면이 있어요. 이렇게 추운 날 속이 풀리도록 따끈하게 끓여드릴 테니 어서 들어오세요. 나이 드신 분이 이 추위에 얼마나 힘드세요."

닥터 정은 지남철에 끌리듯 조촘조촘 안으로 들어갔다. 부엌과 방이 함께 붙어있는 한귀퉁이에 그가 집도했던 환자가 누워있었다.

"누군데 이 추운 밤에 우리 집엘 왔니?"

"친척집을 찾고 있대요. 시장하시다니 라면이라도 끓여 대접하려고요."

"잘 생각했다. 이 동네 사는 사람들은 모두 가난하니 그렇게 대접해도 흉되지 않을 것이다."

셋이 앉으면 꽉 차는 공간에 무릎을 꿇고 앉아 방안을 살폈다. 이렇게 사는 사람이 아직도 대한민국에 있단 말인가. 길거리의 풍요는 다 어디로 가고 이런 가난 속에 사는 사람들이 아직도 이 나라에 있다니! 소인국에 들어선 동화책의 주인공처럼 그는 이상한 기분에 빠져들었다. 사과상자들을 벽을 따라 이어놓고 가장자리를 박지도 아니한 천으로 가려놓았다.

그래도 벽에 달력의 동양화를 오려붙인 것이 방 분위기를 아늑하게 했다. 닥터 정이 혼자 쓰고 있는 화장실만한 크기의 방에서 저들은 살고 있는 것이다. 자고 먹고 씻는 모든 일을 요 정도의 공간에서 다할 수 있다니! 방바닥은 냉골이었다. 환자가 깔고 있는 전기요가 이 좁은 공간의 난방장치 전부다. 들어오는 입구에 수도가 있고 거기서 빨래도 하고 세수도하는 모양이다.

닥터 정은 초린이 사는 것을 보면서 자신은 너무 많이 가졌다는 것을 통감했다. 자신이 사는 집은 냉장고를 열어도 먹을 것이 넘치고 거실이 너무 커서 탁구를 쳐도 될 정도가 아닌가. 너무 많이 배워서 머리도 넘치고 너무 많이 먹어서 영양도 넘치고 너무 많이 옷을 사서 옷장도 넘치고 이 추위에 너무 열을 높게 올려서 짧은 팔 윗옷과 반바지를 입어야 할 정도로 그가 타고 있는 배는 만선滿船이라 물 속에 가라앉을 것 같았다. 너무 무거워 침몰할 것처럼 물이 조금씩 넘쳐 흘러들어오는 삶이란 걸 통감했다.

"주소를 주시면 제가 찾아드릴 게요. 저도 이리로 이사 온 지 반 년밖에 되지 않았지만 할아버지보다는 나을 것 같군요."

작은 냄비에 물을 올려놓고 초린이 닥터 정에게 손을 내민다. 그는 움찔하면서 엉거주춤 일어섰다.

"제가 찾고 있는 집은 여기가 아니고 옆 동네인 것 같습니다. 이거 밤늦게 실례가 많았습니다."

"조금만 기다리세요. 배고프다고 하셨잖아요. 라면을 끓이고 있으니 잡숫고 가세요."

플라스틱 작은 상 위에는 깍두기, 라면 냄비와 물 한 잔이 전부다. 인공조미료의 강한 수프냄새가 짙게 방안을 채웠다.

"환자가 있으신 모양인데 이렇게 추운 방에서……."

벽면에 바짝 붙어 누워있는 환자가 한숨을 내쉬면서 기어들어가는 목소리로 말했다.

"이 넓은 도시에 우리 모녀가 몸을 의지할 공간이 있다는 것이 너무 행복하고 감사해요. 제가 몸을 추스르면 어서 나가 돈을 벌어 저 불쌍한 것 고만 고생시켜야 하는데, 이러고 있습니다. 작은 아파트까지 내 병 수발로 다 팔아먹고 가구까지 중고품 시장에 내다 팔았어요. 어미 목숨 살리려고 저 불쌍한 것이 으흐흑…… 게다가 날 살리겠다고 빚까지 얻고 흑흑……."

"처녀는 공장에서 일하나요?"

"전 어머니가 고생하면서 공부를 시켜 대학까지 나왔어요. 저 때문에 엄마가 너무 힘들게 살아서 저렇게 병이 났고요."

"그럼 일할 곳이 없어서 쉬고 있나요?"

"퀸 메리에서 일하고 있어요."

퀸 메리Queen Mary란 말에 닥터 정의 귀가 번쩍했다. 어머니의 회사가 아닌가.

"퀸 메리라면 여성 옷을 전문으로 만드는 회사가 아닙니까? 거기에서 무슨 일을 하세요?"

"디자이너 실에서 일합니다. 내일부터 출근할 겁니다. 제 적성에 딱 맞는 회사입니다. 우리나라에서는 가장 큰 여성 옷 전문업체지요."

"이렇게 더러운 옷을 입은 거지에게 인간대접을 해주시

니 정말 뭐라 감사의 말을 해야 할지."

"어려운 사람끼리 이렇게라도 돕고 살아야지요. 추운 날씨가 아닙니까. 할아버지, 너무 배가 고프면 또 오세요. 다음엔 밥을 지어드릴게요. 밤이라 어딘지 분간 못할 테니 제 주소를 드리지요."

노란 종이쪽지에 또박또박 쓴 초린의 글씨가 각을 또렷하게 빚은 송편처럼 예뻤다. 주소 말미에는 동그란 원 속에서 입이 찢어지게 웃고 있는 얼굴이 있었다. 두 눈을 질끈 감고 머리카락 두 올이 이마 위에 날리는 귀여운 그림이다. 그 짧은 시간에 주소를 쓰고 어떻게 이렇게 예쁜 캐릭터를 그릴 수가 있을까. 아아! 그러고 보니 초린은 디자이너라고 했지. 산비탈을 내려오면서 좀 전에 먹은 라면의 뜨거운 국물이 몸과 마음을 훈훈하게 했다. 그녀의 따뜻함이 혼까지 데우고 있어서 휘파람을 불면서 차의 시동을 걸었다.

닥터 정은 자신에게 큰 변화가 일어나는 걸 부인할 수 없었다. 초린의 집을 다녀온 뒤부터 그의 몸과 마음은 하늘을 나는 것 같았다. 아침에 눈을 뜨면 제일 먼저 초린의 얼굴을 천장에 그려봤다. 그러면 머리가 맑아지고 기분이 상쾌했다. 아침마다 눈을 뜨면 골이 띵하고 눈이 파이게 아팠는데 그 증세가 깡그리 사라진 것이다.

이제 어떻게 초린이를 자연스럽게 만나야 하는가가 문

제다.

이른 봄, 개나리가 노란 꽃봉오리를 터뜨리고 목련도 송편처럼 생긴 입을 삐죽 내밀 때 닥터 정은 퀸 메리를 찾았다. 도심지에서 조금 떨어진 곳에 지은 빌딩이지만 수송수단이 아주 편리한 지점에 자릴 잡고 있다.

입구에서부터 사람들로 붐볐다. 여기에 온 것이 언제던가. 아마도 의대에 입학한 뒤 한 번 와보고 이번이 두 번째니 어머니의 사업에 너무 무관심했던 것이 아닌가 해서 약간 미안한 마음이 들었다. 현관에서 그를 저지했다.

"무슨 용무로 오셨으며 누굴 만나기로 되어 있습니까?"

"전 이곳 회장님을 뵈러왔습니다."

"회장님이라고요? 어떤 일로 오셨습니까?"

닥터 정은 빙긋 웃으며 널찍한 현관홀을 살폈다. 새까만 투피스에 흰 블라우스를 입은 초린이 그가 서 있는 쪽을 향해 오고 있었다. 명찰에 홍초린이란 이름이 크게 다가왔다. 닥터 정은 약간 몸을 비틀어 얼굴을 가리고 곁눈질했다. 사십 대의 남자가 그녀의 뒤를 바짝 따라붙는다.

"홍초린 씨, 돈을 갚지 않으면 어떻게 되는지 알지요?"

여자는 돌아보지 않고 통통거리면서 엘리베이터 쪽으로 간다.

"어머님 수술하고 무척 어렵게 산다는 것을 압니다. 그러니 내 말을 따르세요. 도와주고 싶습니다. 환자가 냉방에서 어떻게 살 겠습니까?"

"제발 여기 오지 마세요. 밖에서 만나 대화를 나누자고요."

"이렇게 나오면 회사에서 행패를 부릴 거야. 우리말만 들으면 파리나 일본에 연수를 1년에 몇 번씩 보내준다니까. 우선 빚진 돈을 갚아야지. 매달 여기서 받는 돈을 다 내놓지만 이자도 안 되잖아."

초린이 무척 위축된 몸짓을 하면서 인상이 험한 남자가 주는 명함을 받아 쥐고는 엘리베이터를 타더니 잽싸게 문을 닫아버렸다. 넋을 놓고 두 사람의 대화를 듣고 있는 그에게 안내원이 딱딱거렸다.

"회장님하고 통화하시려면 이름을 대세요."

"아아……제 이름을 대라고요."

"이름도 없으세요. 어서 대세요. 지금 손님들이 많이 밀려와서 바빠 죽겠는데 무슨 손님이 이렇게 우물거리면서 사방을 살펴요."

안내 아가씨의 힐난에 그는 싱긋 웃으면서 인터폰을 빼앗았더니 마구 그의 손을 뿌리치는 것이 아닌가. 경비가 달려오고 현관 쪽이 시끌시끌했다.

"아니 왜 이렇게 소란스러워. 오신 손님을 잘 모시지 않고 입구에서 이러면 우리 회사 인상이 나빠지지 않니?"

어머니의 목소리다. 안내양과 경비들이 모두 머리를 숙인다.

"아니 현종이 아니냐. 네가 무슨 바람이 불어서 회사를 찾아왔니? 이거 해가 서쪽에서 뜰 일이구나."

송 회장이 아들을 더럭 껴안자 눈이 휘둥그레진 직원들이 두 사람을 지켜보았다. 갑작스러운 아들의 방문에 너무 감격해서 회장님은 종잡을 수가 없었다.

"레지던트 수련이 거의 끝나가니 이제야 어머니 생각이 났어요."

송 회장은 이렇게 말하는 아들이 너무 기특했다. 현종이 온 것이 긴가민가할 정도다. 남편처럼 의지하고 꿈을 걸었던 자식이 아닌가.

"이제라도 어미 생각이 난다니 좋은 소식이구나. 의사 하기 싫으면 언제라도 말해라. 겉으로 보기보단 이 사업이 무척 재미있단다."

"퀸 메리의 여성옷이 백화점에서 제일 인기가 있다고 들었어요."

"어머! 그거 어떻게 알았니? 듣기 좋구나."

닥터 정은 웃음을 삼키면서 창밖에 눈길을 던졌다.

2부
흑암의 카오스

1

청담동에 위치한 닥터 정의 집은 강미도의 방문으로 한
껏 들떠 있었다. 꽃집에 특별히 주문한 활짝 핀 가랑코에
화분들이 들어오는 입구부터 현관까지 빨갛고 노란색으
로 물결쳤다. 거실에는 계절에 관계없이 쏟아져 나오는
흑장미를 대형 소쿠리에 담아 벽난로 앞에 놓았다. 식탁
은 장차 이 집의 막내며느리를 맞을 마음에 들뜬 송 권사
의 솜씨로 상다리가 휘게 차려져있다. 바깥은 토우가 쏟
아져서 황토로 얼룩지기는 했지만 만물이 풍성할 것을 다
짐하는 듯했다. 황토바람이 어제부터 어찌나 거세게 불어
오는지 길에 나선 사람들은 모두 실눈을 뜨고 앞을 더듬
었다.

방정맞을 정도로 요란하게 울리는 전화를 받으러 송 권사는 물이 뚝뚝 흐르는 손을 닦을 생각도 않고 치닫는다. 그 뒤를 그림자처럼 의주댁이 따라붙는다. 오랜 세월 함께 살아온 탓인지 날렵하게 시중드는 의주댁의 민첩함이 두 여자를 한 몸처럼 보이게 했다.

　"아이쿠! 방배동 사돈어른이세요. 어서 오세요. 지금 기다리고 있어요. 우리 닥터 정이 지난번 호텔 커피숍에서 미도를 만나고도 워낙 병원일이 바쁜지 그 뒤에 단 둘이 오붓하게 만나 대화를 나눌 기회가 전혀 없었나 봐요. 우리 닥터 정은 내 말이라면 끔뻑 죽어요. 내 결정이 곧 그 애 결정이니 걱정 마세요. 그 앤 워낙 말수가 적고 수줍어하는 편이라 좋아해도 말을 못해요. 연애 한 번 못한 숫총각이라니까요. 외과의사라 날마다 연구에 바빠서 여자 만날 시간도 없을 정도로 지독하게 공부만 해요."

　저쪽 집에서 무어라고 말했는지 송 권사는 껄껄 웃어가면서 흔쾌하게 대응하고 있다.

　"따님이 아주 마음을 굳혔다고요. 우리 집으로 시집오겠다고 결심했다고요. 호호…… 저도 댁의 따님이 마음에 아주 쏙 들어요. 글쎄 처음 보는 순간 이 애가 내 며느리다 하는 생각이 척 들더라고요."

　송 권사는 이 봄이 가기 전에 결혼식을 올릴 예정으로 마음이 바빴다. 큰아들을 미워하는 마음이 역으로 작은아들에게 집착하는 것일까. 작은며느리를 데리고 살면서 행복한 순간들을 누리고 싶었고 또 그걸 눈엣가시 같은 큰 며느리에게 보여주고 싶었다.

강완경 회장부부는 금쪽 같은 외동딸이 행복해하는 것만으로도 만족해서 흐뭇한 웃음을 감출 수 없었다. 닥터 정이 하얀 의사 가운을 입고 활짝 웃고 있는 사진이 벽난로 위에 걸려있어서 미도는 황홀한 표정을 지으며 그 앞에 서 있다. 초등학교 입학식에 가슴에 손수건을 옷핀으로 매달고 토끼풀꽃을 귓등에 꽂고는 수줍은 미소를 짓고 있는 어린 시절의 닥터 정 사진 앞에서 미도가 어찌나 깔깔대고 웃어젖히는지 천장에 매달린 거대한 샹들리에 가장자리에 치렁치렁 달려있는 수정알들이 차르르 흔들렸다. 그녀는 1미터 70에 가까운 늘씬한 키에 새까만 긴 드레스를 입고 있어서 귀貴티가 물씬 풍겼다.

목요일 저녁은 닥터 정이 일찍 귀가하는 날이다. 일주일에 단 한번 이날은 일찍 집에 와서 머리도 깎고 사우나에 가서 땀도 빼는 휴식의 저녁인 셈이다. 돌아오는 길에 아예 이발소에 들려 목욕을 한 뒤라 개운한 기분에 휘파람을 불어가면서 집 앞에 오니 외등이 휘황찬란하고 대문 틈새로 보니 현관까지 이르는 돌계단이 가랑코에로 장식되어 있었다. 오늘 특별한 가족 행사라도 있는 날인가. 그는 잠시 걸음을 멈추고 생각해 보았다. 그의 생일도 아니고 아버지의 기일도 아니며 어머니의 생일도 아니다. 아하! 오는 주일이 부활절이니 아마도 주일학교 교사들이 모여서 삶은 달걀에 그림을 그리고 있는 모양이다. 어머니는 교회일 하는 것을 큰 기쁨이요, 자랑으로 알고 있다. 더구나 오는 손님들을 기쁘게 해주기 위해 이런 꽃 장식은 종종 있는 일이다. 그는 초인종도 누르지 않고 늘 몸에 지니고 다니는 열쇠로 대문을 따고 들어갔다. 흔쾌한 웃음소리가 밖에까지 새어나왔다. 조용히 들어가 현관 왼쪽에 나있는 계단을 올라 방에 들어가 누워서 텔레비전이나 봐야지 하는 마음으로 뒤꿈치를 들고 걸었다. 가만히 현관문을 여는 순간 새까만 드레스를 입은 미도의 눈과 마주쳤다.

"아하! 이제 오세요."

하긴 공식적으로 얼굴과 얼굴을 맞대고 보는 것은 지금이 세 번째다. 거지꼴을 하고 어둔 밤에 외등 밑에서 보기는 했지만 그 때는 성난 짐승처럼 하도 사납게 날뛰어서 일그러지고 독기 어린 표독스러운 모습이었다. 두 번째는 어머니 손에 잡혀 강제로 끌려나가 호텔 커피숍에서 묵묵히 앉아 있다 왔으니 깊은 대활 나눈 적이 없다. 은은한 샹들리에 불빛을 받고 서 있는 그녀는 요염하고 아름다웠다. 한껏 사랑스럽고 귀여운 미소를 지으면서 그의 앞에 다가왔다. 장인, 장모가 될 분들도 일어서서 그를 맞았다.

"이 시간에 들어올 줄 알았다. 너는 목요일 저녁에는 세상이 두 쪽 나도 집에 왔으니까. 해서 이 시간을 잡아서 네 장인 장모와 미도를 불렀다. 자, 자 어서 네 방에 올라

가서 편안한 옷으로 갈아입고 오너라."

어머니의 호들갑스러운 수다에 닥터 정은 잠시 멍청하게 저들을 바라보다가 장인, 장모란 말이 나오자 귓바퀴까지 열이 올랐다. 어머니는 내 인생까지 주무르고 있으니 난 어머니의 장난감이란 말인가. 마음이 무척 불편했으나 눈을 내리깔고 저들을 향해 정중하게 목례를 하고 이층 방으로 향했다.

"저것 보세요. 우리 닥터 정은 늘 저렇게 말이 없고 재미가 없어요. 그래도 진국이라고요. 호호…… 저러는 것이 더 매력적이지요. 우리 닥터 정 행동에 괘념치 마세요. 우리 미도가 거기에 반한 것 아니요. 시쳇말로 얼짱몸짱 미남에……호호……."

사지를 펴고 침대에 누웠다. 밖을 보니 벌써 땅거미가 짙게 내려와 유리 창문에 자신의 누운 모습이 어른거린다. 봄바람이 거세게 부는지 울타리를 따라 심은 나무들이 어지럽게 몸을 뒤채고 있다. 그 순간 파리하게 침대에 누워 있던 초린의 모습이 스쳤다. 거지노인 행색을 한 그를 따뜻하게 맞아주던 화장기 없는 얼굴, 어머니의 회사 퀸 메리 현관에서 긴 머리를 늘어뜨리고 가녀린 새처럼 할딱이던 가여운 얼굴이 또렷하게 다가왔다. 그녀를 향한 마음이 저리도록 다가와 가슴이 울렁거렸다. 그때 방문을 노크하는 사람이 있었다.

"들어가도 돼요? 저 미도예요."

닥터 정은 누운 채 문을 향해 말했다.

"조금 쉬었다 내려갈게요."

"들어갈게요. 저도 할 말이 있어서 그래요."

"아니요. 옷을 벗었으니 들어오지 마세요."

닥터 정은 그렇게 말해 놓고 유리창을 향해 돌아누웠다. 커다란 통유리 위에 흐릿하고 희미하게 여자의 전신이 나타났다. 앗! 초린이 나를 찾아온 것일까. 깜짝 놀라 일어난 닥터 정은 옆을 보았다. 미도가 서 있었다. 불끈화가 치밀었다.

"내가 그렇게 말했는데도 이렇게 들어오면 어떡해요."

"모두 식탁에 둘러앉아 기다리고 있어요. 당신 어머님이 저를 올려보내서 어쩔 수 없이 이렇게 왔는데……."

그녀의 얼굴에는 조금도 당황하는 기색이 없었다. 오히려 장난기가 서려있는 웃음을 삼키고 있었다. 부모들이 소개하여 만난 많은 남자들은 모두 그녀 앞에서 쩔쩔맸다. 환심을 사려고 허리가 휘도록 절을 하고 구린내가 나도록 굽실거렸다. 그러나 닥터 정은 당당하고 무뚝뚝하면서도 기개가 있었다. 그런 그가 걷잡을 수 없을 정도로 그녀의 마음을 사로잡았다. 닥터 정은 턱으로 어서 나가달라고 재촉을 하고는 농문을 열었다. 옷을 갈아입겠다는 시늉을 했다. 그래도 꼼짝 않고 있다가 다가오더니 어떤 옷을 입겠느냐고 이것저것 골라잡는 것이 아닌가. 마치 벌써 아내라도 된 듯한 행동이다.

"나가주세요. 전 이러는 거 싫어요."

"노총각은 다 그래요. 혼자 사는 것이 편하고 구속받고 싶지 않아서요."

"그런 걸 처녀가 어찌 알아요?"

"결혼한 친구들이 그렇게 말해요. 잡지에서도 읽었고요."

닥터 정은 강제로 여자를 문 밖으로 보내놓고 정말 대책 없는 여자로구나 하는 생각을 지울 수가 없었다.

둥근 식탁에 둘러앉은 두 집안 식구들이 나누는 화기애애한 대화로 거실 안은 기쁨과 평안함이 무르익었다. 송 권사의 특기인 녹두부침과 가자미 식혜가 인기다. 그리고 평양에서 태어난 송 권사의 꿩고기를 꾸미로 얹은 냉면 맛 또한 대단했다.

"우리 두 집이 하나가 되면 우리나라 여성 옷 계를 거머쥘 것입니다. 국내에 제가 가진 백화점이 열군데도 넘으니 퀸 메리의 모든 물품을 저희 백화점이 몽땅 흡수할 것입니다."

강완경 회장의 말에 송 권사는 넉살좋게 까르르 웃으면서 응수했다.

"감사합니다. 지금도 판로에는 문제가 없습니다. 아주 유능한 디자이너들이 우리 회사에 있어서 우리나라 패션계를 힘 있게 끌어가고 있습니다. 이제 대화백화점에까지 판로가 트이면 금상첨화로 일파만파의 파문을 일으킬 것이고 우리 제품이 더욱 빛날 것입니다. 감사합니다."

그러자 강 회장의 부인도 거들었다.

"퀸 메리를 세계적인 회사로 키울 수 있어요. 우리 백화점은 로스앤젤레스나 뉴욕, 시카고까지 판매망이 퍼져 있어 퀸 메리 제품이 함께 들어가면 됩니다. 지금 파리나 영국까지 뚫고 들어가려고 많은 직원들을 파견했는데 예상외로 성과가 좋습니다. 놀라운 일은 중국이 가장 큰 시장으로 다가오고 있어요."

그녀의 말에 송 권사가 손뼉을 치면서 좋아했다.

"중국 시장은 저도 뚫고 들어가려던 참인데 참 잘 되었네요. 우리 함께 판로를 개척합시다. 그 사람들에게 맞는 옷을 디자인해서 팔아야지요. 중국은 인건비가 싸서 디자인은 우리나라에서 하고 제품을 만드는 일은 중국에 공장을 세우면 인건비를 줄이고 단가를 낮출 수 있습니다."

저들의 이야기는 모두 사업적인 것이었다. 입을 다물고 음식만 먹고 있는 닥터 정이 안쓰러웠는지 강완경 회장이 그윽한 눈으로 사윗감인 닥터 정을 바라보면서 물었다.

"결혼한 뒤에 우리 딸을 집에만 두는 것은 아니겠지. 우리가 지금 신도시에 백화점을 하나 오픈 하는데 우리 애를 거기 책임자로 앉힐 예정이야."

그의 말을 받아서 송 권사가 말했다.

"우리 회사도 미도가 맡아야지요. 전 이제 들어앉아 쉬고 싶어요. 여행도 하고 노후를 즐길 계획입니다. 며늘아기가 다 맡아서 해야 하니까 집에만 둘 수는 없지요. 글쎄 닥터 정이 외과의사라 내 사업에는 도통 신경을 쓰지 않으니 늘 속이 상했는데 미도가 이렇게 내 뒤를 잇게 되니 너무 기뻐요."

식탁에 둘러앉은 사람들이 모두 호화찬란한 상들리에에 매달린 구슬들이 짜랑짜랑 울릴 정도로 몸을 흔들어가면서 웃었다. 모두가 행복했다. 그러나 닥터 정은 그렇지가 않았다. 초린의 얼굴이 다가오더니 코끝에서 그녀의 냄새가 났다. 유년의 숲에 숨겨진 냄새다. 향긋한 토끼풀꽃 향기다.

혼자 깊은 생각에 잠겨 말이 없는 닥터 정을 향해 강완경 회장이 오연한 표정이지만 아주 진지하게 물었다.

"자네는 어째서 외과의사가 되었는가? 요즘 돈 잘 벌리는 성형외과나 피를 많이 보지 않는 안과나 이비인후과를 택하지 그랬나. 외과는 상당히 많은 피를 보고 사람의 몸에 칼을 대는 것이니 얼마나 징그러울까 하는 생각이 드는군."

닥터 정은 자기를 향한 사람들의 시선을 의식하면서 퍼뜩 긴 잠에서 깬 듯 거슴츠레한 눈을 저들에게 돌렸다.

"네? 무엇이라고 하셨나요?"

"왜 그 험난한 외과의사의 길을 가기로 했느냐고?"

"아아…… 내과는 자신의 역량을 완숙하게 단련해야 하는 분야지요. 의학 지식과 많은 경험을 바탕으로 해서 여러 가지 검사를 거쳐 진단을 내려야 합니다. 병리 검사나 방사선 검사 등을 의료 기사들이 해주면 내과의사는 검사를 기본으로 해서 병적 상태를 진단한 다음 약물치료를 할 것인가 아니면 수술을 의뢰하여 근본적인 치료를 할 것인가 결정하는 것이지요. 외과의사는 자신이 진단한 내용과 내과의사의 소견을 따라 수술이 필요한 환자를 수술하여 치료하는 것이고요. 외과의사란 육체적으로 고단하고 피를 많이 봐야 하며 생명을 구하는 일에 책임을 져야 하는 어려운 점이 있지만 내과의사가 자기 성숙에 신경을 쓰다 보면 베푸는 삶에 소홀할 수 있는데 반해 외과의사는 베푸는 일에 충실해서 보람은 있지요. 제가 외과의사가 되기로 한 것은 병의 근원을 공부하면서 내 육신의 수고를 더하면 죽어가는 환자를 구할 수 있다는 점에 감탄한 적이 있었어요. 죽어가던 생명이 수술 뒤에 금세 살아나는 걸 보면서 그 기쁨을 형언할 수 없었어요. 의사 초년시절에 칼을 든 의사의 신기에 가까운 놀라운 솜씨에 환희를 느낀 적이 많아서 이 길을 택했습니다. 또 제겐 소중한 가족 중에서……."

송 권사가 갑자기 닥터 정의 말을 가로막았다.

"우리 닥터 정은 외과의사 이야기만 나오면 저렇게 사설이 길어요. 그러니 이해해주세요. 다른 이야기를 합시다."

닥터 정이 더듬거리면서 늘어놓은 말들이 재미가 없어

서 분위기가 어색했는데 송 권사의 말에 숨통이 트여서 다시 식탁의 대화는 돈 버는 일로 옮겨갔다.

저들의 행복한 모임에서 잠깐 실례한다고 빠져나온 닥터 정은 밖으로 나와서 무조건 차를 몰기 시작했다. 자신도 모르게 차는 신림동으로 향하고 있었다. 그제야 자신의 차가 가고 있는 곳이 초린의 집인 걸 깨달은 닥터 정은 내심 놀랐다. 시간을 보니 9시. 차를 지난번에 세워 놓았던 자리에 주차하고 가파른 언덕길을 걷기 시작했다. 상당히 오래 전부터 이 길을 다녔던 것처럼 낯이 익었다. 골목의 슈퍼에 들러 라면 한 박스를 샀다. 지난번에 한 개를 끓여준 대가로 24개들이니 24배를 갚는 셈이다. 비탈이 가팔라서 천천히 호흡을 하면서 걸었다.

그녀의 집 가까이에 두 남녀가 서 있었다. 손톱 달이 뜨는 그믐께라 어둠이 짙었다. 외등 불빛이 닥터 정이 서 있는 곳까지 비추지 못해 저쪽은 보여도 이쪽은 어둠이 더께로 모든 걸 감춰주었다.

"왜 전화했어?"

남자의 음성이었다. 키가 어찌나 큰지 여자는 어깨 밑에 들었다. 뒷모습만을 보니 얼굴을 볼 수가 없었다.

"어머니가 많이 아파서 겁나 그랬어."

"그럼 앰블런스라도 부르지 그랬어."

"나도 수술 끝이라 그런지 병원 가는 일이 무서워 그래. 이러다가 어머니가 돌아가시면 난 어떻게 되는 거지. 아아…… 상상도 할 수 없어."

"왜 그렇게 약한 소릴 하니. 넌 지금까지도 훌륭하게 참아냈어. 드디어 신장이식수술까지 하고 너도 살고 어머니도 살았잖아. 그동안의 기나긴 여정을 감사하면서 힘을 내야지."

여자가 흐느끼기 시작했다. 남자는 그녀를 가만히 가슴에 안는 것이 아닌가. 남자의 가슴에 얼굴을 묻고 한참 울고 있는 여자의 등을 남자는 가만가만 쓰다듬어 주었다.

"너 서울에 올 적에 품었던 꿈은 어디에 버리고 벌써 이렇게 약한 소릴 하는 거냐."

여자가 남자의 가슴을 치고 빤히 상대방을 응시했다.

"죽었나봐. 어디에 사는지 찾을 수가 없어."

"넌 공부하느라고 바빴고 어머니 병치레하느라고 시간이 없었잖아. 이제부터라도 찾아보자. 그 자식 어딘가에 살아서 우릴 찾고 있을지도 몰라."

"이젠 포기할 거야. 우릴 완전히 잊었나봐."

"죽지 않았으면 언젠가는 만날 수 있어."

"우리 머리엔 그 오빠가 초등학생으로 남아 있으니 길에서 만나도 아마 서로 모르고 지나칠 거야."

닥터 정의 정수리에 망치라도 떨어지듯 머리가 띵해지면서 아찔했다. 맞다. 이성호다. 초린과 함께 항상 떠올랐던 이성호다. 아아! 얼마만인가. 마음은 급했으나 발이 지남석에라도 들러붙어버린 것처럼 저들 앞에 감히 나설 수가 없었다.

2

초린의 어머니는 병원에 옮겨진지 사흘 만에 결국 숨을 거두었다. 성호가 상복을 입고 상주와 나란히 서서 손님을 맞았다. 오는 사람들이란 퀸 메리 회사동료들이거나 대학 친구들 몇몇이 전부다. 아주 쓸쓸한 상가다. 옆방에서는 찬송 소리가 우렁차게 터지고 셀 수 없이 많은 화환들이 복도 가득 늘어서 있지만 초린네는 영정 옆에 덜렁놓여있는 딸이 마련해 준 노란 국화 화분이 전부다. 퀸 메리의 같은 부서 직원들이 늦게나마 보낸 키 큰 화환과 닥터 정이 익명으로 두 소쿠리 가득 하얀 국화를 담아 보낸 것이 그나마 썰렁함을 덜어주었다.

밤이 깊어 가자 오는 사람도 없고 적적했다.

"초린아! 너 저 안에 들어가서 자라. 내가 여길 지킬게. 너 몸도 좋지 않은데 이러고 있다가 쓰러지면 어떡하니."

"성호오빠나 쉬어. 내일 일 나가야지."

"그까짓 막노동하는 것 며칠 쉬면 어때서."

"그래도 돈을 벌어야 고시공부 할 거 아니야. 내가 어느 정도 빚을 청산하면 오빠를 도울 수 있는데 미안해."

"무슨 소릴. 너만 이렇게 옆에 있어 주면 난 행복해."

"엄마가 그렇게 오래 병석에 있지만 않았어도 오빠는 고시에 합격했을 거야. 오빠 전세금까지 내가 다 빼서 어머니 치료비로 썼으니 너무 미안해. 돈 벌어 우리 식구 돕느라고 공부도 제대로 못했잖아. 그 생각만 하면 미칠 것 같아. 너무 미안해서."

하얀 상복을 입은 초린이 다시 흐느끼기 시작했다.

닥터 정은 교통사고로 식물인간이 된 콩팥기증자가 갑자기 나타나 이식수술팀에 끼어 하루 종일 수술실에 있다가 밤늦게 수술복을 벗어던지고 영안실로 내려오다 어둠에 몸을 숨기고 저들이 나누는 대화를 엿들었다. 텅 빈 안치실 앞에 초린이 울고 있고 그 옆에 성호가 한 손으로 어깨를 감싸 안고 달래고 있는 장면이 사진처럼 머리에 각인되었다. 그 순간 그의 가슴에 찬바람이 스쳤다. 저들 앞에 당당하게 나설 수 없는 거대한 벽이 그를 가로막았다. 두 사람은 친 오누이처럼 다정했다. 닥터 정은 뒷걸음질을 치다가 조용히 돌아섰다.

초린의 어머니는 수술 뒤 생체거부반응이 다른 사람보다 심했다. 모녀간이라 문제가 없을 것이라고 생각했는데 워낙 특이 체질이라 아무리 생체거부반응을 억제하는 면역 글로불린을 투입해도 소용이 없었다. 최근에 코카스파니엘이란 다섯 마리 개들에게 신장이식을 실시하여 현재까지 모두 건강이 양호하다고 하는데 고인은 그걸 못 이기고 간 것이다. 게다가 신장병을 앓는 긴 세월 동안 간도 나빠져서 간을 이식해야 생명을 연장할 수 있었다. 기증자를 기다리는 명단에 올려서 차례를 기다리는 것은 소용없는 일이다. 7천 명이 넘는 환자들이 뇌사 상태에 빠져 장기를 기증하겠다는 소식만을 목마르게 기다리다가 죽어나가는 현실이 아닌가. 이게 의학의 한계요 외과의사의 한계다. 집도를 하면서도 생명은 하나님의 영역이란 걸 부인할 수 없었다. 다른 의사들은 몰라도 그는 칼을 잡을 적마다 눈을 감고 기도하는 버릇이 있었다. 그래야 마음에 안정이 오고 확신이 오면서 힘과 자신감이 넘치게 된다.

'주님! 제 손을 잡아주세요. 외과의사들 손에만 맡기지 마세요. 이 모든 수술 과정이 주의 손에서 이뤄진다는 걸 잘 압니다. 저는 단지 따라만 가겠습니다. 생사화복이 주의 손에 있다는 걸 압니다. 제 손을 주님이 직접 잡고 수술하세요. 전 그저 최선을 다해 따라가겠습니다.'

초린의 어머니 경우는 낙관적이었는데 그게 아니었다. 기증자나 수혜자 모두가 몸이 약한 것도 문제지만 간이 급속도로 나빠진 것은 몸이 너무 약해 모든 걸 감당하지 못하기 때문이다. 곰곰이 생각해보면 이런 경우 하나님이 딸을 살리기 위해 어머니를 먼저 데려갔을 것이란 생각을 떨칠 수가 없었다.

장례식을 치르고 혼자 집에 있을 초린을 생각하니 일이 손에 잡히질 않아 닥터 정은 망설이다가 수화기를 들었다.

"여보세요."

"누……누구세요? 자……잘 안 들려요."

의사의 직감으로 건강상태가 아주 나쁜 목소리다. 아무튼 가녀린 목소리이긴 하지만 그녀는 집에 있었다. 그냥 가서 만날까 아니면 내가 누구라는 걸 전화로 밝힐까. 닥터 정은 많이 망설였다. 초린과 성호의 관계가 상당히 끈끈해 보였기 때문이다. 더구나 그는 풍요로운 삶을 살아가는 사람이고 성호는 막노동을 한다고 하지 않던가. 생활의 차이를 놓고 서로 오해할 수도 있지 아니한가. 용기가 나질 않았다. 두려웠다. 혹시 만에 하나 그를 거부하는 몸짓을 한다면 얼마나 낭패인가! 차라리 아름다운 유년 시절의 꿈을 간직하고 사는 것이 낫지 아니할까. 그러나 마음은 계속 초린을 향해 달렸다. 그건 폭포수와 같아서 도저히 인간의 의지로는 끊어낼 수 없는 힘으로 밀려왔다. 차를 신림동으로 몰았다. 구멍가게에 들러 초린이 겨울밤에 끓여주었던 라면의 상표를 확인하고 한 상자를 샀다. 지난번 전해 주지 못한 라면은 병원 인턴들이 먹어버렸다. 천천히 산비탈을 오르기 시작했다. 이 나이에 여자를 만나러 가면서 가슴이 이렇게 뛰다니! 돌아가신 어머니 자리에 누워 있을 그녀를 떠올렸다. 가슴이 미어질 정도로 아팠다. 얼마나 외롭고 힘이 들까. 어서 가서 위로해 줘야 하는데……

초린의 집 앞에 험상궂게 생긴 두 남자가 식식거리면서 가래침을 칵칵 대문에 뱉더니 투덜거리면서 내려온다. 퀸 메리 현관에서 봤던 깡패들이었다. 불길한 예감이 스쳤다. 그는 조용히 문을 흔들었다. 인기척이 없다. 그 사이 나간 것일까. 문을 치니 힘없이 열렸다. 방문을 열자 초린이 등을 문 쪽으로 돌리고 누워 있었다. 혹시 저 남자들 빚 등쌀에 너무 힘들어 기절이라도 한 것이 아닐까. 늦은 봄이라지만 아직도 밤공기는 싸늘해서 냉방에 누워 있다는 것은 그녀의 건강으로 봐서 직격탄이 될 수 있었다. 무조건 들어가서 의사의 본능으로 맥을 짚었다. 잘 잡히지가 않았다. 극도로 쇠약한 증세다. 119를 불러야 하는데 여긴 길이 좁고 경사가 급해서 차가 들어올 수 없는 곳이다. 우선 비탈길을 내려가는 것이 중요했다. 축 늘어진 초린을 들쳐업었다. 가뿐했다. 이런 상태면 바위처럼 무거울 텐데 이렇게 가볍다니! 유년의 숲에서 도시락을 까먹이고 돌보았던 그런 마음이 들자 찡함이 가슴을 저몄다. 마구 비탈길을 뛰어 내려갔다. 등에 업힌 초린은 축 늘어진 몸을 내맡겼다. 가파른 길이라 달리는 속도도 있겠지만 단숨에 내려온 탓인지 닥터 정의 이마에선 땀이 비 오듯 흘려내려 앞이 잘 보이질 않았다. 그러나 손을 내밀어 땀을 씻을 여유도 없었다. 골목 어귀에 세워 놓은 차에 그녀를 태우고 병원으로 향했다. 응급실의 당직자가 다행히 잘 아는 동료여서 즉시 응급처치에 들어갔다.

"왜 이렇게 된 거지?"

"극도의 영양실조에 심한 스트레스 같아."

땀으로 등이 흥건히 젖은 닥터 정의 얼굴을 의아한 눈으로 쳐다보던 당직의사가 불쑥 물었다.

"이 여자가 누구야? 구급차도 부르지 않고 업고 왔어?"

"으응. 잘 아는 사람이야. 갑자기 혼수상태에 빠져서……."

"혹시 애인 아니야. 넌 공부만 하고 연애할 시간이 없는 놈으로 알고 있었는데 이거 큰 뉴스감이군."

"우리병원에서 어머니에게 장기기증을 한 환자라니까."

"그래. 그럼 차트를 찾아오라고 간호사에게 말해야겠군."

영양제를 꽂았다. 링거액의 주입상태를 점검하면서 일반 병실로 옮긴 초린의 얼굴을 지켜봤다. 가파른 언덕을 환자를 업고 뛰었더니 이제야 어깨가 뻐근하고 허리도 시큰거렸다. 심한 피로가 엄습했다. 그녀의 손을 잡은 채 깜박 잠이 들었다. 얼마나 시간이 흘렀을까. 그의 어깨를 흔드는 손이 있었다.

"저기요. 여기 보세요. 저기요."

초린이 일어나 앉아서 닥터 정을 흔들어 깨우고 있었다.

"어어……."

"왜 제 손을 잡고 여기 앉아 계세요? 혹시 환자를 잘못 찾으신 것이 아닙니까. 제 이름은 홍초린인데 댁이 찾는 환자는 누구지요? 혹시 술을 잡수셔서 혼돈한 것이 아닌지요."

닥터 정은 눈을 비비면서 한참 잠속을 헤매다가 간신히 눈을 떴다. 그제야 여기가 어딘지 감이 잡혀왔다. 벌떡 일어섰다. 얼굴이 벌겋게 달아올랐다. 밖을 보니 새벽 미명으로 동쪽 하늘의 어둠이 옅어지고 있었다. 간밤에 응급실을 맡았던 당직의사가 닥터 정 앞에 섰다.

"너 여기서 밤을 새우고 오늘 수술을 어떻게 하니?"

"어어……괜찮아. 잘 잤어. 이제 가봐야지."

"자식! 너에게 이런 면도 있었냐."

닥터 정은 무안함을 감추기 위해 급하게 병실을 빠져나왔다. 얼굴이 감당할 수 없을 정도로 달아올랐기 때문이다.

진료부를 훑어보던 의사가 초린에게 능글맞게 물었다.

"너무 잡숫지를 않았군요. 아무리 열애 중이지만 날씬한 것도 한도가 있지 지나치게 다이어트를 하시면 곤란한데요. 사랑하는 사람이 이렇게 말라서 쓰러지기를 원하는 건 아니겠지요."

"……."

"그 친구 이 병원에서도 인기 짱입니다. 얼굴 짱이고 몸 짱이지요. 잘 차려입고 나서면 배우 뺨치게 잘 생긴 놈입니다. 그러니 이런 남자의 비위를 맞추기 위해 얼마나 노력했으면 쓰러지기까지 하셨어요."

"전 무슨 소린지 전혀 모르겠어요. 인기 짱이라니 누가 인기 짱이고 얼굴 짱이란 말입니까?"

"정말 이렇게 시치미를 딱 떼실 겁니까. 소문이 두려워서 인가요."

"네에? 무슨 소문이요? 전 전혀 모르는 소린데요."

"어젯밤에 아가씨를 업고 병원으로 뛰어든 닥터 정을 정말 모른단 말이요. 이거 참 내숭을 떨어도 도가 지나친 거 아닙니까. 몸 사리는 거 보면 이거 톱뉴스감이군."

초린은 입을 다물었다. 자신을 업고 뛰어들었다고……두 남자가 빚을 갚으라고 협박했고 어지러워 방바닥에 주저앉았고 그 다음 저들이 나갔고 그리고 분명히 집에 누워 있었는데 어떻게 병원에 와있단 말인가. 그간 도대체 무슨 일이 일어났단 말인가. 눈을 감았다. 얼굴을 붉히며 황급하게 병실을 나간 그 남자는 도대체 누구란 말인가. 달동네의 구석진 방에 누워있던 그녀를 여기까지 어떻게 데려왔으며 또 어떻게 기절한 그녀를 발견했단 말인가. 성호였다면 이해가 간다. 그는 노동판에서 일하다가도 가끔 밤에 들러 안부를 물으니 말이다. 혹시 성호가 연락해서 친구가 온 것이 아닐까. 초린은 눈을 감고 이런저런 생각에 빠져들었다.

아침 회진으로 복도가 떠들썩했다. 백발인 의사를 모시

고 인턴과 레지던트 한무리가 들어섰다.

"어때요. 이제 정신이 나요? 어제 닥터 정이 아니었으면 큰일 날 뻔했어요. 어떤 사이요? 우리 닥터 정 하고는."

초린은 다시 당황했다. 도대체 닥터 정, 닥터 정 하고 수군거리는데 이게 무슨 소리란 말인가. 의미 있는 웃음을 남기고 모두 나가면서 의사들이 소곤거렸다.

"닥터 정이라면 외과파트의 정현종이지?"

"맞아. 그런데 여자가 왜 저렇게 내숭을 떨지."

순간 그녀의 머릿속으로 굉음이 지나갔다. 정현종, 정현종이라. 그럼 그가 날 여기까지 업고 왔단 말인가. 이럴 수가! 그가 언제 나타나서 이런 일을 했단 말인가. 그럼 숨어서 일거수일투족을 다 지켜보았단 말인데 그림자처럼 따라다니면서 왜 모습을 드러내지 않았단 말인가. 혹시 한센 병에 걸려 모습을 내놓기 어려워 그랬을까. 그러나 저들의 대화로 봐서는 외과의사고 얼굴 짱이라고 하지 않던가. 초린은 흐트러진 머리를 가다듬은 뒤에 링거 병을 치켜들고 천천히 외과병동으로 향했다.

3

외과병동의 간호사들도 닥터 정을 보면 등 뒤에서 수군대고 히죽히죽 웃어댄다. 동료의사들까지 모두 어깨를 토닦여주면서 놀린다. 어쩔 수 없지 아니한가. 요즘은 그럴 사건이 자꾸 터지니 말이다. 한밤중에 젊은 여자를 업고 응급실로 뛰어 들어오질 않나, 형이란 작자는 일정한 간격을 두고 간호사들 앞에 나타나 술주정을 하면서 닥터 정을 들볶으니 고고한 학처럼 주위 사람들에게 존경을 한 몸에 받아오던 닥터 정이 최근 들어 이 병원의 얘깃거리가 되고 말았다.

　오전 중에 부산에 있는 병원에서 연락이 왔다. 교통사고를 당한 청년이 뇌사판정을 받고도 울어대는 가족들 때문에 닷새를 지내다가 부모가 장기를 기증할 의사를 밝혔단다. 대기자 명단에서 장기기증자와 혈액형이 같고 조직적합성 평가가 딱 들어맞는 환자가 있으면 어서 와서 적출摘出해 가라는 것이다. 갓 결혼하여 돌 지난 아들을 둔 가장이 금주 내에 콩팥이식을 하지 않으면 생명이 위독할 지경이었다. 꺼져가는 생명을 살릴 수 있는 기회가 온 셈이다. 이쪽 가족에게도 연락하고 외과의사팀이 급히 부산으로 이동했다. 닥터 정도 가운을 벗어던지고 그들을 따라붙었다. 초린과 서로 대면한 가슴 두근거림이 아직도 살아서 설레는 마음을 누를 수가 없었다. 부산까지 비행기를 타고 가서 떼어낸 신장을 얼음상자에 넣어 가지고 바로 되돌아오면 장기를 받을 환자도 수술을 하고 있을 것이다. 이렇게 하자면 꼬박 하루를 소비해야 한다. 식사도 대충 하고 화장실 가는 것도 참아야 하는 강행군이다.

이 와중에 닥터 정은 계속 초린을 떨쳐버릴 수가 없었다. 왜 이렇게 그녀에게 집착하는 것일까. 순간 영화의 한 장면처럼 선명하게 눈앞에 스치는 것이 있었다. 유년시절 누나의 얼굴이 초린의 얼굴과 겹쳤다.

현종이 여덟 살 때라고 기억된다. 어머니는 아버지가 중풍으로 누운 살림을 혼자 손으로 해나가자니 부엌과 안방을 걷어차고 뛰어나가 여자들의 옷을 팔려고 돌아다녔다. 평양 출신인 어머니는 그야말로 맹렬여성이었다. 억세고 씩씩했다. 소탈하고 걸걸한 성격에 조부 때부터 기독교 신앙을 지닌 터라 남쪽 출신의 아버지보다 더 활동적이고 진취적이었다. 평양기생은 말을 타고 창을 들고 춤을 춘다고 들었는데 어머니에게 그런 기질이 다분했다. 그 당시 집엔 열여섯 살이 된 형, 교종이 있었고 현종의 위로 두 살 더 먹은 누나, 효숙이 있었다. 누나는 심한 뇌성마비다. 혼자서는 물 한 모금 먹을 수 없고 화장실에도 가지 못했다. 어머니는 한번 옷 짐을 이고 나가면 빨리 오면 사흘 만에 귀가하고 멀리 가면 일주일이 걸리기도 했다. 완벽주의자인 어머니는 밑반찬을 다 해놓고 갔다. 특히 반찬은 고급스러운 것으로 잔뜩 해놓아서 긴 시간 집을 비워도 생활에는 지장이 없었다. 전기밥솥에 물을 잘 잡아 누르고 냉장고에서 반찬을 꺼내 상만 차리면 되었다. 형의 나이가 그 정도면 동생들과 중풍인 아버지를 돌보련만 형은 언제나 밖으로만 돌았고 이따금 옷을 갈아입으러 들어올 뿐이었다.

아버지와 누나의 시중은 여덟 살 난 현종에겐 무리다. 두 사람 모두의 대소변 시중을 혼자 들어야 했고 특히 아버지는 몸이 무거워서 나이에 비해 등치가 작은 현종에겐 버거운 일이었다. 게다가 누나는 밥도 혼자 떠먹을 수 없을 정도로 중증의 뇌성마비다. 눈물을 닦으려고 손수건을 손에 쥐어주어도 몸을 비비꼬면서 돌리기만 할뿐 눈 가장자리 근처에도 손이 닿질 않았다. 어머니가 집을 비우면 현종은 오전 중에 학교에 가는 것 외에 항상 누나 곁에 붙어 있어야 했다. 그런 점을 고려해서 어머니는 주로 주말을 이용하거나 여름이나 겨울방학에 먼 길을 떠났다.

한여름 30도가 넘는 열기로 푹푹 찌는 더위에 이마 위로 흘러내리는 땀을 닦아달라고 누나가 짐승처럼 소름끼치는 괴성을 지르며 몸을 마구 흔들어대서 현종의 부아를 돋우었다. 모른 척하고 밖으로 나왔다. 더운 날씨라 사방의 문을 다 열어놓았더니 윗마을에 사는 아주머니와 딸들이 밭일을 하면서 병신 누나를 놓고 수다 떠는 소리가 들려왔다.

"차라리 죽어버리는 것이 좋은데. 저러고 살아야 집안 식구들 짐만 되고 어미의 일생 근심거리가 된다니까. 저 어린것이 어머니 대신 병신수발 드는 것도 측은해서 못 보겠네. 몸은 자꾸 커가니 처녀티가 나면 젖가슴도 생기고 밑으로는 피도 나올 텐데 그걸 누가 다 시중들 거야."

아주머니가 혀를 차면서 하는 말이 가는귀가 먹은 탓에 목청을 한껏 높여 사방에 천둥처럼 퍼져나갔다. 딸들이 맞장구를 치면서 노닥거린다.

"멀쩡하게 살아있는 사람이 어떻게 죽어요. 사지만 비비꼬이지 오장육부는 튼튼해서 밥도 잘 먹고 잠도 잘 잔다는데."

"그저 눈 딱 감고 일주일만 밥과 물을 끊으면 칵 죽어버릴 텐데 그 걸 누가 하겠어. 어머니는 자식이라 못할 것이고."

"어떻게 사람을 굶겨 죽여요. 그런 끔찍한 소리는 하지도 말아요. 아파서 죽으면 몰라도 먹이지 않아 죽이는 것은……"

"스스로를 위해서라도 죽어버리는 것이 천만 번 낫지. 저러고 살아서 뭣해. 죽은 뒤에 건강하게 다시 태어나면 되잖아. 그 딸 때문에 그 집 아들들 장가가기도 어려울 게다."

"맞다, 맞아. 차라리 일찍 죽어버리는 편이 낫지. 스스로 목숨을 끊을 능력도 없으니 누가 그 일을 해주겠어. 쯧쯧……"

저들은 그저 지나가는 재미로 말했지만 일주일만 물과 밥을 주지 않으면 죽어버릴 것이란 말은 현종의 귀에 못이 되어 박혔다. 어머니는 그 일을 못해 낼 것이고 중풍에 걸린 아버지도 못할 것이고 더구나 형은 그런 일에 관심이 없으니 그 일을 해낼 사람은 현종이 자신뿐이다.

겨울이 왔다. 어머니는 현종이 겨울방학을 하자마자 열흘 간 산을 넘고 강을 건너 머나먼 곳으로 장사하러간다고 했다. 뼛국을 한 솥 끓이고 파도 자잘하게 썰어 플라스틱 통에 넣어 냉장고에 넣어놓고 쌀도 씻어서 여러 봉지에 담아두었다. 끼니 때 전기밥솥에 물만 붓고 해먹으라고 만반의 준비를 했다. 김장 김치와 동치미까지 먹기 좋게 썰어서 김치 통에 넣어 준비를 완벽하게 한 뒤에 단단히 일렀다.

"네 누나는 딱딱한 것을 씹지 못하니까 뼛국에 밥을 말아서 동치미 국물하고 먹여라. 아버지는 그래도 왼손을 쓰니까 상만 봐드리고."

어머니는 장사가 무척 잘 되는지 얼굴에 기쁨이 넘쳐흘렀다. 이따금 어린 나이에 너무 막중한 짐을 맡긴 현종을 위로하려고 등을 두드려주면서 이렇게 말했다.

"돈이 샘물처럼 들어오고 있다. 도시 근처에 싸게 나온 산도 사고 밭도 사고 있다. 이 나라에선 누가 뭐라고 말해도 땅을 가지고 있어야 한다. 네 누나와 아버지는 저 꼴이지만 우리는 손꼽는 부자가 될 것이다. 넌 이다음에 박사가 되고 교수가 되어 커다란 집에서 멋지게 살게 할 것이다. 젊어서 고생은 돈 주고도 못 사는 것이니 그리 알고 조금만 참아라. 우린 부자가 될 것이다. 난 그걸 위해 이렇게 죽어라 뛰는 거다. 하나님이 날 도와주신다고 했다. 기도 중에 하나님의 음성을 들었다. 난 확신한다. 모세가 가나안 땅을 향해 진군했듯이 나도 그런 심정이다. 내 대에 못 이루면 여호수아처럼 현종이 네가 내 꿈을 이룰 것이다. 하나님은 한번 한 약속은 대를 이어가면서 이뤄가는 분이다. 해서 난 신이 난다. 내 말 알아듣겠니? 이번 장사를 끝으로 일할 사람을 둘 계획이다. 너도 잘 알고 있는 엄마 친구, 의주댁 말이다. 갈 곳이 없다고 연락이 왔다. 이번 겨울방학이 너 혼자 누나와 아버지를 돌보는 마지막이 될 테니 힘을 내라."

어린 나이에 어머니의 말에 고개를 끄덕였지만 돈이니 재산이니 박사니 하는 것보다 더 시급한 것은 중풍병자인 아버지와 중증의 뇌성마비 누나를 돌보는 일이었다. 누나가 똥을 바가지로 싸서 그걸 치우고 나니 욕지기가 나서 현종은 숨통을 트려고 밖으로 나왔다. 산 쪽으로 뚝 떨어져 사는 윗집과 개울가에 사는 아랫집의 조무래기들이 현종을 보자 지껄인다.

"네 누나는 몸이 배배 꽈배기처럼 꼬였다면서? 넌 그 병신 때문에 크면 장가도 못 갈 거라고 어른들이 혀를 차더라."

다른 녀석이 그 말을 받아 놀리면서 껍죽거린다.

"전생에 죄를 많이 지어서 그런 아이가 태어난 것이래. 오래 살면 얼마나 식구들이 힘들까. 너네 집 참 불쌍하다."

순간 현종은 창피해서 머리가 돌 지경이었다. 자신이 보기에도 몸도 얼굴도 심지어 팔까지 배배 꼬이는 누나가 곁에 있다는 것이 너무 창피해서 밖에 나가기도 싫었다. 일생 이런 혹을 달고 살아야 한다는 것이 어머나 식구들에게 가혹한 형벌처럼 느껴졌다. 집안의 수치는 반신불수가 된 아버지로 족하지 아니한가. 어머니가 보름간이나 멀리 장사를 나가 있는 동안을 그 디데이로 잡았다. 어머니의 부재는 그에게 하늘이 내려준 절호의 기회다. 더구나 다음달에 의주댁이 온다면 이런 기회는 사라질 것이 아닌가.

어머니가 떠난 첫날부터 누나의 방 근처에 가지 않았다. 저녁이 되자 물을 달라고 거위처럼 꽥꽥거렸다. 아버지가 차는 큰 기저귀를 두개 채워두었으니 그간 먹은 음식이 다 빠져나올 동안은 괜찮을 것이다. 애써 멀리 나가 있었다. 형은 가출해서 벌써 보름째 집에 들어오질 않았고 아버지는 안방에서 추위 때문에 나오질 않으니 밖에서 무슨 일이 일어나는지 모를 것이다. 게다가 아버지는 중풍으로 넘어지면서 귀까지 어눌했다. 어린 현종이 판단하기에도 바로 지금이 적기다. 일주일만 참아내면 모든 일은 끝이 난다. 밤마다 이를 악물고 이불을 머리끝까지 뒤집어쓰고 애써 누나의 신음소리를 귀를 틀어막고 피했다. 사흘이 지나니 누나의 방이 잠잠했다. 더럭 겁이 나서 방문을 열 수가 없었다. 어머니가 누나에게 먹이라고 끓여 놓은 뼛국을 조금씩 수채 구멍에 흘려버리면서 그 양을 조절했다. 어머니가 집에 돌아오는 전날 기저귀를 갈아 채워 주면 된다. 잠든 것처럼 죽은 딸을 보고 놀라겠지만 어머니도 내심 기뻐할 것이다. 일생 병신자식을 데리고 사는 것이 얼마나 힘든 고난의 길인 걸 어머니는 감지하고 돈을 저렇게 많이 벌려고 난리를 치는 것이 아니겠는 가.

닷새가 되는 날 가만히 문을 열고 들어갔다. 축 늘어진 누나가 미동도 하지 않는다. 벌벌 떨리는 손으로 이불을 걷어냈다. 악취가 진동했다. 똥오줌이 비질비질 요 위로 흘러내려 꾸둑꾸둑 말라가고 있었다. 기저귀를 갈아 채우려고 허리를 들어 안자 힘없는 눈을 떠서 현종의 얼굴을 응시했다. 원망도 미움도 가신 해맑은 눈이었다. 서서히 그녀의 눈에 물기가 차올랐다. 비뚤어진 입을 억지로 돌리면서 웃음을 보였다. 순간 현종의 마음이 흔들렸다. 물을 먹이고 싶은 충동을 누를 수가 없었다. 하지만 그는 입을 꾹 다물고 손에 힘을 주었다. 거친 손길로 기저귀를 갈아주고 옷도 갈아입혔다. 어찌나 몸이 무거운지 바위덩어리 같았다. 이를 악물고 오물을 치우고 방문을 닫는 순간까지도 갈등을 이길 수가 없었다. 그러나 이 일만은 자신이 해내야 한다는 결심을 악착같이 휘어잡았다. 가족을 위해, 엄마를 위해, 나 자신을 위해 그리고 누나를 위해 이런 일은 하나님도 허락하실 것이란 확신을 다시 한 번 마음에 되새겼다. 일주일을 마저 채워야 하는 남은 이틀간은 거의 집을 떠나 있었다. 아버지가 대소변을 가릴 적에 그리고 식사를 차려줄 때만 집엘 들렀고 밖에 나가 동네 조무래기들과 어울렸다. 냇가에 나가 썰매도 타고 5리 떨어진 명암 저수지 가에 앉아 겨울의 혹독하고 차가운 바람결을 따라 일렁이는 수면을 바라보면서 풋감 씹는 기분으로 어둠을 기다렸다.

싸늘하게 식은 누나를 안고 어머니는 기절할 것처럼 울었다. 현종을 보는 어머니의 눈길에서 무엇인가를 감지하고 있다는 걸 느꼈으나 어찌 된 일이냐고 물어오지는 않았다. 어머니는 감정을 무척이나 억누르고 있었다. 동네 사람들의 도움으로 하얀 광목에 누나를 싸서 뒷산에 묻었다.

아아! 죽음이란 땅에 묻어버리는 것이구나. 그 당시의 삭막하고 으스스한 무서움이 의사가 된 지금도 큰 공포로 그를 사로잡았다. 수술 도중에 죽는 환자나 수술 뒤에 죽어나가는 사람을 대할 적에도 누나를 묻을 때와 똑같은 으슬으슬 몸을 옴츠리게 하는 무섬증이 그를 휘감았다. 잿빛 하늘을 이고 나신의 몸을 떨어대는 나뭇가지들의 스산한 소리와 겨드랑이 밑에까지 파고드는 싸늘한 바람의 오스스함이 죽음 앞에 서면 언제나 엄습했다. 그 순간엔 어김없이 지축이 흔들리듯 몸이 휘청거렸다. 눈물이 그득한 눈으로 올려다본 잿빛 하늘엔 상상 속에 나오는 마귀 할멈의 머리칼처럼 흩뿌려진 뿌연 안개가 바람을 타고 흐느적거렸다. 성인이 되어 한 여름 땀으로 몸이 흠뻑 젖어도 죽은 환자를 대하면 똑같은 강도의 무서움이 그를 휘감았다.

딸을 묻고 집에 돌아왔을 적에 어머니는 아무소리 않고 현종을 꼭 껴안았다. 얼마 동안 그렇게 어머니의 품안에 안겨 있었다. 어머니의 젖가슴에서는 비릿한 냄새가 났다. 어머니의 냄새는 언뜻 맡으면 명암 저수지에서 건져 올린 가물치 냄새 같기도 하고 산기슭에 서 있는 밤나무의 구릿한 꽃냄새 같기도 했다. 머리 위로 후드득 어머니의 눈물이 떨어졌다. 순간 그는 몸을 옴츠렸다. 그 눈물이 얼마나 뜨거운지 펄펄 끓는 기름방울이 살갗에 튀어 닿는 듯했다. 어머니는 가만히 중얼거렸다.

'불쌍한 것아! 얼마나 힘이 들었니. 아버지랑 누나를 네 손에 맡기고 나가는 나는 편한 줄 알았니. 오죽 했으면 네가 오죽 했으면 어린 나이에 어른도 못할 일을……. 흐흑흑…… 널 이 세상에서 가장 행복한 사람으로 기르겠다. 나 돈 많이 모았다. 하나님이 나와 널 축복했어. 우린 아주 큰 부자로 살 것이다. 현종아, 현종아! 흑흑…… 불쌍한 내 새끼…….'

여덟 살의 나이에 어머니가 누나를 잃은 걸 가슴 아파한다고 그 당시는 생각했었다. 모자간에 지닌 이 비밀을 지금까지 서로 입을 열어 말해 본 적이 단 한 번도 없었다. 그러나 나이 들어가면서 어머니의 그 말 한 마디 한 마디가 살아 있는 벌레의 독침처럼 항상 그의 마음을 콕콕 찔렀다. 게다가 누나는 현종에게 수시로 말을 걸어왔고 가슴속에 자릴 잡아 도사리고 있었다. 죽은 누나는 세월이 20여 년이 지났건만 집요하게 달라붙어서 그를 놓아주질 않았다. 밥 먹을 적에나 잠잘 때도 누나는 항상 그와 함께 있었다.

연이어 아버지도 돌아가셔서 가파른 가막산 기슭, 누나 곁에 나란히 묻었다. 어머니는 가족 중 두 사람을 같은 해에 땅에 묻고는 현종을 돌보기 위해 거의 집을 비우지 않았다. 도시락도 열심히 싸주었고 학교에서 돌아오면 어머니는 언제나 밝은 웃음으로 그를 맞았다. 그 시절 현종에게 가장 큰 위로는 초린이었다. 그녀를 볼 적마다 죽은 누나를 대하는 듯했다. 마치 누나가 살아나서 그의 곁에 있는 것 같았다. 마지막 숨을 거두기 전에 힘없는 눈으로 그를 올려다보았던 눈빛이 초린의 눈 속에 있었다. 그건 공포이기도 했지만 큰 위로가 되기도 했다. 자신이 먹을 점심을 굶어가면서 건네준 도시락을 까먹고 있는 초린을 보면서 헤아릴 수 없는 희열을 만끽했다. 자신의 배고픔이 오히려 큰 위로가 되었으니 말이다. 그녀와 함께 등하굣길을 꼭 붙어 다녔다. 개울가를 따라 5리 길을 산속에 자리잡은 맷골로 올라오는 동안 누나와는 달리 대화를 나눌 수 있고 돌봐주면 그 고마움에 응답하는 초린에게서 위로를 받았다.

4

강미도의 집에서는 더 이상 늦추지 말고 약혼날짜를 잡자고 야단이다. 닥터 정이 평상시처럼 목요일 저녁 집에 들어서자마자 어머니는 반지도 사고 옷도 맞추자고 다그쳤다.

"그 집에서는 굉장히 준비를 많이 하고 야단이다. 너도 마사지를 받고 머리도 약간 갈색이 나게 물들이고 뭐든지 해야 하는 것 아니냐. 따지고 보면 내 아들 인물이 그 집 딸에 비해 월등 출중하지. 그러니 너는 그저 몸만 나가도 된다."

순간 닥터 정은 감정을 누르지 못하고 왜장치면서 발을 굴렀다.

"제발 절 그냥 놔둘 수 없어요? 이런 식으로 옥죄지 마세요. 숨이 막혀 죽겠네."

"넌 공부만 했지 연애할 시간도 없잖아. 어미가 정해 준 여자 만나서 약혼하고 연애를 하면 마음도 평안하고 시간도 절약하고 또 서로 맞춰본 것이니 손해날 것도 없고……."

"전 제가 사랑하는 사람과 결혼할 겁니다. 조건 같은 것은 필요 없어요. 전 그 여자를 좋아하지 않아요."

"그럼 네가 사랑하는 여자라도 있단 말이냐?"

"……."

"네 나이가 몇이냐? 남자도 장가갈 나이가 있는 법이다. 내가 널 이 세상에서 제일 행복한 사람으로 만든다고 했지? 네 누나, 효숙을 땅에 묻던 날 너에게 한 약속을 이행하고 있는 것이다. 너는 잊었는지 모르지만 이 어미는 그걸 향해 여태 살아왔다."

어머니의 입에서 누나의 이름이 튀어나오자 현종은 발작하듯 몸을 떨면서 사납게 날뛰었다.

"누나 이야기가 왜 20년이 지난 지금 나옵니까. 전 누나를 가진 적이 없어요. 전 누나가 누군지 몰라요."

"넌 왜 누나이야기만 나오면 말끝마다 벌침을 쏴대니?"

어머니를 향해 발끈해서 날뛰던 아들이 밖으로 뛰쳐나가자 뒤따라 나온 어머니가 애걸하면서 들어오라고 고함쳤지만 그냥 차를 난폭하게 몰아 큰길로 나왔다. 그러고 보니 갈 곳이 없다. 공부만 한다고 보낸 세월 속에서 모든 사람들이 그의 곁을 떠나고 없었다. 병원에서 사무적으로 얼굴을 늘 대면해야 될 사람들 말고 정말 옛말을 하면서 속마음을 털어놓고 부담 없이 깔깔대고 웃어줄 친구가 없었다. 차는 신림동으로 향하고 있었다. 비탈길을 오르면서 하늘을 올려다보았다. 도심지의 하늘은 누나를 묻을 때처럼 잿빛이었다. 죽음의 빛은 언제나 으스스하고 칙칙하니 암울한 기분으로 다가온다. 곧 땅거미가 내려올 것이며 어둠을 밝히는 등불이 사방에 켜질 것이다. 땅거미를 뒤쫓아 오는 어둠이 육중하게 내려오는 걸 도시에서는 볼 수 없다. 슬픔도 어둠도 모두 휘황찬란한 빛, 인간이 만든 가짜 빛으로 뒤덮이니 진짜 어둠과 슬픔을 만끽하기가 힘들다. 이런 도심지 한가운데서 닥터 정 혼자만 짙은 외로움과 공포의 회오리바람 속에 휘말리고 있었다.

초린의 집 근처에서 험상궂은 두 사내가 밀담을 나누는 듯 수상쩍었다. 현종은 그들에게 다가갔다. 저들을 만난 것은 퀸 메리의 현관에서 한번, 이 집 앞에서 벌써 두 번째가 된다.

"왜 여기까지 와서 여자를 괴롭힙니까?"

"당신은 누구요?"

"오빠뻘 됩니다."

"얼씨구! 이거 잘 됐다. 친척이 단 한 사람도 없다고 야단이더니 이거 우리 쪽에서는 횡재한 거구나."

"용건을 말해보세요."

"어머니 약값이라고 급전을 빌려가고 주질 않으니 이거 말이 됩니까. 장장 오천만 원이 넘어요."

"이자와 원금을 합한 것이겠지요. 원금만 말하세요. 갚겠습니다. 원금만 돌려드린다는 조건입니다. 누이는 아직 회복이 되지 않은 환자이니 저와 일을 처리하고 여긴 오지 마세요."

"돈만 받는다면 이 비탈길을 왜 옵니까. 이자로 먹고사는 사람들이라 원금과 이자는 반드시 함께 받아야 합니다."

"그럼 내일 강남의 팔레스호텔 커피숍에서 오후 8시에 만납시다. 정확한 돈 액수를 말하세요."

"저희는 오천만 원만 주면 나가떨어지겠습니다. 하하…… 사실 오늘이 마지막 날이었습니다. 당장 잡아다가 술집에라도 팔아버릴 마음이었거든요."

어머니를 여읜 초린은 검은 바지에 새까만 반코트를 입고 머리엔 나비모양의 흰 천으로 만든 핀을 꽂고 있었다. 화장기 없는 얼굴에 눈만 유난히 반짝였다. 여전히 까마종이 같은 눈망울이 깊은 호수처럼 현종의 마음을 사로잡았다. 마주앉았다. 그녀의 눈과 현종의 눈이 마주쳤다. 호수같이 맑고 깊은 눈 속으로 현종이 빨려 들어가는 듯했다.

"오빠! 고마워. 오천만 원을 최선을 다해서 갚을게."

"그걸 어떻게 알아냈니? 뭘 그런 걸 그렇게 깊이 생각하고 있어. 난 네 오빠잖아."

"벼랑 끝까지 왔었어. 솔직히 말해서 죽음도 생각했었어. 어머니가 갔을 때 내겐 모든 것이 끝난 상태였거든요. 오빠가 날 살린 걸 알아? 오빠 때문에 다시 삶을 시작하는 기분이야. 오빠는 내게 소망을 준 거야. 살아야 할 이유가 생긴 거지. 정말 고마워. 어떻게 표현 못할 정도로."

"너 퀸 메리에서 얼마나 받니? 오천만 원을 갚겠다면 얼마나 오랫동안 그 돈을 모아야 하는 거야?"

"디자이너 실에서 일하면 매달 백만 원이 조금 넘어. 그것도 점심값과 세금을 떼고 나면 많지 않아. 그러나 이제 힘을 냈으니까 오빠 돈을 갚을 거야."

"뭘 해서 갚겠다고 그러니?"

"짝퉁을 만들어볼까 해. 그것도 에이급으로 말이야. 호호······. 내 동창들 중엔 그걸 해서 짭짤하게 돈을 버는 친구들이 있어. 내 디자인은 아주 특별하다고 부러워해. 모두들 그렇게 칭찬해 주니까 재능이 있나 봐. 맷골에서 어린 시절 보았던 새나 짐승들, 나뭇잎이나 야생초의 그림을 그리면 사람들이 굉장히 놀라면서 감탄하더라고."

"재능을 살려야지 짝퉁이 뭐냐. 전문적인 디자이너가 되어라. 아직 젊잖아. 꿈을 가져야 한다."

빚쟁이들에게 날마다 들볶일 적에는 초린은 정말 죽음만을 생각했는데 이제 그녀의 얼굴에 평안이 넘쳐흘렀다. 처음에는 그 돈을 누가 갚았는지 몰라 당황했었다. 그 돈을 갚아줄 사람은 막노동을 하고 있는 성호는 아닐 테고 집히는 사람은 현종뿐이었다. 그때 밀려오는 감사와 부끄러움을 주체할 수 없었다. 그 사실을 알고 그녀는 이틀간 서울의 모든 백화점을 돌면서 청바지만을 보고 다녔다.

시장조사를 한 뒤에 더욱 힘이 생겼다. 청소년을 상대로 맷골에서 보았던 귀여운 동물, 새, 꽃잎, 나뭇잎을 청바지에 수놓는다면 아마도 전 세계를 무대로 판로를 넓힐 수 있을 것이다. 눈에 보이는 그대로를 사진처럼 그리는 것이 아니고 캐릭터를 귀엽게 살려내고 특징이 있어 모두의 머리에 각인될 만큼 앙증맞게 디자인해야 한다. 마치 미키마우스처럼 말이다. 우선 남대문 시장에서 판로를 개척하면서 백화점으로 파고들 계획이다. 제일 처음 시작할 적에는 자금 문제도 있으니 작은 규모로 할 수밖에 없다. 구찌에서 나온 바지는 백만 원이 넘는다. 그걸 모방에서 진짜와 가짜를 구별할 수 없을 정도로 정교하게 만들어 십만 원에 팔면 날개 돋친 듯이 팔려나갈 것이다. 그걸 하다가 돈이 모이면 창의력을 살려서 청바지와 청 윗도리에 맷골에서 본 예쁜 꽃이나 나뭇잎을 수놓아 팔면 그건 가히 상상을 초월할 파격적인 여파를 몰고 올 것이기 때문이다. 우리나라의 짝퉁은 얼마나 기가 막히게 잘 만드는지 일본에서 관광을 올 정도로 유명하지 않던가. 초린이 계획하는 것은 짝퉁을 리폼하는 것이다.

우선 내년에 유행할 색깔을 정보수집하고 소재도 분석하고 우리의 감각에 맞는 패션을 구상해야 한다. 유행 컬러는 놀랍게도 2년 전에 이미 결정돼 있다. 우리나라도 패션 정보기획사가 있어 모든 정보를 수집하여 의류업체에 제공하기 때문에 그 정보에 민감해야 한다. 짝퉁을 만들더라도 그 물건에 창의력이 번뜩이는 것들을 덧붙여 우리감각을 살려내는 기발한 멋도 있어야지 디자인을 공부한 보람이 있지 아니한가. 여유만 있다면 이태리의 라노에도 1년에 한 번은 다녀와야 하고 일본이나 프랑스도 1년에 몇 번은 가봐야 하는 것이 디자이너들의 소원이다. 초린은 학교에서 추천해서 들어간 대기업의 디자이너실을 벗어나서 맘껏 뛸 꿈을 가졌다. 그 계기가 현종의 빚 갚음에서 시발점이 된 셈이다.

닥터 정의 의견은 무시하고 오는 목요일 저녁에 약혼식을 한다고 송 권사는 한껏 흥분하여 들떠 있었다. 대화백화점이 마치 자신의 것인 양 벌써 퀸 메리에서 만든 옷들이 매장에 물밀듯이 파고들어 가서 요즘같이 경기가 나쁜데도 회사는 바빠서 야단이다. 미도가 나타난 뒤부터 집안의 경제가 더 윤택해졌고 어머니의 얼굴에도 기쁨이 넘쳐흘렀다.

"애야! 오늘 너 미도를 데리고 나가서 약혼반지도 맞추고 그날 입을 옷도 네가 봐줘야 한다. 일생에 딱 한 번 있을 이런 큰일은 기쁨으로 해줘야지 나중에 마누라 구박을 면할 수 있단다."

송 권사는 서울에서 가장 정평이 나 있다는 보석상과 약혼을 전문으로 하는 상점들의 주소와 전화번호를 내밀었다.

"신랑이 신붓감을 데리고 나가서 아주 사랑스럽게 바라보면서 기쁘게 해주는 날이란 점을 잊지 마라. 말도 많이 하고 많이 웃어야 하는 거야. 미도는 너무 좋아서 하루에도 몇 번씩 내게 전화를 하고 야단이다."

닥터 정은 혼란스러웠다. 이렇게 인생이 흘러가는 것이 아닌데 하는 당혹감이 치솟았다. 도저히 미도를 사랑할 수 있을 것 같지가 않아서 불안했다. 낯설고 껄끄러웠다. 그건 마치 뱀 등을 스칠 적에 느껴지는 것처럼 섬뜩한 생경스러움이다. 죽은 시신을 놓고 해부할 적에 손끝에 전달되던 그런 차가움이 그녀를 볼 적에 감지되었다. 하지만 어머니가 저렇게 원하는데 어쩔 거냐. 삶이란 종종 서로 명백히 상충된 현실들로 이뤄져 있는 것이니 그냥 순응하고 살아야 하는 것일까. 뜨악한 표정을 감추지 못하고 떨떠름하게 서 있는 닥터 정을 향해 어머니는 기쁨에 들떠서 마구 지껄인다.

"내가 널 이 세상에서 제일 행복한 아들로 만든다고 하지 않았니. 넌 내 꿈이고 장차 펼쳐질 내 비전이기도하다. 난 남편복도 없는 년이고 자식복도 없었다. 그 암흑 속에서 널 붙잡은 거다. 자식들 중에서 겨우 너 하나 지푸라기를 잡듯이 잡은 것이다. 네가 없었다면 이 어미는 이렇게 힘차게 인생을 살 수가 없었다. 넌 내가 하나님과 약속한 자식이다. 너를 통해 나에게 하나님은 축복을 했기 때문이다."

거역할 수 없다는 마음이 일면서도 미도를 떠올리면 참을 수가 없을 정도로 역겨웠다. 허름한 막국수 집에 초린을 불러내서 마주보고 앉았다. 춘천 막국수에서는 가막산 속의 맷골 냄새가 난다. 토막 나고 찰기가 조금도 없는 막국수는 강원도에서 많이 나는 메밀로 만든 것이다. 메밀 특유의 순하고 감미로운 맛이 혀끝에서 고향을 떠올렸다.

"너 언제 서울에 왔니?"

"오빠가 갑자기 서울로 이사를 간 뒤야. 오빠는 내게 주소도 남기지 않았고 소식도 주지 않아서 얼마나 속이 상했는 줄 알아. 아무튼 오빠는 무정한 사람이야."

"널 한 번도 잊은 적이 없었어. 슬프거나 기쁘거나 심지어 맛있는 음식을 대할 적에도 난 널 떠올렸지. 너와 마지막으로 보냈던 개울둑이 20여 년 간 내 머리를 떠난 적이 없었어. 거기서 너랑 손에 손을 잡고 맴맴 돌던 생각나니?"

유년의 숲에서 초린과 나눴던 대화가 생생하게 다가오더니 공기 맛과 하늘빛까지 싱그럽게 살아났다. '난 공부 열심히 해서 유명한 의사가 된 뒤에 널 데리고 아프리카에도 가고 아마존에도 가고 인도에도 갈 거다.' 라고 주절댔던 어린 시절의 뒤안길을 떠올리면서 현종은 죽어가던 누나를 떠올렸다. 가녀린 미소를 흘리면서 힘없이 물기어린 눈으로 그를 응시하던 누나 말이다. 오른쪽 반신을 못 쓰던 아버지도 생생하게 그의 뇌리를 스쳤다. 그 시절 초린은 무엇이라 웅했던가. 다시 기억을 거슬러 올라가보았다. 둘이서 나눈 대화가 생생하게 귓가를 스쳤다.

"오빠 혼자 가. 난 엄마를 떠날 수 없어. 우리 엄마는 나 없이는 못사는데 어떻게 혼자 남겨두고 아프리카에 가고 아마존에 가겠어. 난 못가. 오빠 혼자 가라고."

"그래도 난 너를 통째로 잡아 가지고 아프리카로 갈 거다. 아마존에도 갈 거다. 거긴 구렁이가 집채만 하다고 했어."

"글쎄, 나는 엄마 없이는 못 간다니까."

"그럼 엄마도 데리고 가자."

"우리 모두 함께 가자. 아프리카로 가자. 인도로 가자. 프랑스에도 가자. 아마존에도 가자. 우리 셋이서 함께 가자."

그 당시 두 사람은 손에 손을 잡고 깔깔 웃으면서 고개를 한껏 뒤로 젖히고 뱅뱅 돌면서 파란 하늘을 올려다보았다. 늦가을 하늘은 깊이를 가늠할 수 없는 바다처럼 파랗고 구름 한 점 없었다. 갈대가 산기슭에 줄을 이어 서서 머리를 숙이고 가을바람에 하늘거렸다.

가슴까지 상큼하게 했던 시골향기를 지금도 잊을 수가 없다. 20여 년 간 까맣게 잊고 지냈던 옛일이 살아나면서 어떻게 그 약속을 잊고 있었는지 신기할 뿐이었다.

그 순간 개울둑에 잔뜩 피어난 토끼풀꽃 냄새가 코끝을 스쳤다.

3부

저들의 젊은 날들

1

초린과 닥터 정은 대학병원의 앞뜰에 만발한 목련꽃 그늘 아래 나란히 앉았다. 멀리 아물아물 봄 햇살을 타고 피어오른 아지랑이 속에 구렁이처럼 길게 누운 산이 희뿌옇게 다가왔다. 가을의 청명한 날씨에 또렷하게 보이는 산보다 이렇게 땅에서 뿜어 나오는 봄 열기 속에 푹 잠긴 산이 더욱 신비스럽게 다가왔다.

"바쁜데 이렇게 나와 있어도 돼요?"

"지금 점심시간이라 괜찮아."

초린이 싸온 김밥과 주먹밥을 먹으면서 닥터 정은 활짝 웃었다. 처음 만났을 때보다 그녀는 훨씬 건강이 좋아 보였다. 뺨에 발그레하게 흐르는 생기가 정상으로 돌아왔다는 증거다. 악착같이 뿌리를 내리는 잔디에 들볶여서 간신히 방울만 하게 꽃망울을 터뜨린 병아리색 민들레꽃을 따서 그녀의 귓가에 꽂아주었다. 마치 그 옛날 냇가에 나란히 앉아 놀던 시절에 그녀의 귓등에 달맞이꽃을 꽂아주듯 말이다.

"아이! 사람들이 봐요. 놀림감이 되려고 왜 이래요."

"어때. 좋아하는 사람에게 내가 무엇을 하든 무슨 상관이야. 모두가 바빠서 우리에게 관심 두는 사람 하나도 없어."

하늘의 별처럼 바닷가의 모래알처럼 많고 많은 사람들 틈바구니에 흩어졌던 두 사람이 다시 만났다. 아무리 생각해도 그게 너무 신기해서 닥터 정이 묘한 미소를 삼키면서 그녀와 눈을 맞추었다.

"디자인 공부 재미있어? 아마 그림을 많이 그려야 할 거야. 주로 숙녀복을 디자인하는 것이니 여자의 몸매를 많이 연구해야 되겠지. 색깔 연구도 해야 하고 세상의 유행도 봐야 하고 미적 감각도 있어야지. 미키 마우스만한 캐릭터를 만들어야겠지?"

"언젠가는 온 세상 사람들이 기억할 캐릭터를 만들거예요."

초린이 생글생글 웃으면서 응했다.

"돈보다 더 중요한 것은 얼마나 큰 꿈을 가지고 보람을 느끼며 사느냐 하는 것이 아니겠어. 비전을 가져야 한다는 뜻이야."

"내 꿈은 만화를 그리든지 아니면 애니메이션을 하는 것이 소원이라 나름대로 혼자 만화를 수없이 그렸었는데……."

"내가 도와줄게. 그 꿈을 이룰 수 있도록 말이야."

초린이 얼굴을 살짝 붉히면서 머리를 숙인다. 깊은 숨을 삼키곤 닥터 정의 얼굴을 똑바로 보았다. 고개 하나를 넘어야 하는 산골교회엘 등하굣길에 들러서 간절하게 소원을 빌었던 생각이 떠올랐다. 현종이 도시로 훌쩍 가버린 뒤 그 허전함을 텅 빈 성전에서 털어놓았었다. 맷골의 산새들이 조잘대고 가파른 산비탈 바위틈에서 짜여 나오는 맑은 물을 실컷 마셔도 마음이 늘 찌뿌드드했다. 현종 오빠가 가버린 도시로 나가서 같은 하늘 밑에서 숨을 쉬고 똑같은 공기를 마셔야 숨통이 트일 것 같았다. 초등학교를 졸업하고 어머니를 졸라서 서울로 옮겨온 것이 벌써 10여 년이 훌쩍 넘었다. 그동안에 그를 그리워하면서 보낸 세월이 얼마나 길었던가. 돌이켜 생각해 보니 그런 그리움이 그녀를 지탱해 온 원동력이었다. 낮에는 공장에서 일하고 밤에 공장이 운영하는 야간 중고등학교를 다니면서 코피를 얼마나 많이 쏟았는지 모른다. 어머니는 어머니대로 셋방살이를 면하고 모녀가 오붓하게 살 수 있는 원룸아파트라도 장만한다고 길거리 행상을 하고 식당 주방에서 억척스럽게 일을 했다. 그게 문제다. 바로 그게 불행의 발단이었다. 어머니는 그래서 병이 나신 거다.

그냥 가막산 맷골에서 살았다면 어머니는 건강하게 지금 살아있을 테고 그녀는 산골 남자를 만나 촌부가 되었을 것이다. 꿈과 그리움이 인생행로를 바꾼 셈이다. 결국 딸이 어머니를 중병으로 몰고간 꼴이 되었다.

　　약혼식을 자꾸 뒤로 미루던 닥터 정이 초린과 가깝게 지내는 걸 알게 된 송 권사의 역정은 말할 수 없을 정도로 심했다. 요즘은 도리깨질이라도 하듯 우악스럽기까지 했다. 아직도 백화점 회장의 딸, 미도를 며느리고 맞겠다는 의지를 꺾지 못하고 있어 불화의 기운은 폭풍전야처럼 집안을 긴장하게 만들었다. 아침에 집을 나올 적에도 어머니의 따발총 같은 닦달은 계속되었다. 이제는 집안을 장식한 값나가는 것들을 손에 잡히는 대로 그를 향해 마구 집어던지기도 하고 노골적으로 미움을 드러내고 희떠운 소리를 해댔다.

　　"네 인생길에서 지금이 가장 큰 전환점이다. 여기서 발을 잘못 디디면 너는 벼랑 끝에서 바닥을 알 수 없는 낭떠러지로 추락할 것이다. 넌 파멸이야. 내 말대로 미도랑 결혼을 하자구나. 그게 너도 살고 나도 살고 이 가정이 사는 비결이다."

　　"어머니! 누가 뭐래도 전 미도랑 결혼 못해요. 마음이 당기지 않고 그 여자를 보면 겁이 나요. 이유는 모르겠는데 이런 감정이라고 설명하면 어머니가 이해하시겠어요?

수술하려고 메스를 잡았을 때 섬뜩한 감정 같은 거라고요. 그런 경우 수술에 성공하는 경우가 드물어요. 그러니 절 가만 놔두세요. 제 마음을 편하게 해주세요. 저는 사랑이 가는 여자와 결혼할 것입니다."

"맷골의 초린을 두고 하는 말인 줄 안다. 어려서부터 너희들은 가까웠지. 그러나 그건 순전히 어린 시절의 추억이고 풋사랑이지 결혼하고는 다른 것이다. 사랑은 짧고 인생은 긴 법이다. 아무래도 내가 그 애를 만나서 결판을 내야겠다. 그 애 주소를 알아야겠구나. 쥐뿔도 없는 가난뱅이 주제에 감히 내 아들을 넘보고 있어."

"어머니는 인생을 돈으로 계산하고 살았지요. 돈으로 점철된 어머니 인생을 곁에서 지켜보면서 살아온 제가 그걸 잘 알지요. 따지고 보면 죽은 누나도 어머니 몫이었어요. 왜 제게 아버지와 누나를 모두 맡기고 돈을 따라 뛰셨어요. 아버지도 어머니가 잘 돌봤으면 더 살 수도 있었을 텐데 돈만 따라 뛰느라고 돌보질 않아서 일찍 가셨어요. 왜 모두 그런 힘든 일을 제게 맡기고 돈만을 좋아했어요? 그것도 부족해서 이제 나를 미끼로 삼아 돈의 물꼬를 트려고 그러는 거지요. 이젠 고만하세요."

"네가 감히…… 세상에! 네가 어떻게 그런 말을 할 수 있니. 이게 모두 너를 위한 길이고 너를 위한 희생이었는데 뭐라고? 네 누나도 아버지도 다 내 잘못으로 죽었다고. 으호호…… 이럴 수가 있어! 너도 큰애와 다른 점이 하나도 없다. 네 형은 어려서부터 나에게 반항해서 저 꼴이지만 넌 그렇지 않았는데 그년이 널 홀린 거다. 고 못된 것이 널 이렇게 만든 거야. 그년을 내가 가만 놔두지 않을 거다."

송 권사는 두 다리를 쭉 뻗고 앉아 꺼이꺼이 울어댔다. 순간 30여 년 전 사건들이 주마등처럼 그녀의 뇌리를 스치면서 마치 어제 있었던 일처럼 생생하게 살아났다.

그 해 겨울은 눈이 많이 와서 바깥 출입은커녕 부엌문을 열 수조차 없었다. 충청북도에서도 제천, 거기서 북쪽 상단의 한 귀퉁이에 자리 잡은 맷골은 가막산이 높아서 다른 지역에 비해 눈이 더 많이 온다. 한겨울에도 큰 개울 물을 이루어 흘러가는 명암 골짜기 초입이라면 그래도 사람들이 알찐거리지만 산속 깊이 골짜기가 좁아지는 산 모퉁이에 자리 잡은 맷골에는 어쩌다 산삼이나 약초를 캐러 오는 사람만 지나가는 길목이다. 이곳에 사는 사람들은 숯을 구워 팔아 생계수단을 삼았고 틈틈이 산삼, 능이버섯, 송이버섯과 산나물을 캐다 팔았다. 약초를 캐서 바짝 말려 팔고 그 대신 소금이나 옷을 사들이는 것이 이곳 사람들의 생활수단이다. 이런 환경에서 촌부인 교종 엄마가 집을 뛰쳐나가 여자옷가지를 받아 가지고 이 마을 저 마을로 돌아다니면서 장사를 한다는 것은 맷골 사람들의 눈에는 대혁명이었다. 남편이 중풍으로 하반신까지 마비되어 누워 있고 딸, 효숙은 태어나서부터 뇌성마비로 몸을 뒤틀고 있으니 이 산골에 그냥 주저앉아 여자 몸으로 산속을 헤매면서 산삼이나 나물을 캐서 생계를 이을 수도 없지 아니한가.

산과 내를 건너 장사를 떠나기 전 그녀는 초막크기의 산골교회에 엎드려 목숨을 건 기도를 시작했다. 죽기를 각오한 40일간의 금식기도다. 샘물만 먹고 기도하다 죽기를 내심 바라기도 했다. 이런 깡다구는 평양에서 선교사를 따라다니면서 예수를 믿었던 친정어머니의 영향이었다. 바위나 거목을 섬기는 산중에 요만한 크기의 어설픈 작은 교회를 지은 것도 친정어머니다. 어려운 일이 있을 적마다 여길 오는 것은 돌아가신 어머니의 체취를 느낄 수 있었기 때문이다. 교종 엄마는 기도 중에 어머니의 뒤를 이어 번듯한 성전을 크게 지을 거액을 헌금하겠다고 서원기도를 해버렸다. 의지적으로 그렇게 기도한 것이 아니고 입에서 그렇게 술술 나갔으니 어쩌란 말인가. 하나님과 한 약속이다. 반드시 지켜야 한다. 울고불고 왜 그런 미친 서원을 했을까 하고 가슴을 쳤지만 이미 지난 일이었다. 무슨 짓을 해서라도 작정한 헌금을 바쳐야 했다. 집안은 엉망이고 교회는 지어야 하고 이 산골에서 백 년 묵은 산삼을 캔다 해도 감당하지 못할 액수다. '심봤다'라고 외칠 수 있는 기적이 수십 번이라도 일어날 것인가 하고 산야를 헤맸지만 그런 일은 단 한 번도 없었다. 그 일을 놓고 밤새워 강단 밑에 엎드려 울어댔더니 새벽녘에 이런 마음이 드는 것이 아닌가.

'네가 벌어서 헌금해라. 너에게 여러 가지 일이 일어날 것이니 그때 너의 마음이 아닌 내 마음, 예수의 심정으로 사랑을 가지고 처리해라. 그러면 너에게 하늘의 별처럼 많은 재물을 줄 것이고 바닷가의 모래처럼 셀 수 없는 축복을 내려 네 자손이 이 땅에서 번성하리라.'

그런 기도를 한 뒤에 맷골을 벗어나서 산골마을과 도시 사이를 오가며 옷을 팔아 돈을 벌기 시작했다. 버는 대로 몽땅 은행에 저축했다. 독에 물이 차오르듯 돈이 살살 불어났다. 하반신을 못 쓰는 남편이나 몸을 비비꼬는 딸을 위해서도 그녀는 허리를 졸라매면서 아꼈다. 맷골 마을에서는 그 누구도 교종 엄마가 돈을 은행에 저축하고 있다는 사실을 아는 사람은 없었다. 산골 무지렁이처럼 온 가족이 모두 거지꼴을 하고 살았기 때문이다. 돈을 모을 적에는 단 한 푼이라도 새나가는 것을 막아야 한다는 것이 그녀의 신조다. 그러자면 땅을 사는 것이 장땡이다. 돈이란 타고나길 독수리의 날개처럼 훨훨 날아갈 수 있으나 땅을 사놓으면 땅덩이를 파갈 것인가. 수만 개의 날개가 달려도 토지는 지심地心 깊이 박혀 있어 날아갈 수 없을 테니 말이다. 아무도 앗아가지 못할 것은 이 세상에서 땅뿐이 없었다. 그런 생각을 하면서 걷다가 그녀를 알아보는 사람이 없는 곳, 맷골에서 수백 리 떨어진 도시의 변두리 복덕방엘 들어갔다. 수복복덕방이라고 간판을 내걸었으나 안에 들어가니 여기저기 종이와 빈 병들이 어지러웠다. 책상 구석에 놓여 있는 전화기는 벌써 몇 달째 쓰지 않았는지 먼지가 수북했다.

"게 아무도 없나요? 땅을 사러왔어요."

인기척이 없다. 우두커니 서 있다 나오려고 하는데 허리를 직각으로 꺾고 어기적거리며 걸어오는 백발노인이 있었다.

"여기 복덕방 주인이 어디 있나요?"

"제가 복덕방 주인인데 왜 그러시오?"

"이 근처 땅을 사고 싶어요. 이곳 시세가 비싼가요?"

"비싸기는……. 모두 대처로 떠나고 여긴 빈집도 많고 땅도 많아 모두 헐값이지. 아주머니가 땅을 사려고 그래?"

"큰 산하고 농사지을 땅이 달린 논밭을 사려고 해요. 제 가정 사정이 좀 특이해서 인적이 드문 경치 좋은 땅이면 좋겠어요."

"그거 잘 되었군. 날 따라와요. 산도 크고 밭도 이만 평이 넘는데 아들 다섯이 전부 도시로 나가 성공했다고 오질 않아 혼자 살고 있어서 그래. 작년에 마누라가 죽고 난 뒤 혼자 농사지을 수도 없고 외로워서 미칠 지경이야. 아주 싼값으로 줄 테니 제발 내 땅을 사구려. 집이랑 논, 밭, 산까지 싹 몽땅 다 가져가."

교종 엄마는 무조건 노인을 따라나섰다. 기도 중에 하나님이 인도하는 데로 하리라 결심했으니 사고 보자는 마음이었다. 노인이 사는 농가는 5대째 살았다고 하는데 찌그러진 초가집에 외양간은 비어 있고 부엌 천장과 벽은 굴뚝에서 뿜어 나온 검댕으로 꺼멓게 그슬려 있었다. 집에 딸린 뒷산도 엄청 크고 산비탈에 자리 잡은 밭이 한눈에 다 들어오지 않을 정도로 넓었다.

"이걸 전부 팔고 어디로 가시려고요?"

"이제 힘이 없어서 밥도 혼자 해먹을 수가 없어. 큰아들집으로 가야지. 돈이 얼마가 됐든 다 팔아서 은행에 넣고 내 목숨이 붙어 있는 동안 용돈으로 쓰다 가려고 그래."

흥정 끝에 헐값으로 산과 땅을 저축한 돈을 다 주고 사버렸다. 기도 끝에 산 것이니 마음이 편했다. 악착같이 벌어 모갯돈을 만들어 땅을 더 사리라 하는 마음뿐이었다. 그리고 얻은 아들이 현종이었다. 상상도 못했던 방법이었지만 그 아들을 낳고 당황했다. 그러나 분명히 하나님은 하늘의 별처럼 바닷가의 모래처럼 재산도 주고 자손도 축복한다고 하지 않았던가. 말썽꾸러기 교종이나 뇌성마비딸에게 바랄 것이 없지 아니한가.

맷골에 돌아오기만 하면 교종의 학교에서 호출이 연달았다.

"교종은 정서불안이 심해서 정신질환 경계선에 있는 듯해요. 어머님이 집에서 잘 다독이지 않으면 학교에서 못다룹니다."

"제가 부족해서 모든 일이 이렇게 되었습니다. 앞으로

매사에 조심해서 아이를 잘 타이르겠습니다."

교종을 데리고 돌아오는 길에 몹시 울었다. 명암 저수지에 아들을 보듬어 안고 빠져 죽고픈 심정이었다.

교종의 행실은 상상을 초월했다. 호박밭을 찾아다니면서 제일 잘 익은 호박에 나뭇가지를 박아놔서 썩어버리는 일이 허다했다. 동네서도 야단이고 학교 근처 농가에서는 학교로 찾아온 농부들의 항의가 대단했다. 여학생이 들어간 화장실에 돌멩이를 던지는 바람에 똥물이 튀어 팬츠를 입지도 못하고 뛰어나오는 여자아이들을 보면서 손뼉을 치고 좋아하는 바람에 교사들도 머릴 흔들었다. 초등학교 졸업 반이었으나 글도 제대로 읽지 못하고 겨우 자기 이름자만 쓸 수 있었다. 아무래도 정씨 가문의 핏속에는 불결한 무엇이 녹아 있어 이러는 것이 아닌가 하는 생각을 떨쳐버릴 수가 없었다.

남편은 산골의 가파른 비탈에 손바닥만한 밭을 일구어 옥수수나 감자, 조를 심는 농사가 제일 큰 생명줄이었다. 산을 헤매면서 계절따라 먹을 수 있는 나물이나 버섯을 캐오고 집 언저리에 군살처럼 붙은 텃밭에 남새나 심어 조석 국거리로 먹고 살았으니 이걸로 1년 양식을 삼자면 그해 내내 배를 곯아야 했다. 그래도 굶어 죽지 않고 살 수 있었던 것은 산골 사람들에게 내려준 신의 축복이었다. 도시에서는 봄에만 먹을 수 있는 두릅을 가을까지 먹을 수 있는 곳이 바로 맷골이다. 새벽에 일어나 밥상에 올릴 두릅을 따러 비탈진 산을 오른다. 쉰 두릅의 어린순을 일 년 내내 먹을 수가 있다. 제철이 지나서 뻣뻣하게 독이 오른 취의 어린 순도 좋은 반찬이 된다. 봄에는 왕고들빼기 순을 꺾어 쌈을 싸먹기도 하고 거목 밑에 붉은 밭을 이뤄 지천으로 자란 싸리버섯을 등짐으로 져 날라 소금을 뿌려 김장독 가득 재어 놓고 일 년 내내 양식으로 삼는 곳이 맷골이다. 한여름 허리까지 자란 새똥(왕고들빼기의 이곳 방언)의 머리 순을 잘라도 맛있는 나물이 되는 산속이다. 산삼이나 능이버섯, 혹은 송이를 발견했을 때 온산이 울리도록 고함을 치는 기쁨도 있는 곳이다. 바위처럼 나무처럼 산의 일부가 되어 살아가는 삶이 바로 맷골의 일상이었다.

교종 엄마의 기도 응답은 7년 뒤에 터졌다. 그녀가 산 땅이 100배 가깝게 뛰어올랐다. 워낙 헐값에 산 것이라 이득도 많았다. 그 산을 중심으로 앞에 넓게 펼쳐진 들판에 어린이 동산이 들어선다는 것이다. 마치 디즈니랜드처럼 만들겠다는 원대한 꿈을 지닌 어느 부자가 그 일대 땅을 사들인다고 몇 번 연락이 왔다. 너무 많이 쏟아져 들어온 돈을 놓고 정신을 잃을 지경이었다. 그 돈 중에서 산골 교회를 멋지게 지을 만큼의 작정헌금을 내놓고 나머지 돈으로 다시 땅을 보러 다녔다. 이번에는 돌산을 샀다. 받은 복이 너무 족했기 때문에 욕심을 내지 않기로 했다. 그저 돌산이 보기에 좋아서 산 것이지 그것이 무슨 큰 재산이 되리라고는 생각하지 않았다. 두고 온 고향 평양을 떠올리는 산이라 구입한 것뿐이다. 어머니는 이곳 맷골까지 피난 와서 그 당시 여섯 살 난 딸 송혜선만을 남겨놓고 이질로 죽었다. 홀로 남은 어린 것을 산골 사람들이 길러 산골 총각과 짝을 맺어주었다. 식구들 모두가 건강했다면 나뭇잎 스치는 소리나 들어가면서 이렁저렁 한 세상을 살았으련만 남편이 중풍으로 쓰러지고 딸 효숙이 뇌성마비가 되는 바람에 산골을 탈출하게 된 셈이다.

모든 사람들은 아무 소용없는 척박한 돌산을 구입한 그녀를 놓고 미쳤다고 수군덕거렸다. 그 큰돈을 왜 쓸모없는 돌산에 투자하느냐고 머릴 흔들었다. 그러나 돌산에 대한 그녀의 꿈은 엄청났다. 먼 훗날 몸을 배배꼬는 딸과 중풍병자인 남편을 데리고 들어가 살 곳으로는 가장 적절한 곳이었기 때문이다. 돌투성이 산이긴 하지만 그 안쪽으로 들어가면 암반에서 솟구치는 샘물이 있다. 산허리를 돌아 배꼽처럼 생긴 한가운데로 파고 들어가면 마치 어머니가 아가를 보듬어 안고 있는 듯한 형상의 아늑한 곳이 있다. 거기에 집을 짓고 산다면 사람들 눈을 피할 수가 있다. 돈을 많이 번 뒤에 병신딸과 남편을 데리고 들어가 은둔 생활을 하기엔 적격이다. 다행히 현종이 똑똑하니 그 아들을 통해 세상과 숨통을 트고 살아가려는 나름대로의 계획을 단단히 세웠다. 그런 준비를 하고 있는 와중에 남편과 딸이 연달아 세상을 떠났으니 돌산에 건 꿈은 물거품이 돼버렸다.

누나와 아버지를 한꺼번에 잃고 가장 충격을 받았을 여덟 살 난 현종을 돌보면서 맷골에 주저앉아 있을 때 하나님은 또 기적을 그녀에게 베풀었다. 작은아들 현종의 일로 하나님은 일방적으로 축복하고 있다는 걸 그녀는 알고 있었다. 그 돌산을 30배나 더 줄 테니 팔라는 것이다. 그 큰 돌산이 도심지의 건축 붐을 타고 모두 석재로 사용할 수 있고 부스러기로 떨어지는 잔돌들은 잘게 빠개서 건축용으로 쓸 수 있단다. 그녀는 하나님께 감사하면서 돌산을 판돈으로 서울 근교에 땅을 사고 아파트도 사고 본격적인 사업을 하려고 교종과 현종을 데리고 맷골을 탈출했다. 산골을 돌면서 팔았던 여성 옷 쪽으로 관심을 돌려 남대문 시장에서 여성 옷을 취급하다가 판로를 타고 건물을 짓고 지금의 퀸 메리로 성장한 것이다. 부자는 하늘이 낳는다고 하지 않던가. 그녀가 이만한 재산을 일군 것은 순전히 그녀가 기도 중에 받은 응답인 걸 그녀는 꿈에도 잊는 적이 없다. 특별히 현종은 이 모든 일의 열쇠를 쥔 장본인이다. 하나님은 그 아들을 통해 송 권사를 축복하기 때문이다.

2

명암 골짜기에서 장정 걸음으로 걸어서 족히 두 시간

거리에 배론排論이 자리 잡고 있다. 충북 제천군 봉양면 구학리에 위치한 배론은 백운산과 구학산 연봉 사이에 자리 잡고 있는데 그 계곡이 깊어 마치 배 밑바닥 같다고 하여 배론이란 이름을 가진 곳이다. 초창기 천주교인들이 박해를 피해 이 골짜기로 들어와서 신앙을 지켰던 곳으로 신유박해(1801) 때 몸을 피한 황사영이 배론의 토굴에서 명주 위에 13,384자나 되는 백서를 쓴 곳이기도 하다. 지금은 천주교의 성지가 되어서 많은 사람들이 찾아오지만 이곳은 원래 깊은 산중이라 그 당시 박해를 피해 숨어 들어온 천주교 신자들은 주로 숯을 구워서 내다 팔아 생계를 이었다는 벽지다. 구름도 쉬어간다는 박달재도 맷골에서 가깝다.

숨을 헐떡이게 하는 한여름 더위에 매미도 잠시 울기를 쉬고 정적만 뜨거운 햇살을 타고 흐를 때 성호는 냇가에 묶어놓은 누렁소를 먹이기 위해 거의 80도 각도로 깎아지른 산기슭에서 꼴을 베고 있었다. 길섶의 풀이파리까지 강한 햇살을 받고 살이 쪄 통통했다. 산야를 뒤덮은 잡초들이 쇠한 겉 무청처럼 양분이 오를 데로 올라 내뿜는 청청함이 한창 무르익은 여름날을 자랑하고 있었다. 맷골의 산기슭은 신경질적인 여자의 성깔만큼이나 가파르다. 계곡이 깊어서 자칫 잘못하면 굴러 떨어지기 십상이다. 성호는 푸조나무 뿌리에 발끝을 의지하고 독이 오른 잡풀들을 더위잡아 낫으로 베려는 순간 미끄러지는 발끝을 흘끔

보았다. 똬리를 틀고 있던 뱀이 덥석 성호의 엄지발가락을 무는 것이 아닌가. 정신이 아찔했다. 고함을 치면서 밑으로 굴렀다. 마침 계곡에서 초린과 함께 가재를 잡고 있던 현종이 골짜기로 굴러떨어지는 성호에게 달려갔다.

"왜 그래?"

"뱀이 물었어. 내 왼쪽 엄지발가락을 물었단 말이야."

초린도 물 묻은 손을 앞자락에 문지르면서 잔뜩 겁먹은 얼굴로 다가 와서 흘러내리는 치맛말기를 추슬러 올렸다.

"어떡하지? 어른들은 오늘 숯을 굽는다고 모두 숯막으로 가고 없는데 이를 어쩌지?"

현종이 성호를 냇가에 끌어다 뉘고 다급하게 물불을 가리지 않고 발가락에 입을 댔다. 무릎을 꿇고 엄지발가락을 몇 번 빨아서 퉤퉤 뱉고는 초린의 머리를 묶은 새빨간 끈을 홱 풀어갔다. 그걸로 성호의 허벅지를 꽁꽁 묶었다. 졸지에 머리 끈을 빼앗긴 그녀는 흘러내린 머리를 뒤로 한껏 쓰다듬어 넘겼고 세 꼬마들의 헐떡이는 숨소리만 산골에 가득했다.

"초린아! 너 부엌에 가서 숯을 가져와. 어서 빨리. 만약 숯이 없으면 마늘이라도 가져오라니까."

현종의 다급한 명령에 무조건 그녀는 집을 향해 뛰기 시작했다. 숯조각 하나와 마늘을 들고 저들을 향해 내달렸다.

"빨리 숯을 넓적한 돌 조각 위에 올려놓고 빻아서 가루로 만들어. 어서 시간이 없어. 뱀독이 위로 올라가기 전에 빨리 해독해야 되니까."

초린은 현종의 명령에 덜덜 떨리는 손을 바쁘게 놀렸다. 이마 위로 흘러내리는 땀이 눈두덩을 지나 눈 속으로 파고들어 따가웠으나 이를 악물고 최대한의 속도로 숯을 돌 위에 놓고 갈았다. 현종이 그 가루를 집어다가 성호의 엄지발가락 상처 부위에 솔솔 뿌렸다.

"마늘은?"

"그냥 둬. 숯가루로 족해. 성호야! 뱀 색깔이 어떠했니?"

"독이 오른 잡풀하고 같은 색이라 내가 보지를 못했어. 더구나 너무 가파른 곳이라 굴러 떨어지지 않으려고 발끝에 잔뜩 힘을 주었는데 뱀이 내발에 밟혔나봐."

"자식! 됐어. 그런 색깔 뱀은 독이 없어. 혹시 울긋불긋한 까치 독사인가 해서 놀랐어. 이 정도 조치면 괜찮을 거야."

"야! 너 그러고 보니 보건소에 있는 의사 선생님 같다."

성호가 현종의 손을 잡아 흔들면서 감탄했다. 그 말을 초린도 하고 싶었다. 그는 정말 의사처럼 행동했다. 의사 옆에서 시중드는 간호사인 것처럼 그녀에게 명령해서 병원에 와 있다고 착각할 정도였다. 세 사람은 나란히 냇가에 앉아서 한가롭게 머리 위를 맴도는 솔개를 올려다보았다. 병아리를 부르는 암탉의 나지막한 구구거림이 적막한

산골의 정적을 깨트렸다. 닭들이 솔개를 피해 모두 다복
솔숲으로 숨어 들어가고 중복 더위의 한낮이 서서히 흘러
가고 있었다. 성호가 허벅지에 묶인 머리끈을 풀려고 하
자 현종이 눈에 힘을 주고 입술을 일자로 다물자 눈치를
보면서 슬그머니 손을 내린다. 셋이는 풀숲을 헤치고 싱
아의 어린순을 따먹기 시작했다. 길섶에 난 괭이밥 이파
리보다 싱아가 씹히는 질감이 좋고 물도 더 많다. 배가 고
픈 성호가 산마 뿌리를 개울둑에서 두 뿌리 캐가지고 개
울물에 씻어 두 사람 코앞에 내밀었다. 감자와 토란의 중
간 맛이 나는 산마는 끈적거리는 것이 조금 역겹지만 먹
고 나면 입맛이 상큼하다.

　대기오염으로 하늘이 희뿌옇다. 목련꽃 그늘 아래 그들
은 나란히 앉아 맷골을 떠올리며 성호를 생각했다. 도시
에서 태어나서 빌딩 숲에서 자랐다면 절대로 지니지 못했
을 아름다운 유년의 숲이 저들의 머리에서 가슴 저리도록
살아났다.
　"성호는 늘 바쁘니? 우리 한번 만나서 저녁이라도 먹었
으면 좋으련만. 성호가 날 알아볼지 모르겠다. 벌써 20년
세월이 흘렀으니 말이다."
　"오빠는 하나도 변하지 않았어. 냇가에서 성호의 뱀에
물린 엄지발가락을 치료했던 것처럼 의사가 되었잖아."
　초린을 통해 성호의 근황을 듣고 있었으나 서로가 시간

이 엇갈렸다. 성호가 시간이 나면 현종이 수술하고 있었고 현종이 시간이 나면 성호가 수업 중이었다.

"언제나 목요일 저녁은 내 시간이야. 성호하고 너하고 그 시간에 맞췄으면 좋겠다."

"내일 목요일은 힘들 거야. 성호 어머니 기일이거든. 혼자서라도 음식 몇 가지 차려놓고 절을 하더라고."

성호의 얼굴이 떠올랐다. 성인이 된 얼굴이 아니라 소를 몰고 혼자 산기슭으로 향하는 쓸쓸한 뒷모습과 현종을 보면 말없이 씩 웃던 소처럼 순해터진 얼굴이다. 한 반에서 공부했지만 성호는 학교를 밥 먹듯이 빠졌다. 성호 아버지는 재 넘어 부잣집에 머슴살이하러 가버렸고 어머니는 약초를 캐다 벼랑에서 굴러 떨어져 허리를 다쳐 기동도 못하고 있었기 때문이다. 초등학교 4학년이면 지금 생각해 보면 얼마나 어린 나이인가! 그 나이에 소를 몰고 다니면서 소꼴을 먹이고 병든 어머니 음식상을 차리기 위해 산나물도 뜯던 성호다. 어떤 때는 좁쌀 한줌에 산나물을 넣고 멀겋게 죽을 끓여 먹기도 했다.

장마는 지루한 계절이다. 먹을 것을 구하러 산속으로 가지도 못하고 냇가의 물이 엄청 불어나서 맷골 전체가 쿵쿵 흘러내리는 물소리로 하루 종일 천둥이라도 치는 듯했다. 현종은 슬그머니 독에서 보리와 쌀을 퍼가지고 살금살금 성호의 부엌으로 향했다. 엄지손가락의 거스러미를 입으로 물어뜯고 앉아있던 성호 옆에 양식을 가만히 놓았다. 성호가 따라 나와 현종의 손을 잡았다. 눈물이 그렁그렁한 눈을 감추지 못했고 그런 성호의 손을 으스러지게 꼭 잡아주었다. 서로의 따뜻한 온기가 온몸까지 전해졌다.

세 사람은 함께 학교를 오갔지만 언제나 성호는 두 사람을 앞세우고 자신은 저들 뒤에 처졌다. 현종과 초린이 냇가에서 앙감질로 깡충깡충 뛰어다녀도 멀찍이 떨어져서 못 본 척 멀리 시선을 산봉우리에 던졌다. 금방 시드는 망초꽃 묶음을 가만히 초린에게 넘겨주는 것이 고작이었다. 초린과 현종이 둘이서 손을 맞잡고 우리는 아프리카로 간다, 인도로 간다, 알래스카로 간다 하면서 하늘을 향해 머리를 젖히고 뱅뱅 돌면서 뛰어도 성호는 그저 멍청히 흘러가는 냇물에 시선을 고정하고 바위처럼 앉아있었다.

셋이는 교회도 함께 다녔다. 어쩌면 학교보다 교회에서 더 재미있는 시간을 보냈다. 특히 크리스마스가 좋았다. 눈이 산골을 덮어서 외지로 나갈 수 없을 때 현종은 어머니가 집에 있어 좋았다. 집안일을 어머니에게 맡기고 맘껏 시간을 보낼 수 있었으니 말이다. 초린이 마리아로 분장하고 현종은 요셉이 되었으며 성호는 악역인 여관집 주인으로 나온 적이 있었다. 연극 연습을 하려고 매일 밤 어둠을 뚫고 교회에 가서 밤늦은 시간에 끝나면 세 사람은 냇물소리에도 무섬증이 일어 꼭 붙어서 걸었다. 초린이 임신한 마리아 흉내를 내느라고 배에 곰 인형을 넣었다가 넘어지는 바람에 교회 안이 웃음바다가 된 적도 있었다. 여관주인으로 분장한 성호가 냉큼 초린을 안아 일으켰기 때문이다.

초린과 닥터 정은 다리를 쭉 뻗고 두 손을 등 뒤로 내밀어 몸을 지탱하고는 하늘을 우러러보았다. 공해로 찌든 하늘에 흐릿한 형체의 뭉게구름이 두둥실 흘러간다. 그때 저들을 향해 성큼 다가서는 사람이 있었다. 키다리 아저씨라고 해도 좋을 정도로 긴 다리 그림자가 저들을 덮었다. 서서히 얼굴을 들어 봄 햇살을 가린 사람을 올려다본 초린이 반가움을 터뜨렸다.

"성호오빠! 수업은 어떻게 하고 왔어."

"현종이 널 보고 싶어서 몸살이 날 지경이었다. 오늘 다행히 교수가 결강을 하는 바람에 나올 수 있었어."

현종과 성호의 눈이 부딪히는 순간 둘은 서로 껴안았다.

"초린을 도와줘서 고맙다. 빚 때문에 초린이……."

성호가 마치 친오빠라도 되는 듯 머리를 주억거린다.

"성호오빠는 언제나 내 보호자인 척한다니까."

"됐다, 됐어. 우리 나가자, 내가 한턱 쏠 테니."

닥터 정이 벌떡 일어서서 앞장을 섰다.

"맷골에서 의사가 나왔고 유명한 디자이너가 나왔으니 이제 판사가 나올 차례가 아니냐."

이 모든 것을 숨어서 훔쳐보는 눈이 날카롭게 번뜩였다.

3

강완경 회장의 딸 미도를 아내로 맞으라는 어머니의 성화는 밑도 끝도 없이 이어지다가 이제 언어폭력으로 돌변했다. 들은 체 만 체하는 것도 정도문제지 집에 들어가기가 겁날 지경이었다. 어머니의 우격다짐에 닥터 정은 멍청히 앉아서 쏟아지는 질책을 모두 받아 안았다. 어머니의 하얀 치아가 먹이를 앞에 놓고 잡아 삼키려는 호랑이의 그것들처럼 보여서 진저리를 쳤다. 아들의 침묵 대결이 더욱 그녀를 미치게 했다.

"내가 사돈어른에게 5월 말쯤 결혼식을 치르자고 이미 말해 놓은 상태인데 넌 약혼식도 거절하고 묵비권만 행사하면 다냐. 너, 이 어미를 잡아먹으려고 작정한 거냐?"

"……."

"말 좀 해라. 미치겠다."

"저 그 여자랑 결혼하지 않습니다."

"이제 와서 그믐밤에 홍두깨 내미는 격이지 그게 무슨

소리냐."

송 권사는 이성을 잃고 손에 잡히는 대로 물건을 마구 거실바닥에 내던지기 시작했다. 눈을 부릅뜨고 우악스럽게 나대는 바람에 몸에서 뿜어 나오는 독기가 시퍼런 도깨비불처럼 번득거렸다. 흩어짐이 없이 이런 어머니와 마주하고 덤덤히 앉아 있어야 이기는 것이다. 슬픔이 빛살처럼 그를 휘감았다. 입을 헤벌쭉 벌리고 맷골 산속에서 보았던 짐승과 산새들을 떠올렸다. 토끼, 늑대, 범, 여우, 곰, 너구리, 족제비, 오소리, 사슴, 노루, 산돼지 꿩, 황새, 두루미, 백로, 꾀꼬리, 까치, 까마귀, 참새, 굴뚝새, 할미새, 매, 독수리⋯⋯ 뻐꾸기가 자지러지게 우는 골짜기 저 끝에는 언제나 초린이 우뚝 서 있다.

젊음이란 용기며 패기고 또한 자신의 주장을 관철하기 위해 눈치를 보지 않는 결단력이라고 생각한다. 비록 먼 훗날 후회할 일이라 해도 젊음에는 불가능이 없다. 더구나 일생을 함께 살아갈 동반자를 택하는 일을 놓고 어찌 타인의 힘에 굴복하란 말인가. 젊음이란 객관적으로 판단해서 아무런 이득이 될 것이 없는 것을 기뻐하여 잡고 늘어지며 목숨을 걸고 움켜쥐기도 하는 시기가 아니겠는가. 싫어하는 것을 그게 비록 큰 이득이 된다 해도 과감하게 내던질 수 있는 시기가 바로 청년의 특권일 것이다. 해서 청춘은 아름다운 것이다. 어른들 눈에는 생뚱맞은 데가 있고 바보 같은 짓이라고 웃겠지만 물불 가리지 않고 목숨을 걸고 소망하는 것을 행할 수 있는 청춘의 한 자락을 붙들고 서 있는 닥터 정현종은 마지막 결단을 내려야 하는 갈림길에 서 있었다. 어머니가 아들의 눈을 후벼 팔듯이 삿대질을 하자 뒷걸음질을 치면서 현관 밖으로 밀려났다.

조갯살에 푹 박힌 흑진주가 되기 위해 두 사람의 사랑에 고난과 아픔이 반드시 따라야 한다는 결론에 이르자 닥터 정은 어머니의 험한 말을 뒤로하고 집을 빠져나왔다. 차를 초린이 있는 신림동으로 몰았고 초린은 저녁 늦은 시간인데도 그의 목소리를 듣고 지체 없이 뛰어나왔다. 닥터 정은 그녀의 어깨에 매달린 실 보푸라기를 떼어내면서 어깨를 감싸 안았다. 갑자기 한밤중에 불러내서는 어깨를 껴안는 현종을 여자는 뜨악한 표정으로 훔쳐보았다. 외등의 흐린 불빛에 푹 젖은 그의 눈시울이 다가왔다.

"옷 재단을 하나 보지?"

"으응. 오빠에게 꾼 돈을 갚자면 이렇게 일해야 하잖아요. 인터넷으로 장사를 하려고요. 맷골에서 오빠가 내 귓등에 꽂아주었던 달맞이꽃을 청바지 끝단과 주머니에 수놓으려고 해요. 달맞이꽃으로 장식한 핸드백, 머리핀, 머플러, 치마 등등 한 세트로 수놓아서 직접 장사를 하려고요. 국화빵처럼 너무나 똑같은 물품에 식상한 시대라 개성을 살려서 고객의 입맛을 자극하는 것이지요. 홈쇼핑 시대에 걸맞게 머리를 쓰는 비즈니스가 제 적성에 맞아요."

　"옛날에 보았던 꽃을 상상해서 도안하지 말고 직접 꽃을 놓고 봐야지. 미켈란젤로의 그림에 나타나는 근육질은 모두 직접 관찰하고 그린 것이라고 하더라."

　"사진 찍듯이 그려내는 것이 아니고 내 상상 속에서 아름답게 승화된 꽃이 더 아름다운 거지요."

　"아이쿠! 그림에 대하여 공부 좀 한 모양이지."

　"디자인을 공부하자면 그림도 알아야 해요. 똑같은 그림이라도 어떤 사람이 그리느냐에 따라서 아주 다른 그림이 나와요. 예를 들면 엠마오로 향하던 제자들과 앉아있는 그리스도를 다룬 그림도 카라바조Caravaggio가 인물들에만 초점을 맞춘 반면 렘브란트Rembrandt는 배경을 키우고 인물들의 크기를 축소시켜서 더 신비로운 분위기를 자아내고 있어요. 카라바조가 시도한 빛이 뜨겁고 선동적이라면 렘브란트가 빚어낸 빛은 차갑고 초연하다고 생각해요. 사람에 따라 색감이 달리 나오듯 내가 상상한 달맞이꽃도 달라야지요. 오빠 말처럼 꽃하고 똑같이 그린다는 건 사진을 찍는 것이 더 낫단 말이 아닐까요?"

　"넌 아는 것이 참 많구나."

　"오빠는 의사니까 인간의 몸에 대해서는 나보다 더 완숙하게 알겠지요. 오빤 의학 공부만 하느라고 그림도 볼 시간이 없었지만 나는 색을 다루는 분야니까 이렇게 지껄일 수 있어요. 화가란 색깔과 빛처리 뿐만 아니라 자신의 생각까지 넣어서 사진을 능가하는 그림을 그리는 사람들이라고 생각해요. 이건 누구에게나 열려 있는 예술 공간이지요."

존경어를 쓰는 초린에게 말을 낮추라고 할까 하다 그만두었다. 어머니 앞에 설적에 이런 말투가 더 유리할 것이라는 생각 때문이다. 두 사람은 차를 타고 한강 고수부지로 나갔다. 밤은 요란하게 치장한 여인과 같다. 한낮의 강렬한 밝음 가운데서 적나라하게 드러난 외양이 너무 수치스러우니까 밤이란 베일을 쓰고 신비함을 억지로 내보이려는 안간힘처럼 느껴졌다. 유유하게 흘러가는 한강 물 위로 쏟아지는 도시의 불빛에 눈이 시렸다. 물 위로 소리 없이 유람선이 지나가고 연인들이 팔짱을 끼고 한가롭게 걷거나 긴 의자에 앉아 있다. 더러는 짙은 포옹을 하기도 하고 어깨동무를 하고 앉아 있기도 했다. 닥터 정이 갑자기 초린의 어깨를 두 손으로 잡고 눈을 맞췄다. 물 위로 어른거리는 불빛보다 더 강렬한 빛이 그의 눈에서 뿜어나왔다.

"우리 결혼하자."

닥터 정의 돌연한 제의에 초린이 움찔한다.

"어떻게 이렇게 갑자기……."

"넌 나만 따라와."

"어머니의 반대를 어떻게 하려고 그래요. 지난번에 제가 집에 갔을 적에 절 바라보는 눈빛이 너무 무서웠어요."

"일생을 함께 살아갈 여자를 택하는 건 나지 어머니가
아니야. 어머니가 내 인생을 살아주는 것이 아니잖아."

"집에서 쫓겨나도 괜찮아요? 오빠가 불행해지는 걸 원
하지 않아요. 이렇게 이따금 만나는 걸로 족해요. 오빠 내
게 유일하게 남아 있는 내 피붙이 같은 사람이지요. 유년
시절 맷골의 개울가에서 절 돌봐주었고 이끌어주니까요.
오빠가 강 회장의 딸과 결혼해도 친오빠를 만나듯 자주
찾아갈 테니까요."

"아니 난 네가 옆에 있어야 살겠어. 네 얼굴이 한시도
내게서 떠나질 않아서 죽을 것만 같아. 오직 너만 내 가슴
에 살아 있어. 어서 함께 하고 싶다는 마음뿐이야. 내 일
생 동반자로 내 곁에 있어 달라는 말이다. 잠에서 깨어 눈
을 뜨면 네가 내 옆에 나란히 누워 있어야 난 살 것 같
아."

"사람의 생명을 다루는 수술을 늘 하는 오빠가 나로 인
해 정신이 혼란하게 되는 걸 원치 않아요. 만에 하나 실수
하여 사람이 죽으면 어떻게 해요. 난 그게 제일 두려워요.
오빠 마음이 편하고 기쁨으로 살기를 진심으로 바래요."

"아무리 어머니가 반대해도 난 너를 놓을 수가 없어. 너
없이는 난 죽을 것만 같아. 이건 감정적으로 된 일이 아니
야."

닥터 정은 초린의 손을 잡고 서서히 흘러가는 물결을

바라보았다. 식사할 때나 의사들과 모여 회의를 진행할 적에 심지어 수술할 때도 그의 마음에서 떠나지 않는 여자는 바로 초린이었다. 따지고 보면 이 여자를 사랑한 것은 그가 초등학교에 다닐 적에 이미 시작된 일이다. 그간 겨자씨앗처럼 숨어 있다가 이제 시기가 되니 싹을 터서 올라오고 있다고 표현하면 맞을 것이다. 유년시절 그녀의 손을 잡고 맷골의 개울가를 뛰면서 아프리카, 미국, 남미로 함께 가자고 약속한 것이 바로 이런 결합을 두고 한 말이 분명했다. 그의 영혼 속에는 오직 이 여자가 자릴 잡고 있어서 어느 다른 여자도 비집고 들어올 수가 없었다. 만약에 어머니의 주장을 따라서 강완경 회장의 딸과 산다면 이런 감정을 가질 수 있을까. 그녀를 생각만 해도 몸에 소름이 끼친다. 아마도 성탄절을 앞두고 노숙자처럼 변장하고 그녀 앞에 섰을 적에 뾰족한 구두 뒤꿈치로 그의 발등을 밟아 몸이 오그라들도록 혼이 났던 아픔이 그런 감정을 유발하는 것일까. 그것도 아니다. 더구나 정강이를 구둣발로 걷어찼을 때 그 아픔이 전신의 세포를 곤두서게 한 탓일까. 그것도 아니다. 그냥 싫다. 이유 없이 무조건 싫다.

"어차피 오빠는 병원에서 일생을 보내는 시간이 많잖아요. 결혼은 두 사람만 하는 것이 아니고 두 가정이 합쳐지는 것이라고 들었어요. 오빠하고 나만 좋다고 이 결혼이 성립되는 것이 아니지요. 저란 여자는 엄마가 목숨을 내

걸고 벌어들인 생피 같은 돈으로 대학을 나왔어요. 지독한 가난을 안고 이 세상과 맞서서 살아남은 여잡니다. 어린 나이에 험난한 인생을 산 사람이지요. 그 관점에서 보면 우리 결혼은 실타래처럼 헝클어지게 될 거예요. 지독히 험난해서 평탄할 것 같지가 않아요."

"사랑은 모든 것을 녹일 수 있어. 우리는 사랑하고 있잖아. 헤어질 수 없는 사이야. 만물의 영장인 인간은 자기가 사랑하는 사람을 위해 일생을 걸 수 있어. 참으로 아름다운 일이지. 내가 의사가 된 것도 따지고 보면 사랑하는 사람을 위해서 한 것이었어. 어째서 많은 것을 희생해 가면서 의학을 그것도 외과의사가 된 것일까. 이 문제를 놓고 요즘 많이 생각했어. 무의식의 세계에서 난 너를 향해 앉아 있었어."

"엄마도 돌아가셨고 나를 지탱해 줄 아무도 없어서 두려워요. 오빠하고 결혼하는 것이 무서워요."

"암말 말고 내가 잡은 손을 놓지만 말아. 내가 꼭 잡아 줄 테니. 넌 나만 믿고 그냥 눈을 질끈 감고 따라오라고."

그 밤에 닥터 정은 여자를 끌고 집으로 갔다. 늦은 시간에 초린을 데리고 들어서는 아들을 보는 송 권사의 몸에 한기가 돌았다. 물색 하늘색 원피스를 입어서 그런지 공기까지 섬뜩했다.

"우리 결혼할 것입니다. 허락해 주세요. 일생에 딱 한 번뿐인 부탁입니다. 이 결혼만 허락해 주시면 어머니가 원하시는 것을 무엇이나 할게요."

"내 눈에 흙이 들어가기 전에 이 결혼을 허락할 수 없다. 강 회장댁과 이미 약속을 했고 양가에서 혼수준비까지 다 완료했는데 이제와서 다른 여자와 결혼한다고? 너도대체 정신이 있는 놈이냐. 내가 일생 죽어라 고생한 것이 고작 자갈투성이 밭뙈기 한 평 없는 며느리를 얻으려고 그런 줄 알았냐."

"어머니가 뭐라 해도 전 이 여자와 결혼합니다."

송 권사의 눈에 붉은 빛이 돌았다. 한참 아들을 노려보더니 이번에는 초린의 얼굴을 뚫어지게 쏘아보았다. 약이 바짝 오른 탓에 혀가 말라붙어 헉헉거리다가 갈라진 목소리로 고함쳤다.

"너 같은 년이 어찌 감히 내 아들을 넘볼 수가 있니. 넌 맷골에 살적부터 그랬지. 내가 그때 너의 속셈을 알고 네 엄마에게 얼마나 많이 경고한 줄 아느냐. 너에게 부탁하마. 이 결혼은 불행을 자초하는 것이니 제발 네가 스스로 물러가라."

"……."

"우리는 이미 결정하고 여기 왔으니 어머님이 반대해도 저희는 다음주 토요일에 결혼식을 올립니다."

"뭐라고? 결혼식을 한다고! 어미가 참석하지 않는 결혼식을 감히 하겠다고. 이집에서 당장 나가. 꼴도 보기 싫은 자식아."

닥터 정이 여자의 손을 잡고 나가려하자 송 권사가 초린의 팔뚝을 우악스럽게 잡더니 전신이 휘도록 양쪽 뺨을 때렸다. 초린이 비틀거리다가 거실바닥에 나동그라졌다. 놀란 닥터 정이 어머니를 밀치고 초린을 부둥켜안았다. 아들의 거센 팔 힘에 밀려서 나동그라진 송 권사는 천장을 향해 누워서 엉엉 울기 시작했다.

"이 여자와 결혼하면 나와는 영 이별이다. 우린 다시 얼굴과 얼굴을 대면하고 보지 못할 것이다."

초린이 멈칫거리면서 뒤를 돌아본다. 그러자 닥터 정이 그녀의 손을 힘있게 잡아챘다.

"몹쓸 자식 같으니라고. 피는 속이지 못하는구나. 널 기른 내가 잘못이지. 너에게 내 꿈을 온통 걸었던 내가 바보지. 그래 가거라. 어서 가거라. 네 본래의 자리로 돌아가거라."

4

두 사람은 초린이 다니는 작은 교회에서 결혼식을 올렸다. 축하객은 동료의사들과 교수들 뿐이다. 성호가 와서 이것저것 거들어주었지만 정말로 조촐한 결혼식이었다. 식장을 빠져나오면서 초린이 말했다.

"집으로 가요. 어머니를 만나야 해요."

"널 거부할 텐데 그걸 어떻게 감당하려고 그래."

"그래도 당신을 낳은 어머닌 걸요. 나는 오빠하고 피가 한 방울도 섞이지 않은 여자지만 어머니는 오빠의 일부예요. 같은 핏줄을 타고 났기 때문에 절대로 헤어질 수 없어요. 해서 부모와 자식 사이는 천륜이라고 하지요. 전 오빠를 떠날 수 있지만 오빠는 어머니를 떠날 수 없거든요. 이건 제가 진 십자가이니 어머니 밑에 들어가 모든 걸 감수할 거예요. 인내하면서 어머니 곁에 있어 결국에는 사랑받는 며느리가 될 겁니다. 사랑이 넘치고 평화로운 가정을 이룰 것이니 절 믿어주세요."

"난 어머니를 잘 알아. 평양 여자의 기질은 대장군 같다고 할까. 한번 정한 것을 밀고 가는 것이 마치 탱크를 몰고 가는 군인 같은 기상이야. 아마도 널 그 탱크로 밀어붙여서 죽일 수도 있으니 살살 하자. 우리 기도하면서 방법을 간구하자."

고집을 부리는 신부를 데리고 청담동 집으로 향했다. 결혼한 사이이니 받아줄 것이란 막연한 기대감도 있었다. 신부가 첫날밤을 시어머니가 계신 청담동 집에서 보내겠다는 고집도 만만치가 않아서 닥터 정은 차를 집으로 몰았다. 열쇠로 대문을 따고 현관문을 들어섰다. 집안은 태풍이 지나간 뒤끝처럼 적막했다. 휑뎅그렁하고 썰렁했다. 벽난로 가장자리에 항상 탐스럽게 꽂아놓은 장미꽃도 전부 시들어서 머리를 푹 숙이고 거실 탁자 위에는 먼지가 소복이 내려앉아 있었다. 의주댁은 어디로 갔단 말인가. 거실을 기웃거리면서 초린이 사뭇 불안한 표정을 감추지 못했다. 부엌에도 인기척이 없다. 이 시간대이면 의주댁이 저녁설거지를 하느라고 부산할 텐데 빈집 같았다.

"아줌마! 어디 갔어요. 집이 이렇게 빈 적이 없었는데 웬일이지. 아줌마! 화장실에 있나."

닥터 정이 혼잣말을 하면서 부엌에 딸린 화장실까지 가서 노크를 하고 안을 기웃거렸다. 그러자 의주댁이 거하는 방에서 인기척이 났다.

"안에 계시면서 왜 나오지 않아요?"

닥터 정이 심드렁하게 말하자 의주댁은 눈이 화등잔만하게 커지면서 입을 두 손으로 가렸다.

"어머니가 병이 났어. 집안에서 소리도 못 내게 하고 음식도 전폐하고 누워 있어. 그러니 거실로 가서 조용히 있어. 큰일 났어. 예삿일이 아니야. 얼마나 충격을 많이 받았는지 이상한 소릴 하고 난리야. 지금 제정신이 아니야. 자식 꺾는 부모 없다는데 그냥 받아주지 어쩌자고 저 야단인지 모르겠네."

닥터 정이 초린의 손을 잡고 이층 자신의 방으로 올라가려하자 의주댁이 강하게 막고 나선다. 손사래를 치면서 큰일 날 듯 설쳤다. 말하지 않고 몸짓으로 강한 거부감을 표현했다. 그래도 닥터 정은 치고 들어갔다. 순간 자신의 눈을 의심했다. 방은 온통 수라장이었다. 폭탄이라도 떨어진 듯 하나도 제자리에 놓인 것이 없었다. 이불은 갈기갈기 찢어졌고 베갯속을 전부 방바닥에 흩뿌려놔서 발 디딜 틈이 없었다. 하필이면 메 껍데기를 속에 넣은 베개라 방안은 검은 재라도 뿌려놓은 듯했다. 알카에다의 폭탄테러 현장처럼 쓰레기더미가 수북했다. 닥터 정은 신부의 손을 잡고 거실로 내려왔다. 초린이 소리죽여 울기 시작했다.

그때 초인종이 울렸다. 두 손을 바지 주머니에 찔러 넣고 껌을 쩍쩍 씹고 있는 교종의 모습이 초인종 모니터에 나타났다. 의주댁이 난감한 표정을 감추지 못하고 멈칫거리다가 현종의 눈치를 본다. 저간의 일들이 아무래도 찜찜했다.

"열어주세요."

겁먹은 듯이 옴츠리고 눈치를 보던 의주댁이 어쩔 수 없이 현관문을 열었다. 교종이 천천히 현관을 들어서다가 초린과 함께 있는 현종을 보더니 오른손을 쓰윽 올려 인사를 하는 척하면서 의미 있는 미소를 입가에 흘렸다.

"이거 재미있게 일이 전개되는군. 우하하하……."

오늘 결혼한 신부이지만 이제 제수가 된 초린을 발끝에서부터 머리끝까지 경멸하는 눈초리로 훑어보고는 너털웃음을 터뜨렸다. 맛있는 음식을 앞에 놓고 흔쾌한 마음을 감추지 못하는 그런 달뜸이 그의 몸에 그득 고여 왔다. 너무 재미가 있어서 몸 둘 바를 모르겠다는 그런 몸짓도

했다. 항상 주눅이 들어 꼬리를 사타구니에 사려 넣고 몸을 활처럼 휜 똥개처럼 나대던 그가 목에 힘을 주고 당당하게 서서 현종을 노려보았다. 비굴하게 거드름 피우며 헛기침을 하던 옛 모습이 전혀 없었다.

"이제야 제자리에 돌아온 거야. 넌 이제야 네 자리를 찾은 거라고. 내가 받을 모든 사랑을 독차지했다가 이제야 내어놓는 격이지. 너에게 수시로 늘 말했지. 이런 순간이 오면 말해 주려고 벼르고 있었는데 이렇게 빨리 올 줄은 몰랐다."

의주댁이 커피를 교종의 앞에 놓으면서 여차하면 그 입을 막아보려는 듯 초조한 표정을 감추지 못했다. 언제나 조용히 있는 듯 없는 듯 주인마님 뒤에 그림자처럼 집안을 돌보던 의주댁이다. 이런 그녀가 덤벼드는 자전거를 온몸으로 막아보겠다는 자세로 당돌하게 교종 앞에 떡 버티고 섰다.

"조용히 입 다물어요. 어머님이 지금 얼마나 많이 편찮으신데 걱정하지 않고 이게 무슨 짓이야."

"으흠. 이 아줌마도 이일 한 자락을 거들었으니 이렇게 나갈 줄 알았어! 이마당에 내가 숨길 것이 뭐야."

"제발 조용히! 어머니 깨요. 밤새 잠을 못 주무시고 뒤척이다가 지금에야 약을 잡숫고 잠깐 눈을 붙였는데 조용히 할 수 없어요? 깨나시면 벼락이 떨어질 텐데 어쩌려고 이러세요."

교종은 조금 자제하는 듯 몸을 옴츠렸다. 두루뭉수리로 넘기려는 의주댁의 의도를 벌써 간파했는지 입가에는 여전히 묘한 웃음을 머금고 거실 안을 둘러보았다. 모처럼 찾아온 날이 장날이라고 운이 좋았다. 이런 날을 얼마나 기다렸단 말인가. 한뎃잠을 수없이 잤고 세월의 이끼처럼 덮씌워온 격랑은 전부가 동생 현종이 때문이었다. 혼꾸멍을 내주려고 얼마나 별렀는데 이런 절호의 기회가 오다니! 교종은 벽난로 위에 놓아둔 승리의 여신상인 사모트라케의 니케에 눈길을 두고 얼마간 마음을 가다듬었다. 머리도 잘려나가고 한쪽 팔도 없으며 발도 없는 여자가 신전 꼭대기에서 바다를 내려다보고 있는 석고상이다. 해전에서 승리한 것을 기념하기 위해서 제작된 것이라고 한다. 원래는 에게 해 북쪽 사모트라케 섬 언덕 위에 있던 것을 루브르박물관으로 옮겨놓은 것을 본 따서 만든 것이다. 바람에 휘날리는 긴 치마와 배꼽 언저리 옷이 거센 바닷바람을 받고 물결친다. 여자의 나신이 바람에 나부끼는 옷에 감춰 있는 형상으로 그윽한 신비로움을 자아냈다. 어떻게 돌에 이렇게 살아 있는 듯한 생생한 조각을 했는지 어머니는 늘 감탄을 하면서 거기에 놓고 아끼는 여신상이다. 움푹 들어간 배꼽과 볼록한 아랫배랑 토실토실한 엉덩이가 성적 매력을 지닌 여인처럼 사뭇 충동적이라 살짝 살집을 만지면 느낄 수 있을 듯한 여신상이다. 어쩌면 이건 송 권사의 기상일 것이다. 앞으로 나아가려는 가슴과 다리를 막아서는 강한 바람으로 인해 여인의 몸이 공중에 떠있는 듯했고 바닷바람은 앞으로 나가려는 여자를 강한 힘으로 막아 서서 여자의 옷에 수백 개의 풍부한 주름살을 새겨 놓았다. 그 주름들이 힘차게 약동하고 있는 여인의 건강하고 생동적인 의지를 잘 드러내고 있었다.

이건 의과대학에 입학한 현종이 신입생들끼리 다녀온 유럽 여행기념으로 어머니에게 사다준 선물로 어머니는 머리가 잘려나간 그 여신상에서 어떤 공감대를 느꼈는지 항상 제일 눈에 잘 띄는 벽난로 위에 놓고 오는 손님들에게 설명을 하고 거기에 곁들여 작은아들 자랑을 빼놓지 않았다. 이 석고상에 눈이 멎자 교종이 벌떡 일어섰다. 그 여신상을 치켜들더니 갑자기 거실 바닥에 내동댕이쳤다. 그건 순간이었다. 눈 깜짝할 사이에 일어난 일이었다. 의주댁이 기겁을 해서 산산조각이 난 석고상을 긁어모으면서 이를 어째, 이를 어쩌지 하면서 훌쩍였다.

"어떻게 이럴 수가 있어. 교종이 이 자식아. 네가 감히 내가 아끼는걸 이렇게 내던질 수가 있어. 이 죽일 놈 같으니라고……."

약기운으로 깊이 잠든 줄 알았던 어머니가 방문을 열고 서서 거실쪽을 향해 고함을 쳤다. 어머니의 서슬에 잠시 움찔하며 조용히 입을 다물고 있던 교종이 방문 쪽으로 고개를 빳빳하게 세우고 걸어갔다.

"이제 고만 게임을 끝내지요. 이쯤해서 어머니도 사실

을 밝히고 우리 원래의 가정으로 돌아갑시다."

"이놈아! 너 지금 뭘 말하려고 그러는 거냐."

"어머님이 제 마음을 잘 아시면서 왜 그러세요."

교종의 말에 송 권사는 조금 수그러들었다. 그건 잠깐 동안의 침묵이었다. 거실 안에 깊이를 가늠할 수 없을 정도의 불안한 기운이 감돌았다. 그러나 교종의 얼굴에는 커다란 파문이 일고 있었다. 독을 삼키고 있는 듯한 얼굴이었다. 곧 뱉어내야지 그냥 물고 있다가는 자폭할 것 같은 그런 눈이었다. 숨 막히는 침묵을 깨고 어머니의 절규가 거실을 잡아 흔들었다.

"너, 또 이상한 짓을 하려고 그러는 거지? 넌 항상 내 앞에서 그 문제를 놓고 나를 들볶았는데 또 그 짓을 하려고 그러냐? 나는 널 이미 내 앞길에서 팽개친 지 오래됐어. 다시는 이렇게 걸림돌이 되지 말아라. 개차반 같은 인간쓰레기야. 넌 사람답게 살기는 그른 자식이다."

그녀의 과격한 말에 교종이 물러서질 않고 어머니의 어깨를 양손으로 잡고 함께 고함을 쳤다. 그 고함은 긴 세월 좁은 통에 넣어두었던 가스통이 폭발하듯 엄청난 힘을 지니고 집안을 잡아 흔들었다. 의주댁이 깨어진 여신상의 조각들을 긁어 모으다가 뒤로 벌렁 엉덩방아를 찧을 정도다.

"저 새끼를 이제 이 집안에서 내쫓아요. 저 자식 때문에 내가 얼마나 많은 피를 봤다고요. 왜 남의 새끼를 끼고 도는 겁니까? 우리 집의 피가 단 한 방울도 섞이지 아니한 자식을 저만큼 길러주었으면 되었지 어쩌자고 지금도 끌어안으려고 그래요. 이제 이 꼴을 당하고도 어머닌 저 애를 끌어안고 나를 내치려고 그럽니까. 내가 저 자식보다 공부를 좀 못 했지 뭐가 나쁩니까. 제가 어머니의 마음을 저 자식보다 더 아프게 했단 말입니까. 말 좀 해보세요. 옛말에 집과 옥답은 봉제사할 장손의 몫이라고 했어요. 저는 이 집안의 장손이요 외아들입니다."

폭포수처럼 쏟아지는 말잔치에도 송 권사는 대꾸를 하지 않고 씩씩거리면서 음충맞게 웃고 있는 교종과 현종을 번갈아 보기만 했다.

"왜 말을 못해요. 이제 저 자식의 출생을 밝히고 내쫓아 버려요. 이번 기회가 아주 적절합니다. 기른 정 때문에 어머니는 여태 속아왔지만 이젠 정신을 차릴 때예요. 어머니의 뜻을 수굿이 따르질 않고 거역하고 끝까지 반항한다는 것은 어머니의 핏줄이 아니기 때문이에요. 제 말이 틀려요?"

말을 못하고 벌벌 떨고 있는 어머니를 향해서 교종이 마구 더 퍼부을 기세다. 의주댁이 송 권사의 몸을 두 팔로 부둥켜안고 안방으로 끌고 갔다. 이 모든 일이 행해지는 동안 닥터 정은 망연한 얼굴로 교종을 뚫어지게 쏘아보았다.

"이게 바로 형이 날 찾아올 적마다 마지막 카드라고 부르짖던 거야?"

"그렇다. 내 말을 다 들었으면 일의 전후를 다 파악했을 테니 조용히 이 집에서 나가거라. 더 이상 이 집안에 파문을 일으키지 말고 네가 좋아 죽겠다는 저 여자를 데리고 네 본래의 자리, 가난하고 버려진 거지 신분으로 돌아가란 말이다. 넌 거리에 버려진 홈리스homeless야, 빈털터리 노숙자라고."

"아니 난 이렇게 이 집을 나갈 수 없어. 어머니의 입에서 나오는 말을 듣기 전에는 나갈 수 없단 말이야."

"흥! 이 집 재산에는 미련이 있다 이거지. 사실 난 네가 강 회장의 딸 미도랑 결혼하는 것이 아닌가 해서 얼마나 걱정한 줄 아니. 그 여자랑 결혼하면 이 문제를 해결하기 참으로 어려웠을 텐데 하늘이 날 도와주었다. 일이 이렇게 잘 풀릴 줄 누가 알았니. 하늘이 도왔지. 인간의 힘으론 이렇게 멋지게 일을 처리할 수 없지."

송 권사의 흐느낌이 점점 더 격렬해졌고 이를 달래려는 의주댁의 목소리도 다급했다. 어머니의 넋두리가 계속되었다.

"내가 저희들을 어떻게 길렀는데 이럴 수가! 내 뒤통수를 이렇게 내려칠 수가 있어. 이 집안의 꿈을 이루려고 생피를 흘려가면서 수고했는데 이럴 수가. 아이고, 아이고! 이를 어쩌지. 이를 어쩌지⋯⋯ 아이고 하나님⋯⋯ 자식을 하나님보다 더 사랑해서 이런 재앙이 내린거라고. 자식이 우상이었다니까."

거실의 안락의자에 몸을 푹 묻고 앉아서 닥터 정은 눈을 지그시 감았다. 그 곁에 초린도 어쩔 줄 모르면서 앉아 있다가 의주댁이 치우다가 손을 놓은 석고상 조각을 쓸어 담기 시작했다. 손이 심하게 떨리는 걸 보니 마음을 다잡으려고 안간힘을 쓰는 빛이 역력했다. 꿇어 앉은 그녀의 무릎 위로 눈물방울이 눈에 띄게 후드득 떨어졌다.

"너 당장 이 집안에서 나가. 이제 네 꼴을 보는 것도 지겹단 말이야. 넌 그래도 이 집안의 재물을 뜯어다가 그 많이 드는 학비를 내고 의사가 되었으니 그걸로 우리 집안이 너에게 해줄 수 있는 것을 다 해준 셈이다. 그러니 지금 당장 이 집안에서 꺼져버려. 네 음성만 들어도 몸이 뒤틀리고 부아가 나서 참을 수가 없어. 당장 저 여자를 데리고 나가버려."

교종이 눈을 희번덕이면서 허리에 왼손을 얹고 오른손으로 현관문 쪽을 가리키면서 고함을 쳤다.

벌벌 떨면서 깨어진 승리의 여신상을 쓰레받기에 담고 있던 초린이 오뚝이처럼 발딱 일어섰다.

"나갈 수 없어요. 제가 결혼하기 전에 미리 혼인신고를 하자는 남편의 말을 따라 호적을 떼어봤는데 엄연한 이 집안의 차남으로 올라 있어요. 댁의 말처럼 친자식이 아니라면 어째서 호적에 올라 있겠어요. 추측으로 사람을 몰아내지 마세요. 절대로 이 집에서 나갈 수 없어요. 전이 집안 며느리로 이미 호적에도 올라 있으니 저도 나갈 수 없어요. 분가해서 나가 살고 있는 분이나 어서 나가세요."

독이 오른 작은 고추처럼 초린은 당당하게 서서 교종을 향해 고함쳤다. 어디에 저런 당당함과 패기가 숨어 있었단 말인가. 형의 말에 상처를 받고 신음하던 닥터 정은 지나친 스트레스로 상혈이 되어 얼굴이 벌겋게 달아올랐다. 눈물이 어려 번들거리는 눈을 들어보니 범접할 수 없는 위엄이 초린의 몸에서 넘쳐흘렀다. 말 실랑이를 그만 두고 우선 저 여자의 말대로 이 집을 나가서는 절대로 아니 된다는 힘이 솟구쳐서 닥터 정은 이층 방으로 올라갔다. 이내 초린이 따라 올라 와서 야무지게 흩어진 옷들을 정리하고 베개에서 쏟아져 나온 메밀 껍데기를 쓸어 담기 시작했다. 작은 몸 어디에서 그런 힘이 고여 있었을까. 어수룩하고 데면데면하고 후더분한 여자로 알았는데 그 정반대다. 여자란 사랑하는 사람을 만나면 거인과 같은 힘이 나오는 모양이다. 닥터 정은 전신에서 빠져나가는 힘을 주체 못하고 피식 침대 위에 쓰러졌다. 초린은 방을 전부 정리하고 물걸레를 친 뒤에 힘없이 누워 있는 닥터 정의 어깨까지 이불을 덮어주고 조용히 아래층으로 내려갔다. 신혼 첫날밤 엄청난 힘이 새잎 촉 트듯이 신부의 몸에서 솟구치기 시작했다.

4부

좁은 길

1

　강완경 회장의 딸 미도는 매일 닥터 정이 근무하는 병원을 맴돌았다. 그의 뒤를 바짝 추적할 적에는 남장으로 변장도 하고 때로는 할머니로 치장을 하기도 했다. 그간 초린을 만나는 현장까지 따라다니면서 멀찍이 몸을 숨기고 모든 걸 훔쳐보았다. 그러나 운명처럼 그녀는 닥터 정을 놓을 수가 없었다. 닥터 정이 결혼한 것을 확인한 뒤에는 한 달 동안 꼼짝 않고 누워서 지냈다. 물만 마신 탓에 얼굴에 흐르던 윤기와 젊음의 빛도 사라지고 뼈만 앙상했다. 뺨을 도톰하게 덮었던 통통한 살로 인해 매력적으로 보였던 광대뼈가 복숭아씨처럼 양쪽 볼에 불쑥 튀어나왔다. 눈도 안으로 푹 꺼져서 병이 깊은 걸 얼굴만 봐도 알 수 있었다.

강완경 회장 내외는 아픈 딸로 인해 미칠 지경이었고 실추된 체면으로 지울 수 없는 상처를 받았다. 닥터 정이 별 볼일 없는 여자와 결혼했다는 소식을 접하고는 그까짓 세상에 널린 의사 신랑감을 포기하는 것이 시답잖은 일이라고 치부하고 있었다. 요즘 세상에 혼인 말이 오가다가 파혼하는 일로 안달복달하는 사람들을 째째하다고 콧방귀를 뀌기도 했다. 하지만 금쪽 같은 딸의 생명이 달린 문제에서는 물러설 수가 없었다. 원수를 갚아야 한다는 마음뿐이었다. 귀한 외동딸을 아프게 하면서 면전에서 다른 여자와 결혼하여 자존심을 상하게 한 닥터 정을 어떻게 해서든지 나락으로 떨어뜨려야 한다는 생각뿐이었다. 다행히 닥터 정이 근무하고 있는 병원장이 강 회장의 사촌형이었다.

"닥터 정이란 놈을 어떻게 해서든지 매장시킬 방법이 없나? 그놈 때문에 우리 집안이 편치 않아. 하나뿐인 딸이 병들어 죽을 지경이 되었어. 그 애가 상사병에 걸린 것 같아. 정보사회에 무슨 상사병이냐고? 나도 처음에 그렇게 생각했었어. 정신과에 가니 성격 탓이라고 하더군. 딸애가 지금까지 살아오면서 단 한 번도 좌절을 겪어본 적이 없는 탓에 이번에 당한 일을 극복하기 어렵다는 거야. 게다가 시어머니 될 여자가 일을 이상하게 끌고 갔어. 결혼식을 올리자고 나대면서 모든 일이 100퍼센트 다 되는 것처럼 나대서 우리도 그대로 따랐다가 보기 좋게 당한거지."

사촌형인 강금호 병원장과는 서로 일하는 방향이 달라서 일가친척의 대소사에서 어쩌다가 얼굴을 스쳤을 뿐이다. 그런 그를 집으로 불러들여서 한 달 동안 누워 있어 피골이 상접한 딸, 미도를 보여주면서 울먹였다.

"결혼은 서로 마음이 맞아야 하는 법인데……그래도 이런 좋은 결혼 조건을 그런 식으로 거절할 이유가 없는데 참 이상하네. 그 친구 머리도 좋고 성실하고 요즘 청년들하고 다르거든. 외과의사로서의 자질이 있어서 잘 키워서 내 밑에 두고 크게 쓰려든 참인데 왜 그랬을까. 요즘처럼 외과의사가 되는 걸 기피하는 추세에서 이만한 인재를 키워내는 일이 쉽지 않아."

"까다로운 내 딸의 눈에 들었다면 월등하게 솟아있는 놈임에 틀림없어. 우리 딸애가 너무 어리다고 늘 아기로 보았다가 이런 능력 있는 신랑감을 물고 와서 처음에는 어찌나 신통스러운지 딸 칭찬만 하느라고 사윗감이 어떤 마음을 가졌는지 가늠하질 못한 것이 불찰이었어. 아무튼 그놈이 우릴 배신했어. 형도 알지? 내 성격. 난 누구한테 지고는 못 사는 놈이야. 글쎄, 그놈이 우리 집안을 작살냈다니까. 결혼할 것처럼 우리 딸 데리고 놀다가 갑자기 시간의 여유도 주지 않고 다른 여자하고 결혼해버리는 법도 있어? 이건 아주 무책임한 행동이야. 이렇게 도덕적, 윤리적으로 문제 있는 사람이 어떻게 의사 노릇을 하겠어. 사람의 목숨이 달린 일을 그 자식이 할 수 있다고 생각해. 더구나 외과의사라면 칼로 한 방에 환자를 죽일 수도 있는데 그 자식을 그냥 의사로 놔둘 작정이야?"

병원장은 오른손으로 턱을 고이고 앉아서 맞은편에 앉아 있는 사촌동생의 얼굴을 뜨악한 표정으로 흘끔 훔쳐보았다. 흥분하여 숨결이 거칠어져서 벌름대는 사촌동생의 콧구멍이 눈에 들어왔다. 화를 참지 못해 헐떡이는 숨소리가 바람에 댓잎이 스치는 듯했다. 닥터 정은 상당히 온화하고 깔끔하고 치밀한 성격에 손끝이 날렵해서 외과의사로는 아주 크게 대성할 놈인데 이를 어쩌나 하는 생각 속에 빠져들었다. 조카인 미도에게도 문제가 있는데 그걸 전부 상대방에게 돌리고 있으니 엉킨 실타래처럼 강 회장의 감정이 탈출구를 찾지 못하고 있었다. 미도가 외동딸로 자라서 너무 받아주고 지나치게 사랑한 것이 문제가 아니겠는가. 자기가 갖고 싶은 걸 단 한 번도 놓친 적 없으니 말이다. 이렇게 귀하게 기른 딸이 인생길에서 가장 중요한 기로인 결혼에서 생전 처음 걸림돌에 걸려 넘어진 셈이다. 결혼상대자에게 배신을 당했으니 죽음의 자리까지 갈 수도 있을 게다.

"의사로서 재능이 문제인가? 그 자식 없애 버려. 내가 형 앞길을 탁 터줄 테니 내 말을 들어줘. 그놈을 의사 자리에서 아주 떨쳐 내버려. 외과의사 길을 가지 못하도록 말이야."

"어떻게 그럴 수 있나? 외과의사가 되기 위해 청춘을 바친 청년을 그까짓 결혼문제 때문에 짓밟을 수는 없지."

난색을 표명하면서 입맛을 다시는 강 원장의 어깨 부들기를 양손으로 움켜잡고 강 회장은 이를 부드득 간다. 그냥 놔두면 사람을 사서라도 살인할 태세다.

"내가 형님 아들에게 큰 병원을 하나 지어주지. 그녀석이 지금 의대 재학 중이지? 팔려고 내놓은 병원이 있으면 그거라도 하나 사준다는 조건으로 닥터 정이란 자식을 매장시켜버려. 이만한 조건이면 해볼 만한 일이 아닌가."

병원장의 머릿속이 휑하니 돌더니 앞이 뿌옇게 백지로 변했다. 마음이 끌리기 시작했다. 현재 고용된 병원 책임자로 얼마나 심한 압박감에 시달리고 있는가! 서서히 뱀처럼 지혜로운 생각이 마음 속으로 헤집고 들어왔다. 외과의사 한 사람쯤 매장하는 일은 쉬운 일이다. 의료사고를 유도할 수도 있다. 더 쉬운 방법으로는 레지던트 5년차를 막 마친 그에게 전문의로서의 자격증을 무슨 말거리를 내어서라도 탈락시킬 수도 있다. 그만큼 그가 앉아 있는 자리는 막강한 힘을 지닌 자리다.

닥터 정이 결혼한 직후부터 퀸 메리는 걷잡을 수 없을 정도로 휘청거리기 시작했다. 강 회장의 열 개나 되는 거대한 백화점에 나간 물건들이 모두 반품되고 있었다. 송 권사가 차려놓은 매장까지 눈에 띄게 의도적인 방해를 받아 장사를 할 수조차 없었다. 대량생산으로 은행 빚을 엄청나게 얻어 쓴 것이 문제다. 돈이 돌지를 않으니 파도처럼 역풍이 불었다. 게다가 강 회장의 주선으로 중국, 미국과 유럽 시장까지 뚫고 들어간 물건들이 마치 연어가 본향을 찾아 악조건을 무릅쓰고 귀향하듯 몸부림치면서 역류하기 시작했다. 밤샘작업으로 만든 제품들이 폐물이 되어서 창고가 모자랄 정도로 쌓이기 시작했다. 외국인들을 겨냥한 옷들은 한국에서는 소비하기도 어려운 것들이었다. 시장바닥에 덤핑으로 판다면 본전도 건질 수 없는 사정이라 송 권사 혼자의 힘으로 막아내기에는 역부족이었다.

기막힌 파경을 맞은 셈이다. 이 모든 일이 며느리 때문에 일어난 일이다. 순조롭게 강 회장 딸과 결혼했다면 비즈니스도 풀리고 병원도 크게 지어서 병원장이 되어 호강하면서 살 텐데 어쩌자고 돈 한 푼 없는 가난뱅이 맷골 여자를 데려와서 이런 파경을 맞는지 생각할수록 억장이 무너질 지경이었다. 며칠 사이에 송 권사의 얼굴에 갑자기 기미가 깔리고 눈가에 주름살이 더 두드러졌다.

앞에서 알찐거리는 며느리를 보는 것도 숨이 막혔다. 의주댁과 함께 아침밥상을 차려놓고 초린은 시어머니의 방문을 두드렸다.

"어머님! 아침을 드셔야지요."

"……."

"아침을 드시고 혈압 약을 드셔야 해요."

"저년이 병 주고 약줄 작정이야. 그 목소리도 듣기 싫다."

악에 바친 어머니이다. 음성에 밥상에 우두커니 앉아서 어머니가 나오기를 기다리던 닥터 정의 이마에 깊은 주름이 고인다. 항상 찬송소리와 잔잔한 평화가 넘쳐흐르던 집안이었다. 결혼하여 새 사람이 들어온 것이 집안에 갑자기 이물질이 낀 것처럼 서걱거리면서 뒤틀리기 시작했다.

"어서 오빠 먼저 식사하고 나가세요. 제가 어머니를 돌볼 것이니 염려 마세요."

닥터 정은 밥을 몇 숟갈 뜨고는 현관문을 나선다. 하루 종일 겪어야 할 아내의 처지가 가슴 아팠다. 이 여자를 돌봐야 하는데 병원 일도 요즘 만만치가 않았다. 감을 잡을 수 없을 정도로 사사건건 위에서 제동을 걸었다. 아들이 나가는 소리가 들리자 우당탕 송 권사가 방문을 열어젖뜨리더니 초린을 불러 앞에 세워놓고 눈을 후벼 팔 듯이 삿대질을 했다.

"너 나가서 돈을 구해와라. 지금 우리 회사가 부도직전이다. 우리집에 시집올 적에는 그 정도의 능력을 가지고 온 것이 아니냐. 오늘 다섯 시까지 급한 대로 2억이라도 친정에 가서 가져와. 당장 옷을 입고 나가지 왜 그러고 서 있어. 날 죽일 작정이냐. 저 못된 것이 들어와서 우리 집에 악마가 난동을 부리기 시작했어. 지독한 악마야 물러가라, 물러가라."

송 권사는 미친 듯이 손을 허공에 휘두르기 시작했다. 점점 그 강도가 심해져서 머리를 쥐어뜯고 가슴을 주먹으로 때리다가 잡아뜯어서 젖가슴에서 피가 줄줄 흘러내렸다. 이런 시어머니를 붙들고 늘어지는 며느리를 얼마나 심하게 구타하는지 의주댁이 두 사람 사이에 끼어들어 말리느라고 함께 나동그라졌다. 송 권사의 힘은 가히 초인적이었다. 어린 아기 머리통만한 수석을 번쩍 집어 들어 창문을 향해 던져서 유리가 산산조각이 났다. 의주댁과 초린이 양쪽에서 붙들고 늘어져도 마치 슈퍼맨이 기운차게 허공 속을 나는 것처럼 힘이 넘쳐났다. 찬장 속의 고급스러운 그릇들을 하나하나 꺼내서 초린을 향해 내던졌다. 내던진 그릇이 왕창 깨어지면 숨을 들이쉬며 안도하는 빛이 얼굴에 역력했으나 더러는 성한 그릇으로 바닥에 나동그라지면 다시 그 걸 주워서 며느리를 향해 고함을 치면서 내던졌다. 얼마나 많은 한限이 그녀 속에 앙금으로 가라앉아 있었으면 이렇게 폭발하는 것일까. 걷잡을 수 없이 시끌벅적한 가운데 이러저리 몸을 피하고 있던 초린의 가슴에 이조백자항아리가 날아왔다. 값나가는 것이라 받아 안으려다가 거센 힘에 밀려 그걸 안은 채 거실바닥에 나동그라졌다. 심장이 멎을 듯한 통증을 참으면서 천장을 향해 누워버렸다. 그 찰나 시어머니는 진홍색 호접난 화분을 며느리의 머리를 향해 내던졌으나 식탁 뒤로 몸을 굴려서 간신히 위기를 모면했다. 순간 머리에 번쩍 빛이 스쳤다. 전화번호부를 뒤지는 초린의 손이 심하게 떨렸다.

"앰블런스를 불러야겠어요. 정신병원에 데려가야 해요."

"나를 정신병원에 넣겠다고. 이런 발칙한 년 같으니라고. 네가 이집에 들어와서 이런 꼴로 만들어 놓고 무엇이 어째. 악마가 성수를 두려워한다는데 너에게 그 성수를 뿌리고 싶을 정도다. 너 죽고 나 죽자."

정신과니 앰블런스니 하는 말에 시어머니의 발작은 농문짝까지 빼서 던져 집안이 폭탄 맞은 것처럼 황폐해졌다.

"아줌마는 물러나 있어요. 발광이 지나갈 때까지 방관할 수밖에 없어요. 우리가 막으면 더 심하게 발작을 하네요."

의주댁이 두 손으로 눈을 가리고 통곡한다.

"네가 어쩌다가 이 지경이 되었니. 넌 그 어려운 젊은 날의 격랑도 잘 참고 살았지 않니. 혜선아! 정신 차려라. 사랑하는 내 친구야! 아이쿠! 저 불쌍한 것이 주저앉는 꼴을 못 보겠네. 흑흑…… 혜선아, 혜선아. 내 친구, 송혜선."

이 집에 들어와서 그림자처럼 이곳저곳을 쓰다듬으면

서 송 권사의 수족처럼 움직이던 그녀가 어릴 적에 불렀던 이름을 불러가면서 통곡하자 송 권사는 잠시 뒤를 돌아보았다. 의주댁의 눈과 마주친 그녀의 눈에 서서히 물기가 차오르기 시작했다. 그러더니 털썩 주저앉아버렸다.

앰블런스가 도착하고 장정들이 들이닥쳤다. 흰 가운을 입은 사람들을 보자 송 권사는 다시 발작하기 시작했다. 처음 몇 번은 청년들도 획획 밀려날 정도로 거센 반항에 애를 먹더니 나중에는 양쪽 어깻죽지를 단단히 휘어잡아 강제로 질질 끌고 갔다.

"이건 아니야. 이렇게 하는 게 아니야. 초린아! 이렇게 일을 처리하는 것이 아니다. 네 시어머니다. 네 남편의 어머니야. 이런 식으로 일을 처리하면 장차 다가올 아픔을 어쩌려고 그래."

의주댁이 강제로 실려가는 송 권사를 껴안으려 하자 진두지휘하던 우람하게 생긴 남자가 강하게 그녀를 밀어냈다.

"저도 알아요. 이렇게 하면 아니 되는 걸. 하지만 어머니를 살려 놓고 봐야 해요. 우선 급한 불을 꺼야 하잖아요. 저렇게 놔두면 자살할 수도 있어요. 제 친구 어머니도 저렇게 해서 돌아가셨어요. 그때 그 친구가 울면서 하는 말이 차라리 정신과 앰블런스를 불러서 병원에 감금하여 안정제를 놓고 치료했다면 살렸을 거라고 한탄하는 소릴 들었어요."

차가 떠난 뒤에 초린은 대문을 단단히 걸어 잠그고 그제야 정신이 난 듯 머리를 들어 난장판이 된 집안을 둘러보았다. 아아! 어머니는 때려 부수는 데 길든 사람이란 말인가. 그러고 보니 결혼 전후에도 남편의 방을 난장판을 만들었고 이번에는 안방과 거실 그리고 부엌까지 때려 부셨으니 앞으로 부수는 일에 이력이 나서 그래야만 되는 성격으로 변하는 것이 아닐까 하는 무섬증이 스멀스멀 피어올랐다. 털썩 주저앉아 목청껏 울고 싶었으나 그녀는 이를 악 물었다. 이겨야 한다. 나와 함께 하는 하나님이 나를 세워 줄 것이다. 그러곤 열심히 중얼거렸다.

'내가 그리스도와 함께 십자가에 못 박혔으니 이제 내가 산 것이 아니고 내 안에 예수님이 살아 있는 것이다. 그러니 내 생각과 고통과 근심과 모든 것은 없어지고 오직 예수가 내 안에 들어와서 나를 주관하니 나는 온전히 없어지고 그가 이 모든 일을 처리할 줄로 안다. 나는 없다. 내 안에 오직 성령이 임하여 나를 주장한다. 나를 끌고간다……'

초린은 조용히 일어나서 소매를 걷어붙이고 걸레와 비를 들었다. 깨어진 유리조각에 손을 다치지 않도록 조심해서 쓰레기를 치우기 시작했다. 의주댁도 아무소리 않고 거들었다.

"아주머니! 저 병원에 갈게요. 혼자 하실 수 있지요?"

눈물범벅이 된 얼굴을 애써 감추면서 의주댁은 그저 머

리만 주억거린다. 소용돌이 두어 시간 만에 바싹 늙어버린 듯했다.

"제 남편에겐 연락하지 마세요. 혹시 전화가 와도 평온하게 평상시처럼 대하세요. 제가 모두 처리할게요."

초린은 나들이옷으로 갈아입고 어머니가 실려 간 병원으로 향했다. 돌아가신 어머니가 떠올랐다. 눈물이 그렁한 다정한 눈으로 그녀의 얼굴을 바라보는 어머니의 얼굴이 이렇게 말하고 있었다.

'딸아! 힘을 내라. 넌 할 수 있다. 이 일을 잘 처리하고 가정을 지킬 수 있다. 남편을 위로하고 사랑하거라. 이런 고통의 터널을 통과하면 그 앞에 환히 펼쳐진 아름다운 곳이 나올 것이다. 딸아! 힘을 내라.'

초린은 씩씩하고 의연하게 일어섰다.

2

정신과 병동에 감금된 시어머니를 만나러 수차례 갔으나 병원 규칙상 보름간 면회는 금지되었다. 닥터 정이 같은 의사의 입장에서 정신과 의사들을 만나보고는 창백한 얼굴로 입을 다물었다. 어머니의 웃음소리와 사람들이 들레던 소리가 사라진 집안은 쥐죽은 듯 고요하기만 했다.

나중에야 소식을 들은 교종이 닥터 정이 쉬는 목요일

밤에 술에 취해서 들어섰다. 아내에게 말을 하지 않았지만 병원에서 일어나는 알 수 없는 압박감에 시달려 잔뜩 주눅이 들어 우울해하던 닥터 정을 향해 대뜸 교종이 눈을 부라리며 삿대질을 하면서 고함을 쳤다.

"너 당장 저 여자 데리고 이 집에서 나가. 넌 정씨 가문의 사람이 아니야. 넌 말이야 개구멍받이라고. 우리 핏줄이 아니야. 그래도 내 말을 못 알아듣겠어. 지난번에도 말했는데 그저 이러고 있으니 이 집안이 이렇게 난리가 아닌가. 너만 저 여자 데리고 이 집안에서 꺼지면 되는 거야. 당장 나가. 어머니를 정신병원에 입원시킨 의도가 뭐냐. 내가 모를 줄 알고. 내가 비록 망나니고 머리가 나빠도 이 정도는 다 알 수 있어. 이 재산을 너 혼자 다 차지하려는 수작이 아니냐고? 내 말이 틀렸어?"

항상 알코올에 푹 절어 있는 교종의 바짓가랑이 한쪽은 발목까지 내려오고 한쪽은 무릎 위에 있었다. 벌겋게 술에 익은 눈을 부릅뜨고 광포한 무뢰한으로 나대는 형의 얼굴을 닥터 정은 한참 동안 뚫어지게 노려보았다. 그러고는 서서히 돌아서서 위층 방으로 올라가는 현종의 등덜미를 뒤따라 올라간 교종이 잡아챘다. 그건 순간이었다. 현종이 계단에서 아래로 굴러 떨어졌다. 초린이 달려가서 교종의 가슴팍을 밀어냈다. 그리고 넘어진 남편을 끌어안았다. 입에서 피가 줄줄 흘러내렸다.

"어흥! 꼴좋다. 내가 널 이 정도로 패주고 싶어서 어려서부터 환장했는데 아주 기분이 좋아. 널 막아줄 어머니는 정신병원으로 갔고 어머니 대신 들어온 저 여자 정도는 내 주먹 한 방이면 간다고."

교종이 시뻘게진 눈을 부릅뜨고 주먹을 불끈 쥐고 흔들어대면서 초린의 눈앞에 바짝 디밀었다.

"아주버님! 이러시면 안 됩니다. 진정하세요."

"아주버님이라고? 으하하…… 아주버님이라고 했어? 내가 왜 네 아주버님이냐? 우린 저 불쌍한 천애고아를 길러준 죄밖에 없다. 네 남편하고 나하곤 생판 남이라고. 알았어? 너도 자기 주제 파악을 잘 하고 나대."

교종은 비틀거리면서 현관문을 나서다가 잠시 멈춰 서서 뒤를 돌아보았다. 증오에 불타는 눈으로 그를 응시하는 의주댁과 눈이 마주치자 어깨를 한 번 으쓱하고는 나가버렸다.

정신을 차린 닥터 정은 아내가 내미는 찬물을 한 컵 마셨다. 눈꼬리를 타고 눈물이 흘러내렸다. 갓 결혼한 아내의 가슴에 안겨 한참 통곡했다. 그런 그를 초린이 힘껏 가슴에 안았다. 아아! 이 사람을 보호해야 한다. 지금까지는 그의 돌봄을 받았지만 이제부터 내가 이 사람을 돌봐야 한다는 외침이 가슴 속에서 강한 파도처럼 밀려왔다.

어슴새벽에 초린이 잠에서 깨어 남편의 자리를 봤다. 없다. 급하게 일어나 나간 것이 아니다. 단정하게 베개랑

이불을 정돈하고 나갔다. 마음이 덜컹 내려앉았다. 후딱 일어나서 아래층으로 내려갔다. 의주댁의 방문 틈으로 빛이 새나왔다. 가만히 다가가서 안에서 흘러나오는 대화에 귀를 기울였다.

"아줌마, 제 어머니하고 어린 시절 이북에서 같이 자라셨다고 들었어요. 제 출생의 비밀을 알고 계시지요? 어째서 제 형이 말끝마다 절 이집 핏줄이 아니라고 야단인가요?"

"무슨 소릴 하는 게야. 자네는 엄연한 이 집안의 핏줄이야. 막내아들이라고. 호적에도 그렇게 되어 있어."

의주댁의 기어들어가는 목소리에 이어 남편의 흐느낌이 새어나왔다. 그래도 무겁게 입을 다물고 의주댁은 말이 없다. 초린은 숨도 크게 쉬지 못하고 문 옆에 쪼그리고 앉았다. 이런 상황에서는 기침을 하고 들어갈 수도 없고 그렇다고 슬그머니 뒤돌아서긴 마음이 내키지 않았다. 말은 하지 않아도 남편이 자신의 출생 문제로 고민하고 있는 걸 감지할 수 있었다.

"솔직히 말해 주지 않으시면 제가 직접 찾아나설 것입니다. 맷골에 가서 수소문하고 그것도 되지 않으면, 전 의사입니다. 어머니의 피를 조사해서 친자확인을 할 것입니다. 말끝마다 저를 개구멍받이라고 하는데 그 말을 처음 들었을 적에는 그저 장난으로 놀려주려고 그러는 것이라고 생각했어요. 그러나 이번엔 달라요. 어머님도 저를 대하는 태도에 석연치 않은 게 있어요. 저 사람하고 결혼하고 난 뒤부터……."

"어머니 건강에나 신경 쓰는 것이 좋아. 지금 이런 상황에서 어린애 같은 문제를 놓고 고민할 때가 아니라고 보는데."

의주댁은 완강하게 대화의 허리를 잘랐다. 그러나 집요하게 닥터 정은 물고 늘어졌다.

"어머니의 빗에서 머리칼을 채취하고 병원에 입원 중이니 수혈해서 제 것과 비교하여 친자확인을 하고 난 뒤 그 증거를 가지고 형하고 대화를 나눌 작정입니다."

"아서. 그러지 말라고. 그런 쓸데없는 짓을 왜 하려고 그래. 현종아! 제발 내 말을 들어라."

의주댁이 이 집에 들어와서 닥터 정을 이렇게 이름으로 직접 부르는 처음이었다. 의주댁이 와락 현종을 껴안았는지 두 사람의 흐느낌이 크게 들렸다. 초린은 저려오는 다리를 쭉 뻗고 앉아서 안의 동태에 신경을 곤두세웠다.

"친자확인이라는 것이 확실한 거냐?"

"거의 100퍼센트 확실하게 나옵니다."

"꼭 그래야 되겠니?"

"내 출생의 비밀을 알아야 저도 제 인생 길을 바로잡을 것입니다. 이렇게 엉거주춤 살 수는 없어요."

"그럼 넌 이 집안의 아들이 아니고 진짜 데려다 기른 자식이라고 생각하니?"

"아니요. 그렇지만 형이 두고두고 날 골탕먹이잖아요. 요즘 와서 바짝 이 난리를 치니 슬그머니 그런 의혹이 들어요. 진짜로 어머니가 날 낳지 않고 데려다 기른 것이 아닌가하고요."

"아이쿠! 불쌍한 것아."

의주댁의 울음소리가 점점 거세졌다. 창문이 엷은 먹물색으로 변할 때까지 길고 긴 이야기가 계속되었다.

봄이 들끓는 소리로 요란한 산골에 봄 열이 한참 무르익어가는 봄날, 의주댁의 사촌오빠는 아내를 잃었다. 가난이 문제다. 먹지 못하여 누렇게 들뜬 몸으로 첫아이를 낳았다. 초산인 데다 영양실조로 인한 문제도 있지만 의사의 도움 없이 난산을 하면서 겨우 아기를 낳아 놓고 산모는 바로 숨이 끊어졌다. 우유를 살 수도 없는 가난이 앞을 막았다. 혼자 산삼과 산나물을 뜯어다 생계를 이어가는 산골에서 젖 없이 갓난아기를 기른다는 것은 엄두도 낼 수 없는 일이었다. 사촌오빠네는 큰 고개를 사이에 두고 있었다. 어린 쑥을 뜯어 개떡을 만든 의주댁은 출산을 잘 했는지 궁금해서 마음먹고 한 바가지 싸들고 오빠를 찾았다. 때꾼한 눈을 들어 들판을 바라보고 있는 사촌오빠 옆포대기 속에서 갓난아기가 헐떡이면서 앵앵거렸다.

"오라버님, 어쩐 일로 아기를 밖에 내놓았어요?"

"으음. 숨이 끊어지면 제 어미 옆에 묻어주려고."

"세상에! 살아있는 아기의 생명이 끊어지기를 기다리다니!"

사촌오빠는 작년 가을 산속에서 조금 따온 석청을 물에 타서 아기에게 오늘 아침까지 먹였다고 했다. 이제 그 꿀도 떨어졌으니 죽기를 기다린다나. 의주댁은 우선 강냉이를 끓여서 그 물을 수저로 아기 입술에 떠 넣어주었다. 이 아기를 어떻게 할꼬. 깊은 시름에 빠져들었다. 퍼뜩 머리를 스치는 사람이 있었다. 배꼽친구 혜선이었다. 송혜선. 머리에 옷 보따리를 이고 산골을 돌면서 장사를 하는 혜선이, 의주댁이 살고 있는 강원도 산골 마을 정선엘 찾아든 것이다. 맷골에 산다는 것도 그때 알았다. 산골엔 해가 빨리 지기 때문에 둘이 수다떨면서 오랜 회포를 푸는 동안 밖이 깜깜해졌다. 날이 새도록 이야기꽃을 피웠다. 아기도 낳지 못하고 혼자된 의주댁에게 왜 이러고 사느냐고 자기 집에 와서 함께 살자고 하는 청을 받은 적이 있었다. 하긴 이 산골에서 혼자 이러고 살아야 할 이유가 없어서 지난 달 시어머니가 돌아가신 뒤 대처로 나가야겠다는 생각을 하고 있었다. 혜선도 고향 친구인 의주댁에게 모든 걸 털어놓았다. 남편이 중풍으로 앓아 누웠고 딸이 뇌성마비로 오줌똥도 못 가린다는 말을 한숨을 삼키면서 신세타령을 했다. 게다가 하나 있는 아들은 얼마나 속을 끓여주는지 걱정이라고 한숨을 삼켰다. 아하! 그 집에 이 아기를 데려다놓으면 되겠구나 하는 한 줄기 빛이 그녀의 마음에 차올랐다.

"오라버님, 이 아기를 죽게 놔두지 말고 좋은 집에서 자라게 합시다. 이 아기를 잘 길러줄 좋은 집을 알고 있는데예서 아주 멀어요. 맷골이라고……."

아내를 잃고 상심하여 아기까지 포기하려고 하는 오빠는 아기를 길러 줄만한 집이 있다는 말에 머리를 번쩍들었다.

"잘 사는 집이냐? 공부도 시키고 뱃구레가 비지 않게 잘 먹이는 집이라면 보내도 되겠지. 아이쿠! 불쌍한 것아. 그래도 사는 것이 죽는 것보다야 낫겠지."

"제가 이 아기를 그 집 앞에 버리고 오지요. 숨어서 아기를 데리고 들어가는 것까지 보고 올게요."

의주댁은 아기를 안고 무조건 맷골로 향했다. 봄바람은 품으로 파고 든다더니 얇게 입고 나온 탓에 옷속으로 찬바람이 얼마나 거세게 파고드는지 몸을 가눌 수 없을 지경이었다. 우선 완행열차를 타고 제천에서 내렸다. 사람들에게 물어서 어렵게 맷골을 찾아드니 서쪽 하늘이 감빛으로 물든 저녁이었다. 뒷산의 다복솔숲에 몸을 숨기고 안의 사정을 살폈다. 친구 혜선의 음성을 확인하고는 아기를 대문 앞에 버려두고 다시 숨었다. 아가를 싼 포대기를 멀리서도 잘 볼 수 있는 자리에 몸을 옹크리고 앉아 있었다. 아기가 발길질을 해서 포대기가 다 풀어졌다. 어서 가서 감싸줘야 하는데 그럴 수는 없고 애가 타서 가슴을 졸이고 있을 때 교종이 구멍가게에서 주전부리를 사려고 나오던 참이었다. 대문 바로 앞에 아기를 놓았기 때문에 교종이 배를 밟고 나가동그라졌다. 아가도 울고 교종도 우는 바람에 혜선이 뛰어나왔다.

"이게 뭐야. 이상한 것이 대문 앞에 있네. 에계계……이건 아기잖아. 갓난아기야. 고추가 달렸네."

혜선의 눈앞에 포대기에 싼 아기의 얼굴이 다가왔다. 와락 아기를 끌어안았다. 아기는 품에 안겨 칭얼대는 것을 멈췄다. 아기를 안은 혜선은 사방을 두리번거렸다. 그러고는 교종에게 다부지게 타이르는 소리가 다복솔에 몸을 감춘 의주댁 귀에 똑똑하게 들려왔다.

"교종아! 너 이 아기가 여기에 있었다는 걸 숨겨야 한다. 아무에게도 말하면 못써. 이 아기는 하나님이 우리에게 주신 선물이야. 알았지? 하늘에서 뚝 떨어진 하나님의 선물이라고."

멀리서도 교종이 머리를 크게 끄덕이는 것이 보였다.

"아기를 여기서 주웠다는 말을 하는 날이면 우리 집안에 큰일이 나니까 입을 꼭 다물어야 해. 이 아기는 엄마가 요즘 40일간 기도한 끝에 하나님이 주신다고 약속한 아기니까 하늘에서 온 아기야. 알았지?"

멀리서도 교종이 머리를 끄덕이는 것이 확연하게 보였다. 아기를 안고 들어가는 것까지 확인하고 어둠이 짙게 내리깔린 좁은 길을 따라 의주댁은 맷골을 빠져나왔다.

하늘에 점점이 떠오르는 별빛을 등대 삼아 개울가를 끼고 내려오는 길이 너무나도 멀었다. 아침부터 아무 것도 먹지 않고 아기를 안고 온 것을 그제야 알았다. 짙은 배고픔으로 입이 바짝 말랐다. 집으로 돌아갈 기차는 다음날 새벽에나 있었다. 제천역에서 하룻밤을 자야 했다. 주머니에 가지고 온 돈은 기차표를 끊으니 전부다. 너무 배가 고파 물이라도 얻어 먹으려고 역 주위를 맴돌았으나 갈증을 풀기도 쉽지 않았다. 물이 많아서 제천이란 이름이 붙은 고장에서 몸과 마음이 모두 졸아붙는 것 같았다.

다음날 새벽에야 집에 돌아오니 동네가 발칵 뒤집혔다. 말도 없이 사라졌으니 그럴 수밖에. 바람이 나서 도망간 줄 알았다고 야단이었다. 동네 사람들의 수군덕거림이 뜸해질 즈음 의주댁은 짐을 꾸려 서울로 향했다. 아기를 개구멍받이로 준 맷골로 가는 것이 아니고 더 멀리 도망가서 아가의 출생 비밀을 완전하게 감출 마음을 먹었다. 이집 저 집의 일을 도와주면서 돌다가 친구 혜선을 떠올렸다. 더구나 그집 앞에 버리고 온 아기가 밤마다 눈에 밟혔다. 소문에는 그 친구가 부자가 되어서 사업가로 변신했다는 것을 평양에서 피난 나온 사람들을 통해 들었다. 꼭한 번만 아기를 보고 돌아가리라 다짐하고 그집 앞에 갔다가 현종과 함께 귀가하는 혜선을 만났다. 훤칠하게 잘자란 현종을 보는 순간 알 수 없는 힘에 강하게 끌렸다. 사촌 오라버니의 아들이니 그녀에게도 현종은 핏줄이다.

이 핏줄을 돌봐야겠다는 강한 줄이 그녀를 잡아당겼다.

3

두 달 간 입원한 병원에서 퇴원하는 날, 시어머니 송 권사를 치료했던 의사가 초린을 다른 방으로 조용히 불렀다.

"이런 말을 해야 할지 모르겠는데 아무래도 치매증상이 나타나고 있습니다. 앞으로 6개월간 그 증상을 지켜봐야겠습니다."

"뭐라고요? 세상에! 제 어머니에게 치매증상이 있다고요?"

"우선 정밀진단을 해야겠습니다. 임상적인 병력조사, 환자진찰과 신경심리학적 검사, 혈액, 뇨검사 등 기본적인 검사는 했으니 이제 뇌 컴퓨터 촬영을 해야겠습니다. 오늘은 그냥 퇴원하세요. 며칠 뒤 연락하겠습니다. 그때 오셔서 구체적으로 이야기를 나눕시다. 치매도 종류가 다양해서 검사를 해봐야지요. 치료하여 증상의 호전을 기대할 수도 있으니 너무 상심하지 마십시오. 환자가 아직 젊어서 노망을 부릴 연세는 아닌데……."

"어느 경우에 치료가 가능합니까?"

"예를 들면 뇌수두증이나 뇌경막하출혈, 또는 뇌졸중이

나 뇌염증 질환이면 치료가 가능합니다. 그것도 검사한 뒤에 결정할 것이니 집으로 우선 모시고 가서 안정시키시고 증상을 잘 지켜보시고 기록해서 상세히 보고해주시기 바랍니다."

며느리를 향한 시어머니의 미움은 극도에 달해서 곁에 오지도 못하게 했다. 기사 옆에 앉은 초린은 의연하게 뒤에 앉은 시어머니를 대했다. 무섭도록 차분하고 묵직해서 감히 근접할 수 없는 위엄을 지니도록 마음과 자세를 다스렸다. 사자처럼 매서운 시어머니가 치매라니…… 초린이 시집오자마자 발병한 것이 아니고 이미 그 병이 오래전부터 진행되고 있었다는 뜻이다. 우선 남편인 닥터 정에게 이 일을 알려야 하는 것일까. 병원에서 같은 의사들끼리니 필시 대화를 나눴으련만 닥터 정은 침묵했다.

집에 들어선 송 권사는 그간 밀린 신문을 본다고 의주댁을 불러대고 수북이 안방에 쌓아놓은 신문을 이리저리 뒤척이고 돋보기를 코 언저리에 올렸다 났다 했다.

"어머님! 편안한 옷으로 갈아 입으세요."

초린이 시어머니의 퇴원소식을 접하고 사다 놓은 키위색 홈드레스를 내놓았다. 목이 깊이 파인 부분에 손수 고안한 레이스를 달아서 무척 화사하게 보였다. 송 권사는 그걸 그녀의 얼굴에 모지락스럽게 홱 집어던졌다. 원피스 자락이 날카로운 갈대처럼 뺨을 스쳐서 놀란 가슴이 후드득 뛰었다.

"치맛단이 짧은 것 같으니 제가 레이스를 달아 올게요."

마음을 가라앉히기 위해서도 초린은 무엇인가를 손에 잡아야 했다. 목 언저리와 같은 색 레이스를 드레스 밑단에 대고 재봉틀을 돌리기 시작했다. 전기 재봉틀이라 달달 돌아가는 소리가 마음에 안정을 안겨주었다. 가만가만 찬송을 부르기 시작했다.

'나 주님의 기쁨 되기 원하네. 내가 원하는 한 가지 주님의 기쁨이 되는 것……'

이리저리 물건을 집어던지고 악을 쓰는 소리에도 꾹 참고 홈드레스의 밑단 레이스를 다 달아 가지고 내려왔다. 시어머니의 눈에선 섬뜩할 정도의 광기가 번뜩거렸다. 계단 중간쯤 서 있는 며느리를 올려다보는 눈에 시퍼런 불이 확확 뿜어나왔다.

"저년이 내가 신문 보는 것이 미워서 내 안경을 치워버렸다니까. 어디에 두었어 이년아! 어서 내 안경을 내놔라."

의주댁이 옆에서 쩔쩔맸다. 안경을 찾느라고 사방을 두리번거리는 순간에도 송 권사의 팔을 단단히 잡고 매달렸다. 손에 닿는 대로 내던져 사고를 낼 것이 두려웠기 때문이다. 의주댁의 눈에서는 눈물이 줄줄 흘러내렸다. 저들을 못 본 척 거실로 내려온 초린은 심한 갈증을 느꼈다. 얼음을 꺼내려고 냉동실을 열었다. 세상에! 거기에 시어머니의 검은테 안경이 있었다. 확실히 어머니는 제 정신이 아니었다.

"어머니! 진정하시고 안경을 함께 찾아봐요. 어머님이 직접 찾으세요. 제가 옆에서 도와드릴게요."

거세게 뿌리치는 감때사나운 시어머니 손을 꼭 잡고 조금씩 부엌으로 이끌었다. 식탁 위를 훑어보고 냉장고에 이르렀다.

"누가 안경을 냉장고에 두겠어. 너 날 놀리려고 작정한 것이지. 퀸 메리 회장님이 미쳤다고 소문내려고 말이야."

"냉장고 안도 찾아봐요. 어머님이 직접 하세요."

대꾸를 않고 초린은 시어머니 스스로 냉장고 문을 열게 하고는 여기저기 뒤지게 하다가 슬그머니 냉동실문을 열었다.

"에구구! 차가워. 아니 이 안경이 어쩌자고 냉동실에 들어가 있지. 네년이 여기에 넣은 것이 아니냐."

그런 시어머니를 뒤에서 두 팔로 안고 격려를 아끼지 않았다.

"야하! 직접 안경을 찾으셨네요. 기억력이 참 좋으시네요."

다정하게 대하는 며느리에게 송 권사는 더 이상 행패를 부리지 않았다. 무슨 마음이 들었는지 갑자기 조용해져서 순하게 식탁에 앉았다. 햇살이 부엌싱크대의 작은 창문을 파고들어 와서 식탁 위에까지 평안하게 내려앉았다. 하염

없이 이 햇살을 바라보던 의주댁이 나지막하게 초린의 귀에 속삭였다.

"아무래도 네 어머니가 이상하지 않니? 노망이 난 것 같다는 생각이 드는구나. 너희들 결혼하기 전부터 이상한 짓을 많이 했어. 미도에게 집착하는 것도 이상하고 갑자기 난폭하게 물건을 내던지는 것도 정상이 아니야. 그렇게 사랑했던 현종을 죽일 듯이 미워하는 것도 비정상이야."

"아직 그렇게 진단내리기엔 빨라요. 의사와 상의해 봐야지요. 그간 해놓은 조사와 오늘부터 일어나는 어머니의 증상들을 잘 관찰해야겠어요. 어머니를 힘을 다해 돌볼 것입니다. 불쌍하신 분이에요. 시아버님도 그렇게 빨리 가셨고 게다가 따님 한 분도 일찍 세상을 떴다고 들었어요. 더구나 큰 시아주버님이 저렇게 어머니 마음에 들지 않게 행동하고 게다가 저까지 끼어들었으니 얼마나 마음이 상하셨을까요."

"쯧쯧…… 보물덩어리가 우리 집에 들어왔군 그래. 그래야지. 암. 그래야지. 우리 착한 며느님이 어머니를 잘 돌봐야 해요."

닥터 정은 매일 계속되는 수술 중에도 밀려오는 불안감을 지울 수가 없었다. 사랑하는 여자와 결혼하면 세상을 다 얻은 듯 만족하며 살아갈 것이라고 생각했는데 섬에 혼자 있는 듯한 고립감을 주체할 수 없었다. 결혼 전에는 집에 가면 그래도 아늑한 휴식을 취할 수 있었다. 어머니가 장막을 쳐놓고 샘물처럼 흘러나오는 사랑을 듬뿍 받아놔서 평안함이 집안에 넘쳤다. 그러나 초린이 들어오고 나서는 집에 가도 쉼이 없었다. 자신이 정씨 집안 핏줄이 아니라는 사실이 기름 돌 듯 불편했다. 병원에 와서 사방을 둘러봐도 모두 아픈 사람들 뿐이다. 의사와 간호사들만 건강한 사람에 속한다. 건강한 무리에 끼인 것에 감사하다가도 출렁이는 바다처럼 설명할 수 없는 불안이 엄습했다. 그 불안함은 수술하는 동안 자취를 감추었다가 슬그머니 다시 머리를 치켜든다. 어머니의 신경질적인 반응에서 오는 아픔일까. 그것만도 아니다. 근원적인 어떤 문제가 그를 괴롭히고 있었다. 그게 뭘까? 생각을 거듭하는 동안 결론은 어떻게 살아야하는 것일까 하는 앞날에 대한 불안이었다. 인생의 반허리를 훌떡 넘기고 앞을 보니 가늠할 수 없을 정도로 뿌리 깊은 갈등이 내면에서 아우성쳤다. 그간 한 몸이었던 어머니를 옆으로 밀어내고 내 스스로 장막을 치고 아내와 함께 천국을 닮은 가정을 이뤄야 하는데 왜 이러지? 닥터 정은 머리를 갸웃거렸다.

시어머니에게 지혜롭게 대처하는 아내를 바라보는 것도 아픔이었다. 초인간적인 힘을 지닌 여자라는 걸 새삼 깨닫고 아내를 다시 보게 된다. 이젠 맷골 냇가를 맴돌면서 돌봤던 연약한 여자아이가 아니고 반대로 그를 돌보고

이건숙 문학전집 **15** 빈 배를 타고 하늘까지

있었다. 어머니가 야단하고 발광하는 걸 뒤로 하고 나오면서 미안한 마음을 누를 수가 없었다. 하지만 병원 일이 워낙 바빠서 가족문제는 뒤로 할 수밖에 없었다.

최근에 이상하리만치 끈질기게 자신의 내부로 밀려오는 칙칙함을 어떻게 설명해야 할지 난감했다. 함께 집도하는 의사들이 보이는 이상한 행동 때문일까. 서로 눈치를 보면서 입을 꾹 다물고 있는 것이 불편했다. 그래도 다행인 것은 사고 없이 수술을 매번 잘 끝낸다는 사실이다. 어차피 외과의사는 외부와 단절되어 철저하게 혼자이게 마련이다. 의료사고가 날 적에 밀려오는 아픔을 선배를 통해 듣기는 했지만 아직 그런 체험을 하지 못했고 그동안 언제나 옆에서 조수로 집도를 했기 때문에 큰 아픔을 겪지 않았다.

하지만 오늘 수술은 예외다. 담낭절제수술에서 진짜 변명할 수 없는 과실을 범했다. 어떻게 빠져나갈 수도 없는 실수를 한 셈이다. 간관의 손상은 수술 중 잘못으로 인한 것으로 전적으로 제거수술을 맡은 외과의사의 책임인데 그런 실수를 한 것이다. 아침 밥상에서 난리를 치는 어머니 때문에 집을 나설 적부터 께름칙했었다. 스태프 선생의 시작 신호를 받고 배꼽 바로 위에 1인치 정도 절개하고 초소형 복강경인 카메라를 집어넣었다. 수술은 순조롭게 진행되었다. 사실 담낭 절제는 간단한 수술이다. 담낭에 연결된 담낭관과 혈관을 잘라 묶고 담낭을 배꼽 부근의 절개창을 통해 꺼내면 된다. 배에서 이산화탄소를 빼내고 기구들을 빼낸 다음 절개부위를 꿰매주고 반창고를 몇 장 붙이면 끝난다. 그런 수술인데 닥터 정이 실수를 했다. 물론 함께 수술에 참여한 사람들의 동의를 얻어 수술을 했지만 그가 집도한 수술이다. 잘 살피고 확신을 가지고 했는데도 담즙관 본선인 간관을 건드려서 문제가 생겼다. 수술이 잘 되었다고 가족들에게 말하고 돌아선 다음부터 걷잡을 수 없이 환자는 통증을 호소했다. 담즙이 간으로 역류해 들어가 간을 파괴하기 시작했기 때문이다.

이런 경우 환자는 간을 이식 받아야 살 수 있다. 중대한 실수를 의사가 저지른 셈이다. 간관을 건드려 손상시킨 것은 100퍼센트 수술 중 실수로 인한 것으로 외과의사에게는 크나큰 망신이라고 수업 중에 배운 것을 상기하면서 닥터 정은 가슴이 쿵쿵 뛰었다. 그 환자는 일주일을 넘기지 못하고 사망했다. 통계에 의하면 노련한 외과의사라도 이번 건의 복강경 담낭 제거수술 중에 한 번 정도는 그런 실수를 한다고 배웠다. 하지만 통계가 그러니 실수를 한 번쯤 저질러도 된다는 뜻은 아니다.

"자네 큰 실수를 했어. 이거 환자 가족들을 어떻게 달래지."

병원장의 질책이다. 병원장이 웬만해서 이런 일에 나서는 경우가 드문데 이번 케이스는 아주 중대한 실수라고 나팔을 불어대면서 고함을 쳤다. 의료사고 시에는 병원이

나서서 수습을 하고 되도록 환자의 상황이 나빴다고 해명을 해주게 마련이다. 그런데 이상하게 닥터 정을 걸고 넘어졌다. 함정에 빠져든 기분이었다. 유부녀인 밧세바를 빼앗기 위해 남편인 '우리아'를 격전지로 보내 억지로 죽음을 유도한 '다윗'의 계책과 같다는 느낌이 퍼뜩 들었다. '이건 함정이야' 하는 고함을 치고 싶었다. 이런 복병이 있음을 뻔히 알았을 만큼 경험이 많은 병원장이 어찌 이렇게 기다렸다는 듯이 나댈 수 있을까 섭섭했다.

"이건 살인한 것이나 마찬가지야. 자네가 일생 이 가족 생계를 책임질 수 있겠어. 뒷조사를 해보니 자네 어머니가 굉장한 부자라고 하던데 모든 걸 자네한테 떠맡길 수도 있겠군."

내 뒷조사를 하다니? 닥터 정은 정수리를 한 방 세차게 얻어맞은 기분이었다. 무엇 때문에 일개 수련의의 집안 뒷조사까지 했단 말인가. 그럼 진작부터 수술에 실수하기를 바라면서 덫을 놓고 기다리고 있었단 말인가. 머릿속이 헝클어지고 복잡했다. 그때 그를 찾아온 여자가 있었다. 놀랍게도 미도였다.

"신혼재미가 어떤가요? 제가 아직도 닥터 정을 좋아하고 있다면 어쩌실 거예요?"

"말도 안 되는 소리 말아요."

"당신 어머님이 이상하게 일을 끌고 가서 전 정말 상처를 많이 받았어요. 곧 결혼할 것처럼 일을 처리하다가 갑자기 다른 여자하고 결혼을 하다니 이거 말이 돼요. 제가 이렇게 당한 것이 너무 억울해요. 왜 저에게 정확하게 사정을 설명하지 않고 미련을 가지고 준비하게 했나요. 오늘 그걸 따지려고 왔어요."

그러잖아도 머리가 복잡해서 엉거주춤하고 있는 터에 이런 날벼락이 날아오니 머리가 띵했다. 멍하니 미도의 얼굴을 봤다. 뺨에 실핏줄이 드러날 정도로 파리한 얼굴에 퀭한 눈이 섬뜩했다. 몸이 야위면서 광대뼈가 심하게 튀어나와 성깔 사나운 인상이 물씬 풍겼다. 살이 빠진 얼굴은 말상이 두드러지게 나타나서 억세고 고집스럽게 보여 피하고픈 마음뿐이었다. 독이 듬뿍 담긴 파르스름함이 뺨 언저리에 고여 있었다.

"흥! 절 이렇게 만들어놓고 편안할 줄 알았어요? 하는 일마다 다 꼬일 것입니다. 저란 여자의 앞길을 막는 사람 치고 제 길을 간 사람이 한 명도 없으니까요. 감히 제 앞길을 이렇게 비참하게 만든 사람은 날마다 고압선에 감전된 듯 괴로워할 것을 전 잘 알아요. 그게 제 앞길을 막은 사람의 운명이니까요."

거침없이 폭언을 부어대면서 마구 말을 쏟아내는 여자의 입을 닥터 정은 물끄러미 바라보았다. 무슨 말을 어떻게 해야 할지 모를 정도로 혼란스러웠다. 이미 의료사고가 날 것을 알고 있었다는 투다.

"어디 두고 봅시다. 흐흥! 닥터 정의 앞길이 얼마나 장하게 펼쳐지는지 두고 보자니까요."

그러고는 쌩하니 돌아서서 나갔다. 그러잖아도 닥터 정은 의료사고 끝에 밀려오는 쓸쓸함을 가누지 못하고 있던 판에 재를 뿌려대는 여자가 사라진 복도를 등지고 천천히 걸었다. 그러자 가까운 간호사실에서 모든 사람들이 다 들을 수 있도록 큰 목소리로 말하는 미도의 음성이 또렷하게 들렸다.

"병원장실이 어디요? 이 병원원장이 바로 제 삼촌이니 그리로 날 인도해 주세요. 오늘 꼭 만나야 할 일이 있으니까."

간호사들이 닥터 정과 미도를 번갈아 보면서 눈치를 봤다. 미도는 앞장선 간호사의 뒤를 따라가면서 흘끔 뒤쪽에 있는 닥터 정을 보았다. 그녀의 눈길에서 불똥이 튀어 무엇이나 다 깡그리 태울 것 같은 강렬함이 넘쳐흘렀다.

한 시간 뒤에 닥터 정은 병원장실로 불려갔다.

"자네 아무래도 이 문제로 여기 있기가 힘들 것 같아. 이런 의료사고는 만에 하나 있을까 말까 한 사고인 걸 자네도 알겠지. 외과의사에겐 치명적이야. 자네의 앞날을 위해서 하는 말인데 여기 그만두고 다른 병원을 소개할 테니 그리로 가면 어떨까. 자네에게 기대를 많이 걸었었는데 이거 참 어쩌지."

"곧 전문의가 될 텐데 여길 뜨면 어쩌지요?"

"그거보다 이 문제 수습이 더 커. 그러니 지방이긴 하지만 내가 추천하는 병원에 가서 다시 전문의를 따도록 하지. 시간이 걸리겠지만 어쩌겠나. 약간 돌아서 간다고 생각하게."

닥터 정이 울상을 하고 멈칫거리자 병원장이 등을 돌려 창문을 향해 섰다. 의사의 길을 밟는다는 것이 얼마나 어려운 일인가! 이제 칼을 잡고 집도할 수 있을 정도로 가르쳐 기른 제자를 어떻게 이렇게 매정하게 내칠 수 있단 말인가.

"다음달에 있을 전문의 시험만은 응시하도록 해. 단번에 통과되어야 한다. 그 다음은 나도 몰라. 이 사실은 자네와 나만의 묵계이니 그리 알게. 외부에 알려지지 않도록 조심하게."

닥터 정은 차려 자세로 절을 하고 원장실을 빠져나왔다.

문득 가슴을 아프게 했던 친구 생각이 났다. 그는 자살을 했기 때문에 지금까지도 그를 떠올리면 가슴이 미어진다. 2년 전이었던가. 붉은 머플러를 목에 두르고 혼자서 수천만 불 나가는 비행기를 몰고 비행을 나갔다가 기체에 이상이 있자 낙하산을 타고 빠져나와 살아난 적이 있다. 그가 낙하산을 타고 내린 산속엔 아무도 와주지 않았다. 혼자서 엉금엉금 기어 나와 본부로 돌아오니 모두 등을 돌렸고 상관이 이를 갈았다.

"너 그 비행기하고 함께 산화하지 어쩌자고 이렇게 살

아서 돌아왔니? 비행기 값이 얼마인데 그걸 버리고 어정거리고 끼어들어와."

"공부할 적에는 한 사람의 비행사를 길러내는 비용이 굉장하다는 사실을 잊지 말라고 그러셨지요. 제가 그 비행기보다 더 값진 중요한 사람이 아닌가요?"

"이 자식아! 어서 죽어버려. 너 살아 있어도 다시는 빨간 머플러를 두를 수가 없으니까 죽으라고 하는 거야."

그 친구는 닥터 정 앞에서 꺼이꺼이 목을 놓아 울다가 그 밤을 넘기지 못하고 호수에 몸을 던져 자살하고 말았다. 그간 까맣게 잊었던 친구가 머리에서 되살아나면서 죽음을 생각했다. 아내의 얼굴이 앞을 가린다. 아아! 이 여자를 두고 어떻게 목숨을 끊을 수 있단 말인가. 이 여자를 불행하게 만들 수는 없지 아니한가. 또한 여덟 살 적에 굶어죽게 한 누나가 다가왔다. 힘없는 눈을 떠서 다정하게 그의 얼굴을 바라보던 맹하도록 슬픈 얼굴이 아내의 얼굴과 겹쳐졌다. 아아! 닥터 정은 얼굴을 감싸 안았다.

4

변화는 두려운 것이다. 닥터 정 앞에 놓인 골 깊은 낭떠러지를 뛰어 넘어야 할 텐데 땅을 딛고 선 발이 몸을 가눌 수 없을 정도로 후들거렸다. 병원장과 타협을 하는 것이 어떨까 하는 유아적인 발상도 머리를 들었다. 이제 다른 병원으로 옮긴다는 것은 처음부터 다시 시작하는 것이나 마찬가지다. 외과 레지던트도 다 끝나고 전문의 시험을 코앞에 두고 이런 일을 당하다니 억장이 무너져내렸다. 아예 의사직을 떠날까 하는 강한 반발심도 일었다. 하지만 내면에서는 '의사는 다 그런 거지. 특히 외과의사는 일생 몇 번은 사고를 낸다고 하지 않던가. 이런 일로 내가 물러서면 여태 쌓아온 노력이 아깝지 않은가. 모든 외과의사는 한두 번씩 법정에 불려가서 곤혹을 치른다고 선배들이 그렇게 말했는데 이런 걸 너무 심각하게 생각하지 말자.' 이렇게 돌려대면서도 마음은 먹기 싫은 한약이라도 삼킨 듯 토할 것만 같았다. 한번쯤 병원을 떠나 나 자신을 찾아보는 것이 어떨까. 이 직업에 목을 매달고 마음에도 없는 타협을 하고 내면적으로는 상대방을 불신하고 있으면서 거짓치레를 감수하면서까지 이 자리를 지켜야 한단 말인가. 이번 일 처리도 원장이 감싸 줄 수 있는 것이 아닌가. 그간 그의 롤 모델Role Model이었던 분이다. 인격적으로 존경했던 사람이다. 또 남달리 닥터 정을 사랑하고 아꼈던 스승이다. 그런 분이 어떻게 이렇게 내칠 수가 있을까? 그게 치유될 수 없을 정도의 큰 상처로 남아 마음을 아프게 했다. 이 자리를 고집하면서 남아서 동료들에게 억지 미소를 지어야 할까. 외과의사에게 요구하는 것은 완벽이 아니라는 걸 안다. 더구나 외과의사란 책임을 지고 물러서는 것이 아니고 일생 칼을 잡고 완벽을 향한 부단한 노력을 하라는 가르침은 뭔가.

지위나 명예 그리고 권력도 도덕적이고 윤리적인 희생과 함께 오게 마련이다. 꿈을 실현하기 위해선 값비싼 심적 대가를 지불해야 하는 것이니 이번 일도 인내하고 입을 꾹 다물고 참아내자고 닥터 정은 수십 번 다짐했다. 하지만 마음속 깊은 곳에 이 직업이 과연 내가 가야 할 참 길인가 하는 의구심을 떨칠 수가 없었다. 시간에 묶여 기계처럼 살면서 강렬한 내면의 소리를 외면하고 있었다는 사실이 머리를 들었다. 집안에 넘쳐나는 풍요로움이 자신의 내면을 바라볼 여유를 주지 않았었다. 게다가 최근에야 자신이 업둥이라는 사실을 알고는 그루터기까지 흔들렸다. 진짜로 내가 원하는 길이 외과의사의 삶이었을까. 수술실에서 마음을 졸이면서 칼을 잡고 일생을 보내는 것이 그가 추구하는 삶이란 말인가. 그건 아니다. 정말로 아니다. 여기를 벗어나고 싶었다. 아픈 사람들로 벅적거리는 병실과 울부짖는 가족들과 병자들의 신음소리에서 탈출하고 싶었다. 순간 칼을 잡고 삼겹살처럼 기름기로 뒤덮인 살을 가를 적에 손끝으로 전해지던 촉감이 살아났다. 두려움이 예리하게 가슴속으로 파고들었다.

이번 기회에 1년이나 2년 간 외과의사의 일상에서 벗어나고 싶었다. 정말 내가 일생을 내걸고 할 일이 외과의사 말고 또 있을지도 모른다. 하나님은 내게 이렇게 억지로 코뚜레 긴 소처럼 살라고 하진 않았을 것이다. 서서히 두려움과 공포가 마음에서 빠져나갔다. 시작해 보자. 그게 무어든 우선 이 건물에서 빠져나가 보자. 하나님 앞에서 보다 진실하고 즐겁고 소망이 있는 일을 찾아보자. 닥터 정은 힘있게 일어나서 병원 문을 밀치고 나섰다.

초린은 시어머니의 손톱을 줄칼로 다듬어주고 있었다. 너무 지쳤는지 송 권사는 몸을 완전히 며느리에게 맡기고 매가리 없이 앉아 있었다. 약 기운 때문에 몽롱하게 가라앉아 넋을 놓고 있는 것이다. 심장과 혈관 속 도처에 강한 안정제가 들어가서 자꾸 밑으로 가라앉았다. 어느새 가을이 와서 창가에 서 있는 후박나무의 너부죽한 잎사귀들이 하나 둘 떨어져 내리더니 이젠 윗가지에만 몇 잎 매달려 바람을 타고 몸을 심하게 떨었다.

"아쿠쿠! 불쌍해서 어쩐다지. 내가 이 집을 나가야지 저 꼴을 어떻게 지켜본단 말이냐."

"그런 소리 마세요. 전보다 아주머니가 내게나 시어머니에게 더 필요해요. 절 도와주세요. 나간단 말 이제 그만하세요."

초린은 외출 준비를 하면서 의주댁을 다정한 눈으로 바라보았다. 퀸 메리도 초린의 손길이 닿으면서 차츰 제 궤도에 오르기 시작했다. 이 회사의 디자이너로 일했던 경험이 이런 소용돌이 속에서 큰 역할을 했다. 게다가 급한 대로 성호를 자금줄이 다급한 재정부에 투입한 것이 적중했다. 최선을 다해 이리저리 돈을 돌려가면서 자금줄을 잡아주고 막아주고 하는 재주가 그에게 있다는 것이 너무나 신기했다.

성호는 대학원 졸업 한 학기를 앞두고 급한 불길을 꺼달라는 초린의 요청을 받아들여 온전히 퀸 메리의 선두에 서서 진두지휘를 하게 되었다. 정신을 못 차리고 방황하고 있는 닥터 정은 이런 회사운영에 문외한이라 일이 어떻게 돌아가는지도 몰랐다. 치매에 걸린 시어머니를 돌보면서 성호와 함께 퀸 메리를 이끌어 가는 초린의 집요한 두뇌는 놀라울 정도로 회전이 빨랐다. 우선 반품되어 오는 모든 옷들 위에 훌륭한 무늬를 수놓든지 붙여서 시중에 내놓아 히트하기 시작하여 자금줄이 풀리는 것도 한몫했다. 과감하게 옷의 반을 툭 잘라내고 다른 천을 덧붙여 리폼하여 내놓으니 인기가 좋았다. 닥터 정에게 빌린 돈을 갚기 위해 그간 구상해 놓은 기발한 아이디어가 이렇게 대기업의 한 가닥을 잡아주리란 생각은 한 번도 해본 적이 없었다. 무늬를 살짝 넣은 의상 디자인이 천편일률적인 제품에 식상한 고객들에게 미키마우스보다 더 막강하고 강인한 인상을 심어줘서 옷들이 마구 팔려나가기 시작했다.

"너에게 이런 천재성이 있는 줄 몰랐다."

매상을 계산하면서 성호는 감탄했다. 맷골에서 보았던

귀여운 청색 뱀까지 여자의 치맛단에 수를 놓아서 기발한 아이디어로 여자들의 마음을 사로잡았다.

"이 뱀의 패턴은 어디서 따온 거냐?"

"오빠 엄지발가락을 물었던 뱀이야."

"우하하하……이게 그 뱀이란 말이야?"

"오빠를 물었던 뱀이 가끔 내 꿈속에도 나타났지. 날 물려고 말이야. 이 나이가 되어도 그 뱀이 가끔 보이거든."

"그때 내 발가락을 물었던 뱀은 이렇게 귀엽게 생기지 않았다. 이 뱀은 아주 귀여워서 데리고 놀고 싶은 마음이 든다. 뱀 얼굴에 고인 장난기가 너무 재미있어. 으하하……."

"바로 그걸 노린 거야. 여자들이란 본능적으로 뱀을 무서워하면서도 가까이 하고 싶은 충동을 살린 거지."

밤늦게 거실에 앉아서 성호가 작성한 재무정리를 훑어보고 아직도 창고에 쌓인 옷들에 붙일 재미있는 곤충이나 꽃, 그리고 식물들을 디자인하고 있는 초린에게 다가와서 가만히 어깨에 손을 얹는 사람이 있었다. 남편인가 싶어서 초린은 얼굴도 돌리지 않고 일에만 열중하면서 대꾸했다.

"어서 먼저 주무세요. 할 일이 아직도 많아요."

"나다. 네 어머니다."

순간 초린은 후딱 일어섰다. 처음 들어보는 다정한 시어머니의 음성에 가슴이 철렁했다. 또 무슨 일을 저지르려고 이러나 하는 생각이 앞섰다. 아마도 이따금씩 떠오르는 회사에 대한 걱정 때문인가 해서 초린은 장부를 송 권사 앞에 내밀었다.

"어머니! 걱정 마세요. 제가 퀸 메리를 잘 운영하고 있습니다. 위기는 지나갔어요. 하나님이 도우신 것이 확실해요."

송 권사의 눈에 살짝 물기가 고였다. 초린이 내민 장부를 유심히 훑어보다가 며느리의 두 손을 꼭 잡으면서 옆에 앉았다.

"내일 오전 중에 내가 잘 아는 변호사를 불러다오. 의주댁에게 말하면 그분의 전화번호를 너에게 줄 것이다."

"무슨 일로 변호사를 만나지요? 돈 걱정은 하지 마세요. 다행히 돌파구를 뚫어서 지금 한창 잘 풀리고 있으니 변호사의 도움을 받지 않아도 됩니다."

"내가 치매에 걸렸다는 사실을 알고 있다. 이렇게 정신이 돌아올적에 변호사를 만나서 처리할 것이 있다. 그러니 지금이라도 전화를 해서 내일 아침 일찍 나를 만나게 해다오."

어머니는 아주 차분하게 말했다. 이미 인생을 달관한 듯 초연한 자세다. 어쩌다가 이렇게 말짱하게 돌아오는 것이 치매란 말인가. 조금도 병색이 없는 온전한 정신상태다.

"제가 변호사와 어머니 곁에 있을까요?"

"혼자서 변호사를 만날 것이다. 네가 곁에 있으면 방해된다."

"닥터 정을 부를까요?"

"아니 그 애도 필요 없다. 나 혼자 해결할 것이다."

닥터 정은 다니던 병원을 그만두고 지방으로 출퇴근하고 있다. 시무룩했으나 초린을 보면서 힘을 추스르고 있었다. 다행히 전문의 시험을 통과해서 의사로서의 과정을 마친 것이 고마웠다. 말이 없어 속마음을 알 수 없지만 병원을 뛰쳐나오려는 걸 억지로 초린이 울면서 애걸하여 그나마 마음을 잡고 지방 병원이라도 나가고 있는 셈이다. 그러나 항상 불안했다. 비상하려는 독수리처럼 그는 어디론가 훌쩍 사라질 것 같았다.

다음날 이른 시간에 퀸 메리 담당 이진우 변호사가 왔다. 어머니와 세 시간도 더 되게 둘만의 자리를 가졌다. 차를 들여놔도 거절하는 바람에 비밀회의에서 무엇이 진행되는지 짐작할 수도 없었다. 어머니의 병이 심각하니 그럴 수도 있다고 의주댁이나 초린은 생각했다. 점심시간이 다 되어서야 이진우 변호사가 일어섰다.

"제가 이집 며느리입니다. 어머님이 무엇을 하셨는지 물어도 될까요. 치매에 걸린 분이라 시간이 흐를수록 기억력을 상실할 것이니 저에게 알려주실 수 없을까요."

이런 초린을 이진우 변호사는 대문으로 뚫린 계단을 내려가다가 멈춰 서서 돌아보았다. 회사를 살리기 위해 과

단성 있게 일을 처리해서 망할 기업을 일으키고 있다는 소문을 익히 알고있는 터다.

"하긴 이 집의 생사권을 쥔 며느리이니 알고 있는 것이 좋겠지요. 치매가 진행되기 전에 유서를 작성하셨습니다."

"네에! 유서라고요?"

"저도 내용은 모릅니다. 이건 그분이 돌아가신 뒤에나 공개할 수 있습니다. 정확히 말해서 돌아가신 지 두 달이 지난 뒤에야 개봉하라고 했습니다. 설령 제가 안다고 해도 유서 내용을 공개할 수는 없지요. 유서는 재산처리 문제를 다룬 것이라 저도 그 때에야 개봉하면서 입을 열 것입니다. 누구에게 이 모든 유산을 주었는지 형제에게 어떻게 분배했는지는 그분의 유언에 따라 돌아가신 날짜로부터 두 달이 되는 날 열어서 유서 내용대로 실행할 것입니다."

이진우 변호사는 낙엽이 수북이 쌓인 쓸쓸한 정원을 둘러봤다. 언제 들어왔는지 대문가에 숨어 서 있던 교종이 숨을 죽이고 있었다. 송 권사가 병든 뒤부터 초인종 소리에도 정신장애를 일으켜 대문 열쇠를 의주댁이 만들어 그에게 주었다는 생각이 떠올랐다. 교종은 다짜고짜 이진우 변호사의 앞길을 막아섰다.

"변호사가 유서 내용을 모른다는 것이 말이 됩니까? 어서 말해 주세요. 전 이 집의 유일한 혈육입니다. 저기 선

저 여자는 진짜며느리가 아닙니다. 현종이 이 집안 핏줄이 아니니까요."

그러자 이진우 변호사는 그를 피해 나가려고 몸을 비틀었다. 교종의 우악스러운 손이 변호사의 멱살을 잡았다. 숨이 막혀 캑캑거리는 걸 의주댁이 뛰어나가 막아섰다.

"이 할망구가 왜 이래. 너도 이 집에서 나가버려."

초린도 합세해서 이진우 변호사를 빼내려고 했지만 버둥거릴 뿐이었다. 술에 취한 교종의 눈에서는 살기까지 번뜩거렸다.

"당장 그 유서를 이리 내놓지 못해."

그러자 이진우 변호사가 휴대폰을 눌렀다.

"곧 경찰이 올 거야. 이런 행동을 어디서 해. 이 유서는 법으로 보호받아야 할 것이야. 어머니가 돌아가신 뒤에 보라고."

경찰차의 사이렌소리에 교종이 안으로 뛰어들어갔다.

"어머니! 유서 내용이 무엇이지요?"

그때 묘한 웃음을 삼키면서 물기어린 눈으로 아들을 보는 송 권사의 얼굴에 슬픈 기운이 깔렸다.

1

초린은 퀸 메리를 살리기 위해 사뭇 결사적이었다. 새로운 아이디어를 개발한다고 며칠 밤을 새우더니 홈쇼핑 쪽에 눈을 돌리기 시작했다.

"잘하면 우린 부자가 될 수 있어요. 홈쇼핑을 성공적으로 해낼 자신이 있어요. 고객들의 식상한 구미를 당기는 전략을 짜는 것이지요. 제 디자인이 이런 때 빛을 보게 되었어요. 세상에서 오직 하나라는 컨셉을 적용한 것이지요. 이 해에 유행할 색상으로 고객의 마음을 사로잡을 특이하고 값이 저렴한 기성복을 만들 거예요. 무엇인가 타인과 다른 것을 원하는 현대인의 구미를 자극하자는 것입니다. 제 전략이 맞아떨어지면 빚도 갚고 당신 병원도 작은 규모로 하나 지을 수 있어요. 우리 꿈을 가져요. 당신 낙심하지 말아요."

이제 아내는 그 옛날 맷골의 나약한 소녀가 아니었다. 억척스럽게 병든 시어머니를 돌보고 사업을 이끌어갔다. 홈쇼핑을 연 지 한 달 만에 매상이 오르기 시작했다. 백화점에도 없는 물품을 독창적으로 만들어 판매하기 시작했다. 치마폭이나 깃, 또 바지 끝단에 개성이 톡톡 튀는 멋진 자수와 그림을 그려 넣어서 홈쇼핑에 내놓고 주문을 받아 배달하니 물건이 나가고 돈이 들어오고 그야말로 눈코 뜰 새 없이 바빴다.

게다가 산골에서 자란 소녀만이 가질 수 있는 독특한 감각으로 퀸 메리의 공간을 이용하기 시작했다. 누구나 와서 옷을 입어보고 고르게 할 뿐만 아니라 전문요원을 배치하여 고객에게 맞는 퍼스널 컬러를 설명해주고 개성에 맞는 색을 고르도록 도와주었다. 타고난 신체색상인 피부, 눈동자, 머리카락 색에 어울리는 옷을 추천하는 것이다. 색채로 인한 효과는 사람의 외모를 눈에 띌 정도로 변화시켜 주었다.

이건 심리적 상승효과까지 수반해서 모든 일에 자신감을 갖게 했으며 심지어 긍정적인 사고를 할 수 있도록 고객들에게 도움을 주었다. 진열장에 놓여 있는 옷을 마구 골라 입는 것보다 자신의 피부색을 일러주고 그에 맞는 액세서리와 화장까지 대화로 풀어주는 전문요원이 있으니 퀸 메리를 찾아오면 세련미와 아름다움을 더해 준다는 소문이 퍼져 매일 밀려드는 인파로 회사는 터질 듯했다.

"왜 이렇게 사람들이 몰려와서 옷을 입어보고 지껄이고 야단이지. 이게 좋은 게냐, 나쁜 게냐? 혹시 퀸 메리가 싸구려 시장바닥이 된 거냐? 꼭 남대문 새벽 도매시장 같구나."

송 권사는 밀려드는 인파를 보면서 걱정스럽게 물었다.

"각자가 지닌 독특한 머리카락, 피부, 눈동자의 색을 분석해서 옷을 골라주고 있어요. 그 분야의 전문요원을 훈련시켜 고객을 상대로 상담해 주면서 옷을 추천하는 것입니다. 얼굴과 옷 색의 대비효과가 얼굴을 돋보이게 한답니다. 이 연구를 거듭하다 보니 옷 스타일보다는 어떤 색깔의 옷을 입느냐 하는 것이 더 중요하다는 걸 알아냈습니다. 선명한 색보다는 낮은 채도의 의복이 각 사람에게 긍정적인 인상을 심어주더라고요."

"그래 그거 아주 특이한 발상이다. 앞으로 더 연구해야 될 분야로 보이는구나. 그래야 옷시장을 잡을 수 있지. 색상은 어디에 기본을 두고 상담하고 있니?"

"제 나름대로 도표를 만들었어요. 눈동자의 색도 빛이 있는 곳에서 관찰하니 검정, 갈색, 적갈색, 병아리색, 녹색, 회색이 나오더라고요."

"검정과 갈색 두 가지 색만 있는 줄 알았는데……."

"그뿐인 줄 아세요. 머리카락 색도 황갈색, 적갈색, 회갈색, 까만색이 있더라고요. 게다가 요즘 머리염색을 해서 아주 다양한 머리카락 색을 연출하고 있어 그에 따라 퍼스널 컬러를 적용해야 세련된 옷을 입게 될 것입니다."

며느리의 자상한 설명에 송 권사의 누이 휘둥그레졌다.

닥터 정은 날마다 갈등의 연속이었다. 의사의 소견으로는 어머니는 죽음을 향해 급행열차를 타고 달리고 있었다. 최근의 것들을 잊어가면서 점점 어린 시절로 돌아갈 것이고 나중에는 자신의 이름도 집도 다 머리에서 완전히 사라질 것이다. 막판엔 갓난아기로 돌아간다. 그 과정을 너무나 잘 아는 닥터 정은 어머니를 지켜보면서 곁에 있는 것이 고통스러웠다.

형, 교종의 난동은 날이 갈수록 강도를 더해 갔다. 이대로 집에 있다가는 큰 변을 당할 것처럼 가슴이 조여 왔다. 이 집을 탈출해야 한다. 나 자신을 찾고 인생을 다시 설계해야 한다는 생각뿐이었다. 아무리 머리를 갸웃거려도 뿌옇게 안개가 긴 아득한 길이 앞에 펼쳐져서 어디로 가야 할지 난감했다.

아내가 입덧을 하는 걸 보면서 그냥 두고 여행을 떠나는 것이 마음에 걸렸으나 자신도 모르게 빙하의 밑동처럼 숨어있던 방랑벽이 서서히 머리를 들기 시작했다. 아내가 사업으로 바쁜 것을 뻔히 보면서도 여행 떠날 결심을 굳혔다. 최근에 옮겨간 병원에서 일 년 간 쉬겠다고 통고하고 성호를 만나 회사와 초린을 부탁하고 간편한 차림으로 집을 나섰다. 비자카드 하나만을 달랑 들고 말이다.

맷골을 찾아갔다. 치악산 끝자락에 둥지를 튼 가을의 고향은 만물이 익어가는 소리로 가득했다. 변한 것이 하나도 없었다. 쥐똥나무 생울타리를 두른 옛집은 대문이 뒤틀려 한쪽으로 삐끗 기울어졌고 오랫동안 사람이 살지 않아 버려진 집 안팎에는 허리를 넘게 자란 잡초가 무성했다. 뱀들이 인기척을 듣고 놀라 슬슬 기어 나올 듯도 했다. 사람의 손길이 닿아 기름이 돌았던 툇마루가 바싹 말라서 버석거렸다. 조심스럽게 마루의 한끝에 앉았다. 30년 전 의주댁이 갓난아기를 버리고 도망쳤을 길과 대문을 오랫동안 하염없이 바라봤다. 어른 팔뚝만 했던 아기가 이렇게 커서 돌아와 앉아있는 셈이다.

가방만 덜렁 메고 나선 여행길은 홀가분했다. 늑대만한 동네 개가 그를 보고 컹컹 짖었다. 아래쪽으로 한참 떨어진 곳에 자리 잡은 허름한 농가에서 검고 긴 털이 곱슬곱슬 자란 청삽사리가 그를 향해 짓궂게 짖어댄다. 모두 오일장에 갔는지 동네는 헐렁하게 비어 있었다.

버스에서 잠깐 자긴 했지만 피곤이 뭉친 눈이 뻑뻑했다. 옛집엔 아직도 튼실한 감나무가 한창 익어가는 감을 달고 가지가 휘어 있다. 그는 멀리 눈을 들어 개울 저편 가막산으로 눈길을 던졌다. 속된 사념에서 떠나 어린 시절처럼 청순한 마음으로 산봉우리를 올려다보았다. 가뭄으로 물이 말랐지만 산속 깊은 지심地心에서 한약을 짜듯 흘러나온 생수가 배앓이를 하듯 꾸르륵거리면서 돌 틈을 헤집고 흘러간다. 닥터 정은 젖어오는 눈시울을 닦으면서 일어섰다. 산이나 개울은 그 자리에 있건만 변한 것은 오직 자신뿐이었다.

아버지와 누나가 묻힌 산자락을 향해 천천히 발길을 옮겼다. 돌보는 이 없는 두 개의 무덤은 수북이 자란 잡풀로 인해 형체도 없었다. 발 더듬질을 해가면서 겨우 아버지의 무덤을 찾은 닥터 정은 허리까지 자란 잡초들을 마구 잡아 뜯었다. 누나의 무덤도 처녀의 봉긋한 젖무덤처럼 나부대대한 형체를 드러냈다. 무덤 위에 팔베개를 하고 하늘을 향해 누웠다. 지금 누나는 천국에 가 있는 것일까. 거긴 아픔도 없고 슬픔도 없으며 죽음도 없고 질병도 없다고 했는데 거기서 누나는 행복할까. 순간 그가 집도하다 실수로 죽어버린 젊은 남자의 뱃가죽이 떠오르고 허옇게 굳어가던 얼굴이 다가왔다. 죽어가면서 그를 향해 희미하게 웃어주던 누나의 얼굴이 오버랩 되자 그는 얼굴을 감싸 안았다. 순간 번개처럼 지나가는 빛이 천둥이 되어 머리를 때렸다.

'나는 살인자다. 여덟 살에 살인을 저지른 범죄자다.'

몸이 꽈배기처럼 배배 꼬여도 누나는 이 지구덩이 위에서 살아갈 권리가 있는데 강제로 굶겨서 죽여버렸다. 생명이 다하기까지 살다가 죽은 것이 아니고 닥터 정이 살아있는 누나를 살인한 것이다. 그렇다면 그가 의사가 된 것은 누나를 죽인 죄를 갚겠다는 무의식 세계에 깔린 보상심리가 아니었을까. 자신이 저지른 범죄를 정당화하려는 해결책을 찾아서 돌파구를 열어보려는 시도였을 것이란 생각에 이르자 전신에 소름이 닭살처럼 깔려왔다.

의사가 되어서도 수술 도중 사람을 죽였다. 이런 살인자가 이제 어떻게 살아야 하는 것일까? 무엇을 해야 이 죄에서 벗어나 평안을 누릴 수 있을까. 도대체 이렇게 사는 것이 가장 행복하고 보람이 있고 가치 있는 삶이란 말인가? 이런 질문을 수없이 닥터 정은 자신에게 던졌다. 이제 남은 인생만이라도 죄에서 벗어나 하고 싶은 일을 하면서 살아야 한다. 그간은 많으 것을 잡으려고 발버둥치면서 살았다. 명예, 지식, 돈 그리고 사랑하는 여자와 특수계층으로 살 수 있는 의료기술을 손아귀에 넣으려고 발광하면서 살아왔다. 이제 이 모든 걸 다 보듬어 안고 보니 그게 어떻단 말인가. 모든 것이 헛된 것이다. 지금부터라도 보람을 느낄 수 없는 일에 헌신하기보다는 스스로가 만족하여 선택한 일을 하면서 살아야 한다. 남은 인생을 하고 싶은 일을 하면서 하나님께 속죄하는 삶을 살아야 할 텐데 어떻게 살면 될까.

문득 강의시간에 어느 교수님이 한 말이 떠올랐다.

'한 시간 동안 행복해지고 싶으면 낮잠을 자라. 그러면 정말 행복할 것이다. 하루 동안 행복해지고 싶으면 낚시를 해라. 그 하루가 꿀맛일 게다. 한 달 동안 길게 행복해지고 싶으면 결혼을 해라. 그러면 행복할 것이다. 일 년 동안 행복해지고 싶으면 재산을 유산으로 받아라. 그 돈으로 인한 기쁨도 일 년이 넘으면 시들해질 것이다. 하지만 평생 행복해지려면 이웃을 도와주고 섬겨라. 평생 샘물 솟듯이 행복과 기쁨이 넘칠 것이다.'

평생 동안 이웃을 도와준다. 아아! 맞다, 맞아. 유년의 숲속에서 어린 초린을 돌봤을 때 그는 얼마나 행복했던가! 바로 그것이다. 자기 몸이 아닌 이웃을 도와주는 것이 좋은데 그 방법이 무엇일까. 사랑하라는 말이다. 그렇다면 어떻게 사랑을 하는 것이 도와주는 것일까. 그는 누나의 무덤 옆에 앉아서 저물어 희끄무레하게 진달래꽃 빛으로 물들어가는 서쪽하늘을 향해 질문을 던졌다. 시답잖게 감기 나부랭이나 조금 꾸르륵거리다가 지나갈 배앓이를 가지고 안달복달하는 많이 가진 자들을 돌보는 것은 그가 바라는 사랑이 아니다. 지금까지 병원에서 환자들을 돌본 것이 남을 도와주고 섬기는 삶이었을까. 아니다. 그는 강하게 머리를 흔들었다.

그가 병원에서 죽어라 배운 외과의사로서의 지난날들이 주마등처럼 스쳤다. 과학기술을 동원하여 검사한 자료를 들고 약을 먹이고 칼로 째고 빼내고 꿰매고 하는 일상의 생활은 참으로 겁나는 직업이 아닌가. 위험부담이 높은데도 엄청난 재량권을 의사는 가지고 있다. 그게 너무 무서웠다. 현미경과 항생제 그리고 마취제의 개발이 마술처럼 사람들을 현혹하고 있지만 의사들 자신도 의학의 한계를 부정하지 못하고 있다. 현대의학의 메커니즘에 빠져 꼼짝 못하고 거기에 끼어 익사하고 있다는 생각이 저녁 안개처럼 스멀스멀 가슴 가득 파고 들었다.

지금까지 그는 눈에 보이는 육신만을 붙들고 늘어졌다. 그의 영혼이 이 시간 이렇게 아프고 보니 이런 아픔을 지닌 사람들을 치료해주는 것이 사랑일 것이라는 생각에 이르자 닥터 정은 벌떡 일어섰다. 터덜터덜 냇가의 둑을 따라 걸었다. 노인들만 남은 농촌에는 아기의 울음소리나 옹알이도 사라졌는지 괴괴하기만 하다. 산골은 해가 일찍 지는 법이다. 냇가를 따라 내려가는 동안 하늘이 흐려지더니 안개가 휘휘 그의 정강이를 스쳐 지나간다.

눈을 들어보니 멀리 외딴 집이 구름에 휩싸여있다. 점으로 다가와서 멀리 있는 듯도 하고 어찌 보면 손에 잡힐 듯 아주 가까이에 있어 보였다. 이상한 것은 한 점으로 보이다가 큰 집으로 보인다는 것이다.

아무래도 저 집에 가서 하룻밤을 자고 가는 것이 좋을 듯 싶어 산등성을 타고 그 집을 향해 걸음을 옮겼다. 금세 올 것 같았는데 올라갈수록 무지개를 잡는 것처럼 외딴 집은 뒤로 물러앉았다. 등이 푹 젖고 땀으로 인해 눈을 뜰 수가 없었다. 너무 지쳐 다리가 후들거렸다.

이렇게 먼 줄은 미처 몰랐다. 아무튼 그 집은 눈에 들어오는 모든 산의 끄트머리에 자릴 잡고 있었다. 무엇에 홀린 듯 가뭇없이 사라졌다가 다시 나타나는 집을 향해 그는 돌진했다. 강한 무엇에 저항도 못하고 끌려가는 듯했다. 병풍을 좁게 펴서 세워놓은 듯 산들이 시루떡처럼 접혀 있어서 온몸이 푹 젖도록 산허리만을 끼고 계속 돌았다. 숨이 턱에 차올라 털썩 주저앉아 그 자리에서 잠이 들것 같은 피곤이 밀려들 즈음 그는 점으로 보이던 집 앞에 당도했다. 너와지붕에 흙벽을 한 토담집이 눈에 들어왔다. 너무 숨이 차서 땅바닥에 풀썩 앉아버렸다. 산들이 짙은 땅거미 속으로 숨어든다. 산중의 고요가 무겁게 사방을 찍어 눌렀다. 무엇이 앞에서 움직인다. 자세히 보니 노인이 툇마루에 앉아 있다가 그를 보고 놀라 입가에 경련을 일으켰다. 한참 뜸을 들이면서 멈칫거리다가 물코를 풀고는 입을 열었다.

"여긴 어떻게 왔소?"

닥터 정은 노인의 질문을 들으면서 의식이 스멀스멀 사라져갔다. 아득히 깊은 곳으로 몸이 내려앉기 시작했다.

2

그가 깨어난 것은 눈이 많이 오는 날이었다. 오리처럼

뒤뚱거리면서 다가온 앙가발이 노인이 방문을 열었다. 눈발이 허공에 펄펄 나부꼈다. 한겨울이 분명했다. 닥터 정은 몸을 움직여 보려고 굼틀했으나 무거운 바위가 찍어 누르는 듯했다.

"아주 긴 잠을 자고 깨어났어. 시원한 밖을 보고 싶겠지."

노인이 열어젖뜨린 문을 통해 닥터 정의 눈에 들어온 것은 하얀 눈 바다였다. 산이고 하늘이고 땅이고 어딜 봐도 눈, 눈, 눈이 사방을 넘치도록 채우고 있다. 산들이 햇솜이불을 덮고 평화롭게 널브러져서 푹 잠들어 있었다. 코끝으로 찬 바람결이 스친다. 멀리 앞산 봉우리를 스치고 지나온 바람이 잔 숨소리를 잔뜩 모아다가 그의 귓가에 풀어놓았다.

"어찌 된 일입니까? 제가 긴 잠을 잤단 말입니까 제가 여기 올 적에는 가을이 한창 무르익어가는 계절이었는데 눈이 이렇게 왔다니 믿어지지가 않아요."

"그렇소. 그간 아주 깊은 혼수상태에 있었소."

"제가 코마에 있었다고요?"

의사의 용어가 터져 나왔다.

"여긴 도착불능지점이라 불리는 곳이요. 특히 늦가을 잔뜩 독이 오른 까치독사들이 우글거리는 곳이라 사람들이 접근을 꺼리는 곳이야. 까치독사 골짜기라고 알려진 곳으로 많은 사람들이 뱀에 물려 죽었어. 산삼을 캐러 오는 사람도 우리 집 밑의 골짜기에 접근하는 법이 없는데 자네는 어쩌자고 해거름을 타고 여길 온 것이요. 아무튼 살아났으니 이건 하늘이 도운 것이요."

"절 어떻게 살리셨어요?"

"난 저 산 밑 세상에서 이름이 널리 알려졌던 한의사였소. 너무 많은 환자들을 돌본 탓인지 기가 다 빠져나가 간이 뭉그러져 살 수 없다는 진단을 받고는 세상을 등지고 이 골짜기로 들어왔소. 여긴 험한 바위산이고 가파른 데다가 까치독사들 때문에 사람들이 감히 접근하지 못하는 곳이야. 그게 날 살린 셈이지. 내가 여기 있다는 소문을 들은 많은 병자들이 나에게 다가올 재간이 없으니 그저 발만 동동 구르다가 돌아갔어. 세월이 흐르면서 모두가 날 잊어버리고 아무도 찾아오는 이가 없어. 그게 내 생명을 연장시켜준 셈이야. 이렇게 산 지 벌써 20년이 넘었어. 참 세월이 빠르게 지나가는군."

"제가 어떻게 이렇게 깊은 곳엘 왔지요?"

"여긴 너무 험해서 인적이 끊긴 곳이야. 자네가 여길 어떻게 알고 파고들었는지 나도 신기하게 생각하고 있는 참이야."

진흙으로 이겨 바른 흙벽이 보이지 않을 정도로 바짝 말린 산열매 먹거리가 주렁주렁 매달려있었다.

"저를 병원으로 옮기지 어쩌자고 이렇게 길고 긴 혼수상태에 그냥 눠두셨습니까? 코마 상태가 꽤 길었던 모양인데요."

"여기서 어떻게 자넬 업고 내려갈 거요. 이곳은 겨울이 일찍 와서 산야가 눈으로 덮여 있는데 이 늙은이가 어떻게 자네를 업고 저 밑 세상에 내려가. 이곳을 벗어나려면 봄이 와서 눈이 녹아야 가능할 거요. 그나저나 자네 왜 여길 찾아왔지?"

"제 눈에 이 집이 띄어서 올라왔지요."

"그래? 참으로 이상하다. 여긴 바깥에서 육안으로 보이지 않는 곳인데 정말 기이하다. 촘촘하게 접어 세워놓은 병풍처럼 여러 겹으로 둘린 산들 속에 박혀있어 아무도 여길 넘실거리지 못하는 곳이야. 자네가 여길 찾아온 것은 분명히 큰 힘에 끌렸지 인간의 힘으로 온 것이 아니야. 어쩐지 신기하다고 생각했어. 그래서 자네가 살아났군 그래. 자자, 우리 식사나 합시다."

그가 점심이라고 내놓는 음식은 솔잎과 이름 모를 열매 가루가 전부였다.

"내가 그간 터득한 비법이 자네 몸속에 그득한 독을 서서히 빼냈어. 진맥을 해보니 저 아래 세상에 있었으면 자넨 벌써 죽었을 거야. 음식을 제 때 먹질 않았고 지나친 정신적 스트레스로 위와 장이 다 망가졌더군. 간도 나빠져서 면역기능이 전혀 없는 상태였어. 특히 위에 큰 혹이 있었는데 이렇게 길게 누워 있으면서 치료가 되었어. 자네가 혼수상태에 있는 동안 계속 피를 돌리느라고 침을 놓았고 집중적으로 위와 장을 다스려주었더니 살아난 거야. 내가 이 세상에서 배운 모든 한의학을 동원해서 자넬 살려냈으니 아래 세상에 가면 버려진 사람들을 도와주면서 살아야 하네. 그게 보답하는 길이야."

"그럼 그간 제가 굶었단 말입니까? 전 외과의사입니다."

무의식적으로 영양분을 공급하는 링거주사가 떠올랐다. 이 깊은 산중에 그런 것도 없이 어떻게 생명을 부지했을까.

"의술을 익히느라고 고생을 무척 많이 한 모양이군. 허울만 멀쩡하지 속은 곯았어. 내가 간이 나빠서 죽게 되었을 때와 똑같은 병세라 나를 치료하던 방법으로 자넬 돌보았네. 하긴 20년 만에 처음 진료한 환자이니 최선을 다할 수밖에."

의식이 돌아오고 열흘이 지난 뒤에야 기동할 수 있었다. 머리가 맑고 몸도 가뿐했다. 허리께와 위가 가벼워서 춤을 출 듯이 시원했다. 그러고 보니 수술하면서 잔뜩 긴장했을 적에 뭉근하게 고여 오던 묵직하고 거북했던 위통과 나른하게 가라앉았던 증상이 병이 깊이 들었다는 경고였는데 그걸 무시했던 것이다.

노인이 아궁이에 지핀 장작과 바짝 말린 산 풀에서 뿜어 나오는 매캐한 연기가 방바닥을 땅거미처럼 맴돌았다. 평안함이 그를 감쌌다. 가물가물 두고 온 어머니와 초린이 떠올랐다. 자신이 가족을 떠나 너무 오래 있었다는 생각에 이르자 거북살스러운 초조함이 그를 휘감았다.

흙과 참나무 토막을 넣어 지은 집이 닥터 정을 살렸다고 했다. 시멘트로 지은 집에 살았고 시멘트 독이 잔뜩 고인 병원에서 근무한 탓에 병이 더 짙어졌다고 노인은 혀를 찼다. 더구나 독한 약품을 다루면서 수술하는 현장에 늘 있었으니 그게 모두 그의 생명을 갉아먹고 있었던 모양이다. 흙에는 몸에 이로운 균이 살아있고 흙벽을 뚫고 들숨과 날숨을 쉬는 흙벽의 이점이 죽어가는 사람의 건강을 살려냈다고 노인은 입가에 침을 거품으로 품어가면서 설명했다. 어쨌거나 그는 이 산속의 정적과 공기와 흙, 물과 나무, 그리고 풀이 살려낸 셈이다. 자연의 일부로 몸을 내던져 자연이 그를 치료한 걸 부인할 수 없었다. 노인의 말대로 자연이 인간의 몸에 가장 가까우니 말이다.

봄이 와야 내려갈 수 있다니 닥터 정은 노인 옆에서 침술을 배웠다. 그가 배운 의학이 얼마나 빠르게 침술을 익히게 하는지 노인은 이따금 감탄하면서 그를 끌어안았다. 칼로만 째고 자르고 마취하는 것만이 좋은 건 아니었다. 침은 참으로 신비했다. 노인이 설명하는 걸 들으면 과학적인 면도 아주 많다는 점에 무릎을 쳤다. 메스를 사용하지 않는 수술이며 어떠한 외과의나 명의도 신체에 상처를 남기지 않고 치료할 수 없는 질병의 근원을 훌륭하게 도려내는 자연의술이라고 할 수 있었다. 그가 침술을 익힌지 석 달이 되자 노인이 이렇게 말했다.

"내가 일생 습득한 침술을 자네에게 다 전수해서 가르쳐주었네. 이제 세상에 내려가서 실습을 해보게. 의사면서 침술을 배웠으니 아마도 명의가 될 걸세. 계속 연구하면서 사람들을 치료하게. 침이란 참으로 신비한 거야. 신이 우리에게 내려준 비법이기도 하지. 식물인간도 침 한 방에 살려낼 수 있어. 어른 가운데 손가락만한 길이의 대침 한 방이 식물인간을 일으킬 수 있다는 말일세. 자네가 그걸 연구해서 가난하고 버려진 사람들을 돌보게나. 내 연구와 경험으로 그 비법도 자네에게 전수하고 싶네."

"이제 그만 저와 함께 아래 세상으로 내려가십시다."

"아니야. 내 때가 온 걸 알고 있어. 난 몇 달을 더 살 수 없어. 아마도 내 기술을 자네에게 전수하라고 하나님이 자넬 여기 보내준 걸세. 자네가 여기까지 올라와 내 앞에서 쓰러졌을 때 직감으로 떠오른 생각이었어."

"이곳 음식이 조악해서 영양에도 문제가 있는 걸로 압니다. 저와 함께 하산해서 우선 고기나 담백질이 풍부한 음식을 많이 드셔야 합니다."

그때 앙가발이 노인은 잔잔한 미소를 흘렸다. 한참동안 닥터 정의 얼굴을 뚫어져라 응시하다가 그의 두 손을 잡았다.

"이건 이곳 생활에서 터득한 나만의 방법인데 음식을 많이 먹는 것은 좋지가 않아. 자네가 살아난 것은 굶었기 때문이야. 넘쳐나는 몸의 쓰레기와 찌꺼기가 청소가 되고 기름덩이가 연소하는 동안 자네 몸에서 독이 서서히 빠져 나갔어. 저 아래 사람들이 시름시름 죽어가는 것은 너무 많이 먹기 때문이야. 벌써 죽었어야 할 내가 이토록 오래 살 수 있었던 것은 이곳 산 음식이 날 살렸고 자네도 살렸어. 산의 일부가 되는 것이 장수하는 비결이야. 맑은 공기, 오염되지 않은 물, 게다가 산의 풀과 열매로 하루 한 끼만 먹으면 머리가 맑아지고 몸도 날아갈 것처럼 가볍다고. 그런 상태에 앉아 묵상을 하면 산속이 다 보일 정도로 눈도 밝아지고 인생의 길이 다 보이더라고."

눈이 녹기를 기다리는 동안 노인은 주식으로 하루 한 끼 밀기울이 있는 밀가루를 반죽하여 손바닥만 하게 빚어서 아궁이에 군불을 땔 적에 기름을 두르지 않은 냄비에 구워냈다. 그런 빵 한 조각을 먹고 두 시간이 지나야 물을 주었다. 더러는 산 열매가루를 밀가루 대신 먹기도 했다.

"이렇게 먹으면 비타민이 부족합니다. 특이 겨울에 비타민 C가 부족하면 잇몸이 붓고 피가 날 것입니다. 그리고 물을 하루에 여덟 잔을 마시는 것이 상식인데 하루 종일 물을 못 먹게 하다가 빵 조각 하나만 먹든지 아니면 솔잎과 이름도 모를 열매가루를 먹고 두 시간이 지나서야 물을 맘껏 마시라고 하는데 이거 살겠습니까."

"그렇게 먹으면 모든 병이 낫고 장수할 수 있어. 성경에 보니 옛날 사람들은 보통 팔, 구백 세를 넘겨 살았더군. 그 시절에는 고기를 먹지 않았으니까 가능했던 거야."

"그 시절 사람들은 정말 고기를 전혀 먹지 않았나요?"

"자네 어머니가 권사라면서 그것도 몰랐나. 노아의 홍수가 난 뒤에야 고기 먹는 걸 창조주가 허락했다고 성경엔 기록되어 있더군. 고기를 먹은 뒤부터 사람의 생명이 강건하면 칠, 팔십이라고 했어."

닥터 정은 할 말이 없었다. 아침 햇살을 받으면서 두 사람은 나란히 툇마루에 앉아서 저 밑 아득한 산 아래 골짜기를 따라 눈길을 던졌다. 떡가루를 뿌려놓은 듯 나무 사이사이에 백옥처럼 하얀 눈이 사위를 덮었다. 멀리 아래쪽에 한 점이 이쪽을 향해 서서히 움직이고 있었다. 자세히 보니 환자를 업은 청년이 수없이 미끄러지고 넘어지면서 위로, 위로 행진을 했다. 오르다가 미끄러지고 또 오르고 가파른 비탈에서 또 흘러내려가고 조금도 진전이 없어 보이던 그들의 행군이 끈질긴 도전 끝에 점점 노인의 암자를 향해 다가왔다. 닥터 정은 저들의 목숨을 건 산행에 감동하여 저들을 잡아주기 위해 아래로 몇 발자국 내려섰다. 가파른 비탈이라 주르륵 밑으로 떨어졌다. 저들을 잡아주기는커녕 자신의 몸을 추스르기도 어려워 몸부림치면서 노인 앞으로 기어올랐다.

"어쩌자고 이 추위에 여길 온 거요?"

노인은 반갑지 않다는 어투로 퉁명스럽게 물었다.

환자를 업고 온 청년의 얼굴은 땀으로 번질거렸다. 숨이 턱에 차서 한참 대답을 못하고 멍청히 서서 노인을 바라보다가 등에 업힌 환자를 툇마루에 내려놓았다.

"제 아버님을 살려주십시오. 병원에서도 손을 쓸 수 없다고 내보냈어요. 집에 가서 죽을 날을 기다리라고. 어떻게 아버지를 이대로 돌아가시게 놓아둡니까. 저는 이 산줄기의 끝자락에 사는 강씨 성을 가진 사람입니다. 어려서부터 노인장의 소문을 익히 들어와서 마지막 소망을 품고 여기까지 아버지를 업고 왔습니다. 죽으면 죽으리라는 결심을 하고 이렇게 왔습니다. 제발 아버지를 살려주세요."

눈 위에 무릎을 꿇고 앉아 눈물을 떨어트리는 청년을 노인은 한참동안 연민의 정을 가지고 지켜보았다. 이따금 산새의 날갯짓으로 소나무 위에 간신히 매달려있던 눈이 흘러내리는 소리만 적막한 산속을 채웠다. 얼마간 말 없이 앉아있던 노인이 일어서더니 등을 돌렸다. 그러자 청년이 노인의 바짓가랑이를 잡고 늘어졌다.

"자네는 내가 이 환자를 살려낼 수 있다고 생각하는가?"

"전 믿어요. 아버님이 그렇게 말씀하셨어요. 죽어도 좋으니 산속에 숨어사는 명의 노인에게 데려다 달라고요."

"날 어떻게 알고?"

"제 어머님이 죽음 직전에 노인장을 만나 살아나셨어요. 병원에서도 포기한 제 어머니를 살려내신 분이니 이번에도 꼭 고칠 것이라고 입버릇처럼 말씀하셨어요."

"못 살린다면?"

"원망하지 않아요. 아버지의 소원을 이뤄드렸으니 그걸

로 족해요. 어차피 제가 모시고 있어도 돌아가실 분인데 마지막 소원을 들어드린 것만도 흡족해요."

청년은 죽은 사람처럼 널브러진 환자를 방안으로 끌어들였다. 마지못해 노인은 방안으로 따라 들어와서 환자의 눈꺼풀을 뒤집어보고 진맥을 했다. 닥터 정도 맥박이 어느 정도 뛰는지 확인하려고 손목을 잡았다. 바닥에 가까웠다. 간신히 갓난아기 숨소리처럼 가늘게 팔딱이는 것을 느낄 수 있었다. 얼굴색으로 봐서도 죽음을 앞둔 환자였다. 닥터 정은 난처한 표정을 지으면서 노인을 봤다. 이 추위에 시신을 어떻게 묻어야 할지 걱정이 앞섰다. 모두가 번거로운 일이었다. 창호지로 바른 문을 불안하게 흘끔거리던 청년은 눈치를 보면서 일어섰다.

"아버지를 살리려고 집도 팔고 전답도 다 팔아서 식구들이 모두 길거리에 나앉을 정도입니다. 이 추위에 하루라도 제가 쉬면 입에 풀칠하기도 어렵습니다. 미안합니다."

청년은 뒤도 돌아보지 않고 아래로 급한 발걸음을 옮겼다. '제기랄! 현대판 고려장이군.' 하는 말이 닥터 정의 입에서 튀어나왔다. 죽을 것이 뻔한 환자를 깊은 산중에 내려놓고 가버리다니! 닥터 정의 이런 태도와는 달리 노인은 험준한 산을 올라오느라고 아들의 등에서 뿜어 나온 열기로 흠뻑 젖은 환자의 옷을 벗기고 편안한 산사람 옷으로 갈아입혔다.

환자를 아랫목에 뉘고 노인과 닥터 정은 그 옆에 나란

히 누웠다. 눈이 내리는 소리가 사각사각 들렸다. 구름이 산봉우리에 걸려서 눈은 산 아래보다 더 많이 내리게 마련이다. 노인도 닥터 정도 잠을 이루지 못하고 몸을 뒤척였다.

"위암 말기라 벌써 복수가 차고 황달이 왔어요. 암 덩어리가 얼마나 큰지 배에 손을 얹어보니 어린애 머리통만한 것이 잡혀요. 이런 경우 며칠 이내로 사망합니다. 이 환자를 어쩌자고 받으셨어요. 산속에서 한겨울에 시신을 어쩌지요? 그냥 밖에 둬도 냉동실이니 괜찮겠지만 어쩐지 찜찜하네요."

"의사가 살릴 생각은 않고 죽을 것만 생각하면 쓰나."

"그럼 어쩔 것입니까?"

혼수상태에 빠져 물 한 모금도 넘길 수 없는 환자를 놓고 그냥 방치하자니 닥터 정의 마음이 편치가 않았다.

"자네도 여기 왔을 적에 저렇게 혼수상태에 있었어. 창조주에게 맡겨 자연치유하길 기다릴 수밖에 없지. 먹지 않으면 자신의 조직기관이나 조직세포의 일부를 자가용해하거든. 몸속으로 필요 없는 종양이나 수종 같은 폐물들을 단백질로 공급하는 거지. 암 덩어리가 영양으로 쓰인다고 할까. 세포는 신비해서 다시 살아나거든 두고 보세."

노인은 이내 코를 골면서 깊이 잠이 들었다. 닥터 정은 걱정이 되어서 연신 환자의 맥을 집어보고 한숨을 삼켰다.

3

사흘 만에 눈을 뜬 환자의 입에 물을 주는 것도 금하는 노인을 향해 닥터 정은 치밀어 오르는 분노를 참을 수가 없었다. 사람 몸의 70퍼센트가 물인데 그걸 마시지 못하게 하면 어찌 생명을 유지할 수 있단 말인가.

"저녁 7시에서 10시 사이에 물을 주도록 해요. 찬물이 아니고 우리 몸의 온도와 비슷하게 따뜻해야 돼. 나 없을 때에라도 절대 그 시간 외에 물을 주면 이 환자는 바로 죽을 테니 그 점을 꼭 명심하라고. 해가 있을 동안에는 절대로 입에 물기를 대서는 큰일 날 테니 의사의 상식이 어쩌고저쩌고 하면서 물을 먹이며 살인을 저지르는 거야."

상식적으로 통하지 않는 노인 앞에서 닥터 정은 가슴을 쳤다. 이런 몰상식한 사람이 어찌 혼수상태에 있던 닥터 정을 살려냈는지 도저히 현대의학으로는 이해할 수 없었다. 어쩔 수 없이 노인에게 모든 걸 맡길 수밖에. 저녁 7시에서 10시 사이에 따뜻하게 데운 물을 조금씩 입에 넣어준 다음 그냥 재우는 것이 아닌가. 환자도 눈만 멀뚱거릴 뿐 먹을 것을 달라고 하지 않았다. 의식이 돌아온 환자는 통증을 참지 못하고 몸을 뒤틀고 신음을 삼키느라고 이마 위로 땀이 흥건했고 검은 얼굴에 파란 심줄이 얼비칠 정도로 용을 쓰다가 죽은 듯 널브러졌다. 노인은 환자의 귀에 대고 크게 말했다.

"살고 싶소?"

환자는 기운이 없어 말은 못하고 눈을 끔뻑하는 것으로 자신의 뜻을 내비쳤다. 죽음을 앞둔 사람 대부분이 그렇 듯 맹하도록 순해터진 티가 눈언저리에 흘렀다. 악한 사람 도 죽음 앞에서는 선한 마음으로 변한다고 하지 않던가.

"그럼 내가 하는 대로 몸을 맡겨요. 음식은 저녁에 딱 한 번 줄 것이요. 그것도 밥이 아니고 내가 손수 산기슭에 농사지은 밀로 빵을 구워줄 테니 그것만 먹어야 해요. 침 으로 빵을 녹이면서 오래 씹는 걸 잊지 말아요. 물은 밤 10시가 넘으면 절대로 마실 수 없고 그것도 음식을 먹고 두 시간이 지난 뒤에야 가능하오. 내 말을 따라 그렇게 한 다면 자네를 살려줄 수가 있어. 그렇게 날 따를 것인가?"

환자는 그렇게 하겠다고 눈을 두 번 끔뻑거렸다.

다음날도 하루 종일 물도 주지 않고 먹을 것도 주질 않 았다. 환자의 입술은 바짝 타들어가서 쩍쩍 갈라졌다. 물 로 입술을 축여주고 싶어 손이 근질거렸지만 닥터 정은 그것도 참았다. 이런 환자에게 링거액을 주사하고 암세포 를 죽일 수 있는 항암치료를 해야 되는 것이 그가 배운 상 식인데 그냥 지켜보자니 숨이 막혔다. 환자는 자가중독 증상이 생겼는지 자주 구역질을 했다. 현대의학으로도 이 정도로 진행된 말기 암환자는 치유할 수 있는 기회를 놓 쳤으니 이미 포기한 생명이라 노인이 하는 대로 맡길 수 밖에 없었다.

열흘이 지나면서 놀라운 일이 벌어졌다. 정신을 차린 환자의 눈에 맑은 기운이 돌기 시작했다. 그리고 통증이 조금씩 가라앉아 편안하다고 입가에 웃음을 흘리는 것이 아닌가. 한 달 동안 똑같은 음식을 주고 물을 정한 시간에 주었다. 물을 데우러 나가는 것이 귀찮을 텐데 노인은 겨울바람이 몰아치는 추위에도 꼭 밖에 나가 10미터 정도 떨어져 있는 바위틈에서 졸졸 흘러나오는 샘물을 길러다가 군불을 지펴 떠온 물을 데운다. 빵도 밀기울이 누렇게 섞인 것을 물 반죽만 되게 해서 기름도 소금도 치지 않고 생으로 구워 한 조각 주는 것이 전부였다. 그는 빵을 반죽하면서 이렇게 중얼거렸다.

"이 산골에서 손수 지은 밀만을 믿을 수 있어."

옆에서 그걸 지켜보던 닥터 정이 퉁명스럽게 말했다.

"수입 밀가루가 좋지 않을까요. 미국에서 농사지었다면 믿을 만할 텐데요."

"수입 밀가루라고? 그건 개미도 먹질 않아. 한번은 이 산속에서 구할 수 없는 물품을 사러 내려갔다가 수입 밀가루를 한 부대 사왔는데 그건 맛이 없고 쉬 배가 고파지더군. 그리고 내 경우에는 밀가루에 이상한 것을 쳤는지 머리가 아프고 가슴이 두근거리고 몸이 무거워서 견딜 수가 없었어. 지금도 한 구석에 보관하고 있는데 개미도 덤비질 않아. 그 다음부터는 산비탈에 밀을 손수 심어 자급자족하는 몇 집을 알아냈지. 그걸 얻어다 먹고 있어. 나도 밀농사를 시도했는데 산비탈이라 수확은 적지만 혼자 먹기에는 족하지."

그런 밀가루를 닥터 정이 들어와서 먹고 한겨울에 환자까지 가세하여 세 식구로 늘었으니 은근히 월동 걱정이 앞섰다. 그 마음을 읽었는지 노인은 씩 웃으면서 벽에 빈틈없이 걸린 약초와 산 열매를 둘러봤다.

"벽에 매달린 것들이 다 양식이야. 급하면 눈으로 뒤덮인 솔잎을 따먹을 수도 있고 땅에 묻어놓은 항아리에는 머루로 만든 술도 있고 도토리가루도 있으니 걱정은 말게."

40일이 지나자 환자는 기동을 하기 시작했다. 몸은 바짝 말랐지만 일어나 앉아서 이것저것 묻기도 하고 주위를 살폈다. 뼈만 앙상했지만 죽음의 그림자가 전혀 없었다. 몸은 바짝 마르고 뼈만 남은 몰골은 너무 흉해서 사람을 강제로 굶겨 죽이고 있구나하는 의구심을 떨쳐버릴 수 없었다.

"이제 음식을 좀 더 먹여야 되는 것이 아닙니까?"

미덥지 못한 듯 닥터 정은 환자의 동태를 살피면서 노인에게 보양음식을 주자고 요청했다. 하지만 노인은 세차게 머릴 흔든다. 먹을 것이 부족해서 그러는 것일까. 아니면 냄비뚜껑까지 손가락에 착착 들러붙는 추위에 밖에 나가 음식을 만드는 것이 싫어서 그럴까. 그렇다고 닥터 정이 나가서 요리한다는 것도 그렇다. 도시생활에 익은 습성 때문인지 강추위에 희미한 등잔불을 켜고 음식을 만든다는 자체가 내키지 않아 미적거릴 수밖에 없었다. 이런 마음을 읽었는지 노인이 무뚝뚝하게 말했다.

"말기 암환자를 고치는 길은 이 길밖에 없어. 석 달만 이런 음식을 먹고 물을 정한 시간에 먹이면 살릴 수도 있어."

"그럼 물 따로 음식 따로 주장하시는 건가요?"

이 대목에 이르러서는 수긍이 갔다. 위의 분비물이 물로 인해 묽어져서 소화에 장애를 일으킬 수 있으니 말이다. 그가 이 나이가 되도록 배운 지식을 총동원해서 이해하자면 물과 음식을 극도로 제한해서 부족한 영양을 중요하지 않은 조직세포나 이미 사멸될 처지에 있는 조직세포부터 단백질 공급을 받을 테니 말이다. 암세포도 단백질로 쓰일 수 있다. 그가 지금까지 배워온 것으로는 그렇게 판단이 된다. 현대의학은 제반검사를 해서 나온 통계자료를 들고 논리적 이론으로 검토하고 치료하는 것이 상식이다. 노인처럼 주먹구구식으로 치료하는 것을 일축해버리고 싶어 안달이 났으나 거룩한 제의를 치르듯 밀가루를 반죽하여 빵을 구워 먹이고는 두 시간이 지나야 몸의 온도 정도로 미지근하게 데운 물을 먹이는 노인을 대놓고 윽박지를 수도 없었다. 노인의 생활반경이 이 산에 국한되었으니 그럴 수도 있다고 밀어붙이고 마뜩찮아도 뒤로 물러날 수밖에 없었다.

노인은 『동의보감』도 읽지 않았을까. 닥터 정이 한의사들의 처방을 들은 적이 있었다. 위암이 진행되어 몸이 붓고 기력이 쇠하고 빈혈이 있으며 식욕이 없을 때는 사군자탕四君子湯을 달여 먹이라고 했는데 그런 건 하나도 쓰지 않고 기껏해야 밀가루를 반죽하여 물기가 걷힌 바짝 마른 빵만을 먹이고 있으니 도저히 납득이 가질 않았다.

그의 그런 의구심을 알아차린 노인이 닥터 정이 들을 수 있을 정도로 차분하게 말했다.

"사람들은 영양가 많은 음식을 먹어야 세포가 생명력이 강해지고 건강해진다고 생각하지. 사실은 그렇지가 않아. 아무리 영양가 많은 음식을 섭취해도 완전히 소화되지 않으면 장내에 음식찌꺼기가 남게 되고 그로 인해 독한 가스가 발생하여 많은 세포들을 질식시켜 죽이는 거야. 음식은 장작과 같아서 물이 들어가면 잘 타지를 않지. 젖은 장작이 잘 타지 않는 것처럼 음식과 물을 함께 먹으면 위산이 희석되는 결과가 나오는 거야. 침샘에서 나오는 액체가 최고의 소화제인데 물을 먹어 꿀꺽 삼키면 어떻게 되겠나. 위액의 분비도 물 때문에 물과 음식이 함께 떠내려가는 꼴이야. 장작에다 물을 억수로 부어대는 꼴이지. 장작이 물에 둥둥 떠서 탈 수가 없으니 어찌 되겠어. 병이 들 수밖에. 인간의 몸은 스스로 치유할 수 있는 능력이 있어. 그걸 모르고 너무 먹고 마셔서 몸속이 홍수를 만나 야단난 거야."

노인의 논리는 과학적이지만 학술적으로 증명된 바 없고 그저 자기 생각일 뿐이다. 그럴 수도 있지 하는 아량을 베풀자고 하면서도 젊음을 바쳐 배운 학문이 강하게 반기를 들었다.

"우리 몸은 작은 우주라고 할 수 있어. 우주의 근본을 알아서 따라야 하는 법이야. 인체도 우주의 균형과 조화를 따라야 건강해지고 생명력을 유지할 수 있지."

노인이 무엇이라 말하든 귀에 들어오지 않았다. 아침에 일어나자마자 빈속에 냉수를 한 컵 마시면 변비도 없어지고 또 하루에 적어도 물을 여덟 잔을 마셔야 한다는 바람에 억지로 먹기 싫은 물을 큰 병에 담아가지고 다니면서 물배를 채우느라고 세상 사람들을 법석을 떠는데 하루 종일 물을 마시지 말라니 정신이 헷갈렸다.

눈이 녹으면 어서 이 깊은 산중에서 벗어나야 한다는 생각뿐이었다. 바지주머니에 들어있는 지갑을 꺼냈다. 만 원짜리 열 장과 천 원짜리 다섯 장이 전부였다. 그나마 비자카드를 들고 나온 것이 다행이었으나 이 산골에서 이 카드가 무슨 소용이 있단 말인가. 현금도 필요 없는 곳에서 말이다.

어영부영 시간이 흘러갔다. 멀리 아랫녘에는 아물아물 봄기운을 타고 엷은 초록빛이 바짝 마른 대지 위에 살짝 얼굴을 내밀면서 아른거렸다. 아직도 산속은 무릎 넘게 쌓인 눈에 묻혀 한겨울이었다.

무료한 시간을 쪼개 노인은 닥터 정에게 악착같이 침술을 가르쳤다. 시술할 사람이 없었는데 우연찮게 찾아든 환자가 그의 시술대상이 되었다.

"경락을 찾아 지압을 넣어줘도 중증의 환자를 살려낼 수 있어. 현대의학은 독한 약을 써서 고치지만 한의학에서는 모든 병을 피의 순환에 고장이 났다고 보거든. 피가 뭉쳐서 흐르지 못하면 그게 병의 근원이 되는 것이지. 그 막힌 부분을 터주고 피가 잘 흐를 수 있도록 하는 것이 지압이야."

그는 환자를 뉘어놓고 이틀에 한 번씩 머리끝부터 발끝까지 지압을 넣으면서 그 순서를 반복해서 일러주었다. 실제로 만져보게 하고 닥터 정 스스로가 노인의 몸을 대상으로 그간 가르친 것을 해보도록 자신의 몸을 내놓기도 했다.

멀리 아지랑이가 아른거리고 봄 열이 이곳 산골까지 안개처럼 밀려왔다. 따뜻해진 햇살을 받고 땅 위에서 뿜어나오는 열기를 타고 출렁거리는 는개가 신기루처럼 시야에서 아른거렸다. 밑에서부터 눈이 녹기 시작하면서 차츰 위로 올라왔다. 이젠 하산해도 될 듯 나무껍질에도 물이 오르고 녹차 빛이 어렸다.

언제 그렇게 되었는지 모르지만 아주 서서히 말기 위암 환자는 슬그머니 일어나서 물도 길어오고 걸레를 빨아다 청소를 하기도 했다. 거무튀튀했던 살갗이 말갛게 변하면서 윤기가 흐르기 시작했다. 아기 머리통만 하게 만져지던 암덩어리도 손에 잡히질 않았다. 놀라운 일이었다. 아

니 기적이라고 할 수 있었다. 암이 치유되었다고 확신이
든 순간 닥터 정은 노인 앞에 무릎을 꿇고 앉았다.

"어떻게 이런 기적이 일어날 수 있습니까?"

"창조주가 만든 놀라운 세포의 힘이지. 흙의 일부가 되
어서 산의 잡초처럼 살아갈 적에 본래 인간을 창조한 신
의 작품으로 돌아가는 것이 당연한 것이 아닌가."

"밀가루 빵에 제가 모르는 비약이라도 넣은 것입니까?"

"아하! 자네가 처음부터 끝까지 지켜보면서 그런 질문
을 하면 어떡하나. 산의 일부가 되어 살아가니 자연히 치
유가 된 것이야. 세상 사람들은 너무 약아서 이것저것 많
은 것을 먹고 칼로 째고 자르고 끼어 넣고 야단을 하는데
자연 속에 묻혀 자연처럼 자연히 살아가면 모든 인간은
치유가 되는 법이지."

닥터 정은 이렇게 말하는 노인이 세상 사람이 아니고
위에서 내려온 천사가 아닌가 하는 의구심도 들었다. 그
의 말을 경청하면서 그가 말하는 창조주가 닥터 정이 믿
고 있는 하나님을 말하는 것이 틀림없다는 마음이 들었
다. 그렇다면 이 사람은 나를 위해 일부러 하나님이 보낸
천사가 아닐까? 가브리엘 천사이거나 아니면 스랍들 중
의 하나일 수도 있다. 아니면 그룹 중에서 파견된 천사일
까? 오만 가지 생각이 오갔다.

"저 분은 완전히 암에서 해방된 것입니까?"

"이제부터 삶의 방식을 바꾸어야지. 계속 치료를 해야

되는 거야. 그 치료란 창조의 섭리를 따라 살아야 한다는 뜻이야."

"그럼 일생 빵 한 조각과 정해진 시간에 물을 따로 먹으란 뜻입니까? 혼자서 세상에 내려가 그렇게 살 수가 있을까요?"

"그래서 사람들이 죽어가고 있는 거야. 자네도 하루 두 끼를 먹되 음식을 먹을 적에 국이나 찌개는 금물이야. 하루 종일 물을 마시지 말라고. 저녁을 먹은 두 시간 뒤에 물을 마시게. 밤 10시 전에 물을 맘껏 마시면 지금의 건강을 유지할 수 있을 게야. 저 환자도 그런 의지를 가지고 삶의 방식을 바꾸고 수련한다면 장수할 수 있고 자네도 오래 살 수 있어."

봄이 오는 소리는 새소리와 바람 소리에서 전해졌다. 눈길이 뚫리자 위암을 고친 환자는 부리나케 아래 세상으로 치달았다. 다시 오겠다는 감사의 말을 남기고 도망치듯 달아났다. 그의 등에 눈길을 던지면서 노인은 중얼거렸다.

"저 사람 아마도 얼마 못 살 거야. 음식 유혹을 뿌리칠 수 없는 것이 만병의 근원이거든. 하긴 그래서 세상에 넘쳐나는 인구가 조절되는 것이 아니겠어."

그는 씁쓸한 마음을 감추지 못하고 쓴웃음을 삼켰다.

"자네도 세상으로 갈 건가?"

"……"

"자넬 여기 보낸 신의 뜻이 있을 게야. 내가 그간 이 땅에 와서 습득한 모든 걸 전해 줄 사람을 기다렸는데 자네가 바로 그 사람이야. 난 이제 마음 놓고 이 세상을 떠날 수 있어. 자네는 세상으로 가서 버려진 많은 불쌍한 사람들을 구하게. 자네가 배운 의술에 내가 가르쳐준 의술을 더하여 가진 것이 없고 가난하여 가엾게 죽어가는 사람들을 구하게나. 내 의술은 돈이 드는 것이 아니고 자네의 몸으로 헌신하는 것이야. 그렇게 하겠다고 약속해주게나."

닥터 정은 머리를 깊이 주억거렸다. 그러나 속으로는 이렇게 자신에게 말하고 있었다. 활동성 폐결핵, 바제도씨병, 에디슨증후군, 내분비질환, 백혈병, 만성간염, 간경화증, 신부전, 긴급을 요하는 외과수술, 특별한 치료를 요하는 악성종양, 중추신경계에 속하는 기관장애, 내장기관에 생긴 신 생물, 극도로 쇠약한 사람인 경우, 위십이지장궤양, 중증의 심장질환 따위에는 (이건 그가 열심히 공부하면서 암송한 것들이다) 이런 치료가 어려울 거라고 머리를 갸웃거렸다.

다음날, 하산해야겠다고 다짐을 하면서 잠을 깬 새벽, 옆에 누워 자고 있는 노인의 몸이 싸늘하게 식어 있었다. 잠을 자면서 조용히 숨을 거둔 모양이다. 아프지도 않고 편안하게 갔으니 참으로 아름답고 복된 죽음이었다. 뒤란에 저장용으로 파놓은 움막에 그를 묻고 흙을 덮었다. 먼 훗날 이 암자에 다시 올라오리라 다짐하면서 노인이 묻힌

곳을 연신 뒤돌아보았다.

4

초린이 아들, 환호를 낳아 백일을 지냈으나 남편 닥터 정의 소식은 여전히 감감했다. 임신한 걸 알고 갔으니 조바심이 나서라도 벌써 돌아왔어야 했다. 자신의 분신인 아들이 태어난 것도 모르고 어디를 그는 그렇게 바쁘게 헤매고 있을까. 그간은 회사일도 바빴고 아이를 낳고 병든 시어머니를 돌보고 눈코 뜰 새 없이 시간이 흘렀다. 이제 따뜻한 봄이 왔으니 찾아나서야 하는 것이 아닌가. 어째서 소식이 없는 것일까. 교통사고라도 나서 죽었든지 아니면 기억상실증이라도 걸렸단 말인가. 성호의 명석한 두뇌가 퀸 메리를 일으키는 큰 디딤돌이 되었고 이제 고등고시를 합격했으니 연수원에 들어가야 할 처지에 놓였으나 혼자서 허덕이는 초린을 두고 훌쩍 떠나지 못하고 망설였다. 그에게 초린은 피붙이나 가족이라고 할 수 있었다. 이미 닥터 정과 결혼했으니 사랑하는 사람이라고 표현하면 죄가 될 것이다. 하지만 언제나 그녀가 그의 마음 깊은 곳에 자릴 잡고 살아있어 떨칠 수 없는 존재였다. 옆에 있으면 마음이 놓이고 기쁘고 든든했다. 닥터 정이 가출한 마당에 그녀는 꼭 물가에 내놓은 아이 같아서 매몰차게 떨치고 떠날 수가 없었다. 아들까지 낳고 남편 없이도 씨억씨억 일도 잘 해내고 있건만 그에게 초린은 언제나 돌봐줘야 할 가녀린 여자였다. 그녀를 바라보는 그의 눈 속에는 누가 봐도 그리움이 그득했다. 그녀를 향해 손을 내밀고 싶은 걸 참느라고 애쓰는 것이 역력했다. 어서 닥터 정이 돌아와서 정상을 찾는 걸 봐야 한다. 그래야 그만이 갖고 있는 비밀스러운 고통에서 벗어날 수 있다. 내심 그가 영원히 돌아오지 않으면 좋겠다는 엉큼한 생각을 갖기도 했다.

송 권사의 치매기는 상당히 조용했다. 언제 터질지 모르는 폭탄을 안고 있지만 지금은 혼자 중얼거리면서 맴맴 돌아다닌다. 남자가 나타나면 목사님이 오셨다고 손뼉을 치는 것이 유일한 기쁨의 표현이었다. 성호를 보자 시어머니는 손뼉을 치면서 현관으로 달려 나갔다. 순간 닥터 정이 돌아오기 때문에 저렇게 흥분하는 것일까 하고 초린도 긴장하여 문 쪽을 보았다. 성호가 서류를 한 아름 안고 들어서는 걸 본 송 권사는 함박웃음을 띠고 성호를 향해 두 손을 내밀고 기뻐하면서 맞았다.

"이 애야. 목사님이 오셨구나. 어서 차를 끓여내야지."

송 권사는 바쁘게 부엌으로 가더니 물을 틀었다 잠갔다 수선을 떨면서 주전자를 들고 이러 저리 바쁘게 돌아다녔다.

"어머니! 무엇 하셔요?"

"목사님이 오셨는데 식사대접을 해야지. 어서 상을 봐라. 아이쿠! 갈비가 푹 물렀구나. 김치는 새 독을 헐어야 맛이 있다. 목사님을 잘 대접하는 사람이 복을 받는 법이야. 하나님의 사람이거든. 내가 얼마나 목사님을 잘 섬기는지 너도 알지."

어린 아이처럼 송 권사는 방긋방긋 웃었다. 성호 앞에서 너부죽 절을 하고는 목사님, 목사님, 우리 목사님 불러가면서 애교를 떨었다. 이런 닥터 정의 어머니를 성호는 안타까운 눈으로 바라보았다. 눈에 연민의 정이 그득 고여 왔다.

"목사님께 교통비를 드려야 한다. 어서 봉투를 가지고 오너라. 빈손으로 주의 종을 보내는 거 아니다."

송 권사는 부산을 떨면서 안방으로 들어가서 물건들을 들었다 놓았다 하면서 바쁘게 돌아다녔다. 장롱문도 열었다가 닫기도 하고 서랍을 모두 빼내서 방바닥에 어질러놓기도 했다. 이렇게 정신없이 나대다가 갑자기 방바닥에 퍼더버리고 앉더니 밖을 내다보면서 손뼉을 치고 웃었다. 조글조글한 얼굴에 장난기가 서리 서리했다. 아무리 봐도 다섯 살이나 여섯 살 난 작은 계집아이의 행동이었다.

"상태가 심하네."

"이제는 며느리인 나도 알아보지 못해요."

"그럼 알아보는 사람이 한 사람도 없어? 치매는 그래도 나중까지 딱 한 사람을 알아본다고 하더군."

"가끔 현종오빠를 찾아요. 아마도 문득 생각이 나는가 봐요."

닥터 정의 이야기가 나오자 성호는 입을 다물었다.

"살아 있는지 죽었는지 생사라도 알았으면 해요. 비자 카드를 가지고 나갔으니 돈을 찾아 썼다면 그 장소에 가서 그 반경을 뒤져보련만 단 한 푼도 돈을 찾은 적이 없으니 답답할 뿐이에요. 죽기로 작정하고 나간 사람이 분명해요."

초린이 참았던 울음을 터뜨렸다. 성호가 가만히 다가와서 등을 다정하게 도닥여주었다.

"그 사람이 어디에 있는지 걱정이 돼요. 어쩌자고 소식을 강제로 끊었는지 이유를 모르겠어요. 그까짓 출생의 비밀이 문제인가요. 그럴 시기는 다 지났잖아요. 유년시절 그런 사건이 터졌다면 어린 마음에 상처를 받고 가출하여 방황할 수도 있겠지요. 그러나 서른 고개를 넘긴 성인이고 또 전문의가 된 사람이 어쩌자고 가정을 버리고 겨울이 지나도록 연락이 없는지 모르겠어요. 죽었다면 시신이라도 수습하는 것이 아내의 도리가 아니겠어요. 아무래도 내가 직접 찾아나서야 하는데 어린 아기, 환호하고 병든 시어머니, 그리고 퀸 메리를 버려두고 몸을 빼낼 수가 없네요, 게다가 심심하면 찾아와서 행패를 부리는 시아주버니도 돌봐야 해요. 그전보다 더 많은 생활비를 주지만 굶주린 사자처럼 늘 으르렁대니 이걸 어쩌지요. 오빠도 고시에 패스했으니 곧 연수원에 들어가야지요? 이 것저것 생각하면 잠이 오질 않아요. 으흐흑……."

"아직 연수원에 들어가려면 한 달 간의 기간이 있어. 어떻게든 현종을 찾아보자. 그 자식 그렇게 쉽게 생을 포기할 녀석은 아니야. 우리 그 녀석을 잘 알잖니. 어느 날 갑자기 씩 웃으면서 나타날 거야. 그럴만한 이유가 있을 테니 기다려보자. 내가 곁에 있잖니. 무엇이 걱정이냐."

언제나 그랬던 것처럼 성호는 두려움에 떨고 있는 아기를 달래듯 초린을 다정하게 감싸주었다.

강완경 회장댁 거실에는 불안감이 감돌았다. 미도가 자살을 벌써 세 번이나 시도해서 오늘도 한바탕 소동이 벌어진 끝이었다. 한번은 손목의 동맥을 끊어 피를 흘리고 누어있는 걸 가정부가 다행히 일찍 발견해서 목숨을 건졌고, 또 한 번은 수면제를 다량 복용한 것을 일찍 귀가한 강 회장이 딸의 방에 들렀다가 발견하여 응급실로 실려가는 소동을 피웠다. 그렇게도 깊이 닥터 정을 사랑했단 말인가. 상사병이란 말을 듣기는 했어도 목숨을 버릴 정도로 좋아하고 있었다니 도저히 이해할 수가 없었다. 강 회장의 호출로 강 병원장이 급히 달려와서 미도를 살펴보고 머리를 갸웃거렸다. 아무리 봐도 정신병 소인이 잠재해 있다가 이번 일로 터진 것이 분명했다.

"참으로 미칠 일은 닥터 정이란 놈이 밖에서 자꾸 자기 이름을 불러댄다는 거야. 아니라고 문을 열어놓고 현관 불을 대낮처럼 밝히고 경호원들이 지켜 서서 증명해주어도 분명히 닥터 정의 목소리가 들린다고 떼를 쓰니 억장이 무어질 지경이야."

환청이구나! 강 병원장의 가슴이 철렁 내려앉았다. 환청이 들린다면 조현병의 조짐이 분명했다. 이런 병명을 강 병원장 자신의 입으로 말하기는 정말 싫었다.

"환청이라면 정신과에 데리고 가보는 것이 좋을 것 같아. 환청은 좋지 않은 증상인데 이걸 뭐라고 말해야 하지 난감하네."

"닥터 정이란 놈이 귀하게 기른 우리 딸을 망쳐 놓았어. 얼마나 억울하면 그놈의 목소리가 들리겠어. 내 딸이 만약 죽는다면 이 자식 목숨도 없어지는 거야. 그러나저러나 이 새끼가 어디로 잠적했는지 찾을 수가 없네. 백방으로 알아봐도 모두 모른다는 거야. 귀신이 곡할 정도로 완벽하게 이 지구상에서 증발해버렸어."

신경안정제를 먹고 깊이 잠든 상태에서 미도가 헛소리를 했다. 손을 휘저어가면서 악을 쓰다가 나중에는 잔잔한 미소를 입가에 흘리면서 다정하게 닥터 정을 불러댔다. 옆에서 지켜보던 강 회장은 가슴을 주먹으로 치면서 이를 갈았다. 정보사회에서 상사병이라니! 어이없는 일이라고 한숨을 삼켰다.

"이 자식을 끌어다가 우리 미도 앞에서 무릎을 꿇고 빌게 해야 내 직성이 풀리겠어. 이 나쁜 자식이 이걸 알고 잠적해버려 행방을 모르니 미칠 지경이야."

순간 의심의 구름이 강완경 회장의 마음에서 울컥 치밀어 올랐다. 병원장이 닥터 정을 빼돌린 것이 틀림없다는 확신이 들자 미움이 솟구쳐 파르족족한 기운이 몸에서 뿜어 나왔다.

"형이 닥터 정을 빼돌린 것 맞지? 내가 조사한 바로는 닥터 정이 전문의 자격증을 따가지고 사라졌다고 했어. 솔직히 말해 보라고. 조카가 죽을 자리까지 가서 이 지경으로 누워있는 것을 보고도 숨길 작정이야. 사랑하는 제자니 뭐니 하더니 피신시켜 놓고 입을 다물고 있어. 그러고도 내게 병원 건물을 사달라고 말할 자격이 있느냐고? 그 새끼가 내 눈앞에서 폐인이 되어 방황하는 꼴을 봐야 내가 병원을 형 앞으로 하나 내놓을 테니 어서 그 자식을 찾아 내 앞에 대령하라고."

강 회장의 으름장에 병원장의 이마 위로 굵은 주름이 깊이 패였다. 진짜로 아끼는 제자를 내보냈는데 이런 억지를 부리다니 기가 막혔다. 그나저나 닥터 정은 어디로 가버렸단 말인가. 옮겨간 병원에서는 일 년을 쉬겠다고 허락을 받고 가버렸으니 기다려보자고 한다. 하지만 가장 가까운 아내에게조차 연락을 끊었다니 이번 일로 낙담하여 산속에 들어가 자살한 것이 아닐까. 깊은 산중에 들어가서 계곡으로 굴렀다면 시신을 찾기 어려울 것이다. 가늠할 수 없을 정도로 강한 죄책감이 밀려와서 강 병원장은 마음이 편치가 않았다. 그럼 외국으로 나간 것일까 해서 외무부를 통해 출국기록을 조사해도 국제선을 탄 기록이 없었다. 그깟 일로 조국을 등지고 잠적할 정도로 차지게 강퍅한 성격을 지닌 의사도 아닌데 도대체 어디로 증발해버렸단 말인가. 전국에 깔린 제자들을 모두 동원해서 수소문해도 닥터 정의 행방은 묘연했다. 강 병원장과 외과 과장인 김기수 교수의 수제자였으니 예서제서 수군거리는 잡다한 풍문이 나돌았다. 교통사고를 당했든지 아니면 비명횡사했을 거란 말들을 주고받기도 했다. 의료사고는 있게 마련인 걸 수습해주지 않고 내보내서 그 일로 충격을 받아 이런 일이 생겼다고 병원 측을 원망하는 의사들의 동질성을 띤 동정표도 많았다. 하긴 수술 중 거의 40퍼센트는 실수를 저지르고 있는데 그걸 그렇게까지 표면화해서 사건을 크게 만들 필요가 정말 있었을까 논할 정도로 의사들 사이에서 자주 회자되는 논쟁이었다. 아무튼 닥터 정은 바람처럼 안개처럼 어디론가 사라져버렸다. 많은 동료의사들이 집에 연락해도 갓 결혼하여 아들을 낳은 젊은 아내의 한숨소리와 흐느낌만 전화선을 타고 전달되었다.

미도를 정신과에 입원하여 전문의의 치료를 받아야 한다는 강 병원장의 소견을 무시하고 집에서 수습하려 했다가 결국 미도는 삼층 옥상에 올라가 뛰어내려 자살을 시도하였다. 다행히 밑에 수십 그루 심어놓은 어린 소나무 탓에 생명에 지장은 없었으나 다리가 부러지고 갈비뼈 두 대에 금이 가는 중상을 입었다. 결국 그녀는 정신과 병동에 감금되었다. 강 병원장은 소식을 듣고 격리된 병실을 찾았다. 독한 약으로 인해 눈이 게슴츠레하게 풀려있고 계속 시름시름 잠만 잤다. 부족함이 없이 컸는데 어쩌다 이 지경이 되었는지! 강 병원장은 이 병이 이미 진행되고 있다가 닥터 정이 신호탄이 되어서 터진 것이라는 결론을 내렸다. 대개 십대 후반에서 발병하는 것이니 이미 그 동안 병이 서서히 진행되었으련만 부모가 그걸 일찍 발견 못하고 시기를 놓친 셈이다. 맥을 짚어보고 눈꺼풀을 뒤집어 보았다. 빈혈이 아주 심했다.

　주치의의 소견으로는 석 달 간 지켜보면서 체질과 병 진행 정도에 맞는 약을 시약하여 적절한 치료약을 찾아야 한다고 했다. 정신과 약도 종류가 다양해서 당사자에게 맞는 약과 양 조절에 시간이 필요한 셈이다. 귀한 집 외동딸이 큰 회오리바람을 몰고 오는데 그 태풍의 눈으로 하필이면 닥터 정을 꼽고 있으니 이를 어쩔 거냐 하면서 강 병원장은 혀를 찼다. 어쨌거나 닥터 정이 나타나면 이 병원으로 다시 데려와야겠다고 강 병원장은 속으로 다짐하고 있었다.

　꼬박 이틀을 자고 난 미도가 깨어나면서 바짝 마른 입을 혀로 축였다. 옆에 놓인 물잔을 내미는 강 병원장을 흐린 눈으로 바라보다가 갑자기 반가움으로 벌떡 일어나 앉았다.

"닥터 정! 어디 갔었어. 우리 아기가 지금 백일이 지났어. 아들인 걸 몰랐지. 얼마나 귀엽다고. 꼭 당신을 닮았어. 어서 우리 아기를 이리 데려오라고 해야겠네. 당신 우리 아들 이름이 무엇인지 아직 모르지. 정환호야. 환호라고."

강 병원장이 가운을 입고 서 있으니 흐린 눈에 닥터 정으로 보인 모양이다. 늘 그림자처럼 따라다니면서 감시했던 초린을 자신과 바꿔놓고 닥터 정의 아내라고 착각하고 있은 것이 분명했다. 강 병원장은 미도의 손을 꼭 잡고 정신을 차리고 다시 보라고 얼굴을 바짝 그녀의 코앞에 들이댔다. 그래도 끝까지 닥터 정이라고 우기다가 제 풀에 지쳐 스르르 잠 속으로 빠져들었다. 이런 딸을 강 병원장 곁에서 지켜보면서 강 회장 내외는 이를 갈았다. 모든 원인을 제공한 닥터 정을 잡아서 원수를 갚아야 한다고 했다. 딸 앞에 꿇어앉아 용서를 빌고 혼쭐이 나도록 때려주고 딸의 한을 우려내보겠다고 질펀한 넋두리를 풀어내기도 했다. 우선 딸을 살리려면 닥터 정을 잡아오는 일이 급선무라 사람을 사서 전국에 풀었다고 입에 거품을 물었다. 실제로 맷골과 그 주위 산골마을에 이미 수십 명의 정탐꾼을 보냈으니 닥터 정이 살아있다면 잡혀오는 일은 시간문제였다.

6부
빈 배의 기쁨

1

토우土雨가 내려 눈이 따갑도록 불어대던 황사가 사라진 하늘은 청명했고 먼 산도 또렷하게 길게 누운 자태를 드러냈다. 벚꽃도 지고 진달래, 개나리도 게 눈 감추듯 사라지고 여린 잎사귀에 힘이 새파랗게 고이기 시작했다. 그 뒤를 이어 극성스러울 정도로 생명력이 강한 서양철쭉이 조화처럼 끈질기게 장수함을 자랑했다. 핀 지 한 달이 지났어도 철쭉은 더욱 강렬한 빛을 토해 낸다. 돌 틈이나 길가에 관상용으로 심어놓은 키 작은 철쭉은 빛바랜 색이 아니다. 세상의 어떤 색보다 강렬하게 눈을 자극해서 농익은 진달래색과 키위색으로 동양자수를 곱게 수놓은 기다란 비단을 펼쳐 놓은 것처럼 찬란하게 봄을 장식했다.

생명력이 넘치는 화사한 계절을 넘기지 못하고 송 권사는 숨을 거두었다. 혼자서 조용히 임종한 뒤에야 초린이 아침 인사를 드리면서 죽음을 확인했다. 지켜보는 자식도 없이 혼자 쓸쓸하게 죽음을 맞은 셈이다. 그렇게 사랑했던 아들 닥터 정도 보지 못하고 말이다. 지병으로 앓던 심장병이 그렇게 급하게 세상을 뜨게 한 모양이다. 앰블런스에 실려 응급실에 도착하여 사망선고를 받은 뒤에야 초린은 시어머니의 배 위에 엎드려 숨을 죽이고 흐느꼈다.

어째서 모두 그녀 곁을 떠나는 것일까. 목숨처럼 아끼고 사랑을 퍼붓던 친정어머니도 떠났고 얼굴도 모르는 아버지는 깨알만한 기억도 그녀에게 남긴 것이 없다. 결혼하여 임신한 것을 알고도 떠나버린 남편인 닥터 정도 생사를 모를 지경으로 그녀를 버려둔 채 무심하게 사라져 버렸다. 결혼 처음부터 그녀를 죽일 듯이 미워했지만 그래도 사랑할 수밖에 없었던 시어머니도 훌쩍 곁을 떠나고 있다. 그녀가 나타나면 모두 저 세상으로 가버리니 곁에 있기만 해도 모두를 불행하게 만드는 운명을 타고난 여자란 말인가. 매일 그림자처럼 주위를 맴도는 미도의 끄나풀들이 계속 신경을 자극해서 밤에 잠을 이룰 수가 없을 지경이다. 그 사람들은 무사한데 왜 사랑하는 사람들만 떠나는 걸까.

맥이 전신에서 쭉 빠져나가고 사방을 둘러봐도 무서운 정적뿐이다. 주위가 몸서리치도록 어두웠다. 시어머니의 시신 앞에서 장차 어떻게 모든 일들을 처리해야 할지 난감했다. 차갑게 식은 시어머니를 껴안고 넋을 놓고 있는 그녀에게 다가와서 어깨에 손을 가만히 얹는 사람이 있었다. 성호다. 그의 가슴에 안겨서 초린은 그제야 서럽게 소리를 내서 통곡했다. 이런 그녀를 안고 성호는 가만가만 등을 토닥여 주었다.

"우선 장례식을 치르고 현종이 녀석을 찾아보자. 너한테 알리지 않고 혼자 몰래 맷골에 다녀왔다. 분명히 그 자식이 거길 갔을 거란 예감 때문이야."

맷골이란 말이 나오자 초린은 그의 가슴에서 벗어나 무슨 실마리라도 잡았을까 해서 간절하게 그의 얼굴을 응시했다.

"작년 가을 낯선 남자가 맷골에 와서 닥터 정의 아버지와 누나 무덤을 벌초하고 갔다고 하더라. 대낮에 동네가 텅 비었을 때 왔다 갔으니 그의 얼굴을 본 사람이 없다고 했어. 노망난 할머니 한 분이 젊은 남자가 와서 벌초했다고 하면서 아무리 봐도 현종이 같다고 우겨대니 그렇게 믿을 수밖에."

"그럼 그 사람이 어디로 갔단 말인가요? 비자카드라도 돈을 찾기 위해 긁었다면 어디쯤인지 장소라도 짐작하련만 단 한 번도 카드를 쓴 적이 없으니 그동안 무얼 먹고 사는지 흑흑……. 설마 강 회장의 끄나풀들이 현종오빠를 죽여서 깊은 바다 속에 돌을 달아 던졌거나 산속에 비밀스럽게 묻어버린 것이 아닐까요? 난 그 사람들이 내 옆에서 알찐거리는 것이 늘 불안해요."

"절대 그런 일은 없어. 만약 현종을 죽였다면 어째서 지금도 우리 주위를 맴돌겠니? 아직도 찾지 못했으니 우리 곁을 떠나지 못하고 감시하고 있지. 저기 그들 끄나풀 한 사람이 우릴 지켜보고 있으니 내가 팔뚝이라도 우지직 꺾어버릴까."

"고만둬요. 괜스레 문제를 일으키지 말아요."

성호와 대화를 나누면서 초린은 차츰 안정을 되찾기 시작했다. 어수선한 응급실의 이곳저곳을 둘러봤다. 늘 그림자처럼 들러붙었던 미도를 찾고 있는 것이다. 요 며칠째 통 얼굴을 내밀지 않으니 오히려 이쪽에서 궁금할 지경이었다.

"그 자식은 어렸을 적부터 아주 특별나게 이상한 구석이 있었어. 기발한 상상 속을 헤매는 녀석이었지. 그런 자식을 난 어려서부터 늘 몇 발자국 떨어져 뒤에서 지켜보았지. 넌 열심히 따라다니면서 그런 녀석을 좋다고 했고 그런 널 지켜보면서 얼마나 미워한 줄 알아?"

이런 말을 하는 성호 옆에서 초린은 깊은 생각 속으로 빠져들었다. 유년의 숲에 숨겨진 세상에 살 적에는 두 사람 다 하늘 높이 날아올라 무지개를 잡을 수 있는 꿈을 공유할 수 있었다. 하지만 지금은 결혼을 했고 아기를 낳았고 가정이 있고 아내가 있으며 비록 그를 낳지는 않았지만 길러준 어머니가 있는 사람이다. 많은 시간과 돈을 들여 공부한 전문의가 아닌가. 더구나 망해 가는 기업을 일으키려고 친구 성호까지 투입되어서 물불 가리지 않고 뛰고 있는 판에 무책임하게 세상을 등질 수 있단 말인가. 그래도 어딘가에 죽지 않고 살아 있기만을 간절히 바랐다. 해서 어느 날 갑자기 문을 박차고 싱글벙글 웃으면서 들어설 것 같은 기대감을 버릴 수 없었다.

"우리가 이 자식을 찾아서 도시로 나와 20년 동안 기다린 것처럼 어딘가에 살아 있을 것이다. 너도 알지? 그 자식 성격은 무엇에나 몰두하면 다 잊어버리는 것 말이야."

"그나저나 어머니 장례식을 어쩌지요?"

"우선 장례를 치르고 너랑 둘이서 직접 찾아 나서 보자. 죽지 않았다면 어딘가에서 정신없이 일하고 있을 거야."

"정말! 성호오빠는 내게 핏줄이 통하는 진짜 오빠 같아요. 고마워요. 위로가 되네요. 그 사람이 갈 만한 곳을 나랑 함께 가보자고요. 그를 필요로 하는 곳에서 큰일을 신나게 하고 있을 것 같아요. 가끔 꿈에도 건강한 모습으로 보이거든요. 분명히 죽지는 않았어요."

오일장이라 그간 알았던 사람들이 모두 다녀갔건만 정작 상주 자리에 앉아야 할 닥터 정은 얼씬도 하지 않았다. 몸을 못 가누는 의주댁을 위로하면서 장례식을 치른 저녁 교종의 난동이 시작되었다.

"어서 내 재산을 내놓으라고. 빨리 유서를 공개하란 말이야. 변호사에게 연락하라고."

알코올중독자인 교종은 성격을 주체 못하고 종주먹을 초린이 앞에 을러대면서 고함을 친다. 검은 상복에 머리를 풀어헤치고 그저 멍청하게 앉아 있던 초린은 칭얼거리는 환호를 껴안고 조용히 흐느끼기만 했다. 이 집에 시집와서 중증의 알코올중독자인 교종의 행적을 다 알고 있는 터라 그저 한숨만을 삼켰다. 어디를 둘러봐도 앞으로 전개될 일이 끔찍하기만 했다.

치매기가 심해지고 심장병을 앓고 있는 어머니의 죽음을 예견한 교종은 장차 받을 유산을 생각하면서 마구 써대기 시작했다. 동서도 팔푼이처럼 함께 돈을 낭비했다. 손에 유산이 쥐어져서 써대는 것이 아니라 장차 물려받을 유산을 기대하고 마구 낭비하고 있는 셈이다. 급변을 얻어 BMW를 샀고 아파트도 대형인 65평으로 옮겼다. 시중에 그럴싸하게 속이고 높은 이율로 빌려주었다가 모두 챙겨 도망가 버리는 위험한 사채를 얻어 산 것이다. 가구도 이태리 산으로 모두 월부로 들여놨다. 곧 유산을 받아 흥청망청 써도 남아돌 재산을 계산해 보면서 입이 찢어질 지경이었다. 동서도 가정부를 두고 집안일을 모를 새라 팽개치고 골프를 친다, 마사지를 받는다, 백화점 쇼핑을 한다 난리였다. 자식들까지 모두 돈을 쓰느라고 정신이 없었다.

변호사가 두 달을 기다려야 유서를 뜯어볼 수 있다고 해도 날마다 술로 벌게진 딸기코를 벌름거리면서 변호사 사무실 앞에 나가 난동을 부려 경찰이 수없이 오가기도 했다. 두 달이라고 토를 단 것은 어머니의 유언이었다. 아마도 이런 일이 일어날 것을 미리 알고 있었던 어머니의 조처였을 것이다. 두 달이란 시간에 무슨 의미가 있을 것이 분명했다. 어머니는 그만큼 큰아들 교종에 대하여 잘 알고 있으니 말이다.

유서 때문에 초린은 성호와 함께 남편을 찾아 떠나지도 못했다. 어딘지도 모르고 무작정 나서기도 그랬다. 무언가 실마리가 잡혀야 그 주위를 한계 삼아 찾아보련만 바다 속에 떨어뜨린 바늘을 건지는 식으로 그냥 찾아 나서기도 난감했다. 경찰에 의뢰했으나 전혀 잡히질 않는다고 했다. 유서 앞에 명시된 두 달을 채우고 그 다음 일을 결정하기로 했다.

퀸 메리 건물에 교종 부부가 매일 와 여기저기 둘러보면서 침을 삼켰다. 심지어 부동산 업자를 데리고 와서 뱅뱅 돌아보고 수군덕거렸다. 유서가 공개되면 바로 싼값으로 팔아치울 작정인가 보다. 초린도 심란해서 일이 손에 잡히질 않았다. 다행히 그간 진 빚을 다 갚았고 홈쇼핑에 날개가 달려 짭짤했다. 그러니 그까짓 건물을 빼앗겨도 오피스텔이라도 하나 새로 얻고 사무실만 가져도 운영될 만큼 사업을 일으켜 세워 놓은 상태이니 유산에는 그다지 관심이 없었다. 열심히 디자인을 해서 다른 물품보다 색다르게 장식용 그림을 그려 붙였다. 홈쇼핑이니 집으로 배달해 주고 고객과 얼굴을 맞대고 퍼스널 컬러 상담을 꾸준히 받아주면서 단골고객이 확보되어 있으니 매상도 일정했다. 속이 단단한 기업으로 성장한 셈이다.

드디어 두 달이 흘렀고 새벽부터 변호사 사무실 앞에 앉아 기다리던 교종은 초린과 함께 변호사 앞에 앉았다. 변호사가 떨리는 손으로 유서를 뜯었다. 유서 내용을 읽어가면서 초린의 눈이 심하게 흔들렸다. 모든 재산을 남편인 닥터 정 앞으로 이미 등기를 해놓았기 때문이다. 재산 목록과 문서들이 든 큰 봉투에는 아주 간단한 글을 남겼다. 친필로 쓴 유서의 내용을 보지도 않고 사무실 바닥에 털썩 주저앉은 동서는 집이 떠나가게 울어댔고 교종은 초린의 멱살을 잡고 죽일듯이 나댔다.

"이럴 수 있어. 이 많은 재산이 너희들 것이라고. 이 집안의 진짜 자식인 난 뭐야. 내겐 유산이 없단 말이야."

그러자 변호사가 일어서서 언성을 높였다.

"고인이 남긴 글을 읽어드리겠습니다. 조용히 하세요."

변호사는 초린이나 교종이 읽을 수 있도록 유서를 책상 한가운데 놓고 천천히 손가락으로 짚어가면서 읽었다.

'장남의 몫은 유서가 공개되는 순간까지 진 빚만을 다 갚아준다. 유산은 없다. 살집을 주었으니 네 힘으로 살기 바란다.'

간단히 말해서 장남인 교종에게 남겨진 유산은 그간 벌려놓은 빚잔치만 해주라는 뜻이다. 송 권사는 아들, 교종의 성품을 다 알고 두달 간 진 빚만을 유산으로 남기고 그 뒤엔 정신 차려 살게 하려고 작전을 쓴 것이 분명했다.

"이 재산이 그럼 전부 그 자식명의로 바뀌었단 말이야?"

흥분해서 날뛰던 교종이 변호사에게 덤벼들었다.

"빚도 오늘날짜로 계산합니다. 내일부터 진 빚은 유산에서 지불할 수 없습니다. 그리고 정현종 씨가 나타나야 당신이 진 빚을 갚아줄 수 있습니다. 어머님이 이미 정현종 씨 이름으로 흩어져 있는 토지와 집을 10년 전에 명의이전해 놓았고 퀸 메리 빌딩은 유서를 작성할 적에 제게 부탁해서 이 집 작은며느리인 초린 씨 이름으로 했습니다. 그러니 어서 정현종 씨를 찾아내야 합니다. 그 안에는 아무 것도 할 수 없습니다."

"어머니는 벌써 그 자식 이름으로 재산을 이전했다고요? 그리고 이 빌딩을 저 여자 이름으로? 어어엉!"

유서로 인해 다급하게 초린이 남편을 찾아 나설 명분이 생긴 셈이다. 그때 성호에게서 전화가 왔다.

"현종이 가지고 나간 비자카드에서 돈이 빠져나가고 있어."

"그럼 환호 아빠가 살아 있다는 뜻이야. 아이쿠! 하나님. 감사합니다. 거기가 어디야?"

"목포 시중은행에서 현금으로 백만 원을 찾아갔고 흑산도의 비치호텔 숙박료와 식비가 나갔더군."

"맷골 근처의 제천이나 박달재가 아니고 목포와 흑산도라니 이상하군. 어서 그 섬으로 가서 그 일대를 돌아보고 싶어요. 아무튼 섬이니 찾아다닐 수 있는 범위가 제한되어 있잖아요. 비치호텔에서 못 만나면 식당이나 일반상점 엘 가서 며칠이고 수소문한다면 찾을 것 같아요. 오늘 떠나지요. 같이 가줘요."

두 사람은 환호를 의주댁에게 맡기고 다음날 흑산도로 떠났다. 남해는 다도해라고 한다. 그만큼 많은 섬들이 밀집되어 있는 곳이다. 배가 다니는 섬을 모조리 찾아다닌다면 어딘가에 닥터 정이 있을 것이란 확신이 왔다.

한편 치악산 깊은 산중에서 한겨울을 보낸 닥터 정은 바다를 보고 싶다는 마음이 갑자기 들어 목포로 향했다. 산골에서 유년시절을 보낸 사람의 특징은 바다를 동경하는 것이다. 목포를 중심으로 그 일대 남해안을 둘러보고 집으로 돌아가리라 생각했다. 노령산맥이 서해로 빠져들면서 목포에서 서쪽으로 107킬로 쯤 떨어진 바다 한가운데 산자락 하나를 내려놓았다는 홍도는 해질 무렵 온 섬이 붉은 색으로 보인다 하여 붉을 홍紅자를 붙여 홍도라고 불린다고 한다. 그곳에 가고 싶었다.

의사가 되려고 학교에서 보낸 청춘이 눈앞에 펼쳐졌다. 목 묶인 강아지처럼 뱅뱅 돌면서도 언젠가는 남해안을 돌아보리란 꿈을 가지고 있었다. 수련의 시절, 홍도를 다녀온 간호사들이 입에 침이 마르도록 그 경치를 어찌나 장황하게 늘어놓는지 내심 혼자서라도 꼭 가보고 싶다고 생각했던 곳이다. 초린과 결혼하여 신혼여행으로 남해안 일대를 돌리라 생각했는데 신부의 고집으로 신혼여행도 못 가고 집으로 직행하는 바람에 계획이 전부 수포로 돌아가지 않았던가.

2

목포에서 홍도까지는 두 시간 반이 걸린다. 봄철이라 단체관광객들이거나 아니면 가족나들이로 나온 사람들이 모두 끼리끼리 앉아서 시시덕거렸다. 닥터 정처럼 혼자 배를 타는 사람은 없었다. 신나게 떠들어대던 사람들이 이따금 혼자 앉아있는 닥터 정을 이상한 시선으로 흘끔거리기도 했다. 자살하려고 마지막 여행을 나온 사람인가 해서 검문을 당하기도 했다.

홍도에서 섬을 한 바퀴 도는 배를 타고 절경을 구경했다. 안내하는 남자의 그럴 듯한 설명은 뜻이 없는 밋밋한 바위도 갑자기 사자로 변하고 독수리로 둔갑하기도 했다. 아직 사람의 발길이 닿지 않는 절해고도의 아름다움은 진한 외로움을 안겨주었다. 마음 속으로 물밀듯이 고여 오는 고독이 초린에 대한 그리움을 몰고 왔다. 아기를 낳았을 텐데 혼자 이게 무슨 짓인가 하는 마음이 들자 갑자기 다급해지기 시작했다. 돌아가야 한다. 어서 집으로 가야 한다. 어머니에게 가야 한다. 치악산 속에 있을 적에 느끼지 못했던 짙은 그리움이 마음을 재촉했다.

하룻밤을 자고 목포행 배에 올랐다. 쾌속정이라 갑판에도 나가지 못하고 배 안에 갇혀 있었다. 옆에 앉은 할머니가 갑자가 얼굴이 하얗게 질리더니 몸을 뒤틀기 시작했다. 일행인 딸과 사위는 이런 할머니의 몸부림에 어쩔 줄 모르고 우왕좌왕했다. 노인의 몸부림은 점점 거세졌다. 아픔을 이기지 못하고 끝내는 배를 끌어안고 선창바닥에 쓰러져 뒹굴기 시작했다.

"배타기 전에 무엇을 잡수셨습니까?"

의사의 본능이 발동해서 닥터 정은 할머니의 손목을 잡고 눈꺼풀을 까보았다. 급체다.

"덥다고 어름이 둥둥 뜬 물을 연거푸 세 대접이나 들이키더니 글쎄 이렇게 문제가 될 줄 알았다니까."

오십 줄에 들어섰으나 가난으로 찌든 딸은 아파서 뒹구는 노인과 나이 차이가 거의 없을 정도로 폭삭 늙어 보였다. 몸부림치는 어머니가 못마땅한지 흘겨보기만 한다. 아마도 딸에게 빌붙어 살아가는 노인으로 병이 든 모양이다. 닥터 정은 가방을 풀었다. 치악산 속에서 가지고 온 침을 꺼내 우선 엄지손가락과 집게손가락 사이 합곡合谷을 찔렀다. 닥터 정 자신도 놀랄 정도로 몸을 뒤틀고 몸부림치던 할머니가 침이 꽂히는 순간 잠잠해지는 것이 아닌가. 주위에서 감탄사가 터져 나왔다. 조금 전까지 할머니의 몸부림으로 잔뜩 긴장되어서 신경을 곤두세우고 모두 숨을 죽였는데 침 한 방으로 해결하는 걸 보고는 손뼉을 치기 시작했다.

"찬물을 마셨다고 누구나 이렇게 아픈 것이 아닙니다. 장 계통에 병이 있어요."

그러자 사위가 놀라서 눈이 휘둥그레졌다.

"맞아요. 뉘신지 모르지만 정말 족집게같이 알아내시는 군요. 장모님이 대장암에 걸려 입원했다가 퇴원하는 길입니다. 대장암 말기라 가망이 없답니다. 뱃속으로 확 퍼져서 손을 쓸 수 없다고 하네요. 자식된 도리로 수술이나 항암치료를 해드리고 싶지만 돈이 있어야지요. 저는 사위인데 아들이 둘이나 있으면서 돌보지를 않아 제가 장모님을 모셔온 지 벌써 20년이 돼 갑니다. 저란 놈 정말 고생이 너무 많습니다."

곁에 있는 딸도 이런 남편에게 너무 미안한지 얼굴을 들지 못한다. 이런 딸 내외를 주눅이 잔뜩 든 할머니가 가늘게 눈을 뜨고 훔쳐보더니 억지로 일어나려고 한다. 닥터 정이 힘주어 할머니를 눌러 뉘어 놓고 시계를 보았다. 오후 4시. 왼쪽부터 침을 꽂아 오른쪽으로 꽂아나갔다. 5분 정도 지나니 코를 골고 환자가 잠을 자기 시작했다.

"대장암 환자에게 찬 음식은 독약입니다. 일단 체증에 걸리면 평상시보다 더 악화되는 것이지요. 미지근한 음식이나 따뜻한 물을 드셔야 합니다."

"알았습니다. 감사합니다. 보통 분은 아닌 것 같은데 제 어머님을 살려주세요. 젊은이가 우리 어머니를 치료하면 나을 것이란 마음이 듭니다. 불쌍한 우리 어머니를 살려주세요."

노파의 딸이 닥터 정 앞에 무릎을 꿇고 앉아 통곡했다. 배 안의 모든 사람들이 처음에는 환호하면서 박수를 치다가 서럽게 울어대는 울음소리에 전염이 되어 모두 숙연해졌다. 환자의 딸은 가슴에 쌓인 한限을 풀어놓기 시작했다.

"어머니는 위로 오빠 둘을 낳고 제가 태어나서 강보에 싸였을 적에 혼자 되셨습니다. 섬에 사는 것이 문제지요. 고깃배를 타고 나가 돌아오지 못했으니 바닷속에 지금도 아버지가 누워 있을 것이라고 어머니는 바다를 떠나지 못했지요. 바다가 원수지요. 어엉엉……."

건어물을 사려고 홍도를 찾아든 장사꾼들이 울어대는 여자를 따라 훌쩍거리기 시작했다. 관광객들도 모두 숨을 죽이고 더러는 코를 훌쩍거렸다. 환자의 딸은 닥터 정의 바짓가랑이를 생명줄이라도 되는 듯 움켜잡고 매달렸다.

"불쌍한 우리 어머니를 살려주세요. 이렇게는 그냥 땅에 묻을 수가 없어요. 살려주세요. 살려주세요."

병원에 있으면서 이렇게 원초적으로 울면서 매달리는 사람은 없었다. 조직의 강한 힘에 눌려 울어도 숨을 죽이고 자제하는 바람에 이렇게 적나라하게 감정을 드러내는 진심과 마주치는 경우는 처음이다. 숨기지 않고 있는 그대로의 원초적인 아픔과 애타는 울음에 끌려 닥터 정은 멈칫거렸다. 치악산 암자의 노인이 가르쳐 준 방법을 써

볼까 하는 마음이 번개처럼 머리를 스쳤다. 하필이면 매달려 우는 여자가 굶겨 죽인 누나, 효숙의 얼굴과 겹쳐졌다.

"방법은 있는데……."

"돈이 많이 드는 것입니까? 그건 우리 형편에 못합니다."

"아니요. 돈이 하나도 안 드는 방법이 있습니다."

"그래요. 그럼 무엇이나 할 것입니다."

"댁이 어디세요?"

"흑산도입니다. 누추하지만 제 집에 묵으면서 열흘만 치료해 주세요. 더 이상은 바라지도 않습니다."

큰 힘에 끌린 듯 닥터 정은 할머니의 손을 잡고 흑산도에 내렸다. 치악산에서 배운 대로 우선 식사를 전혀 못하는 환자에게 죽을 쑤어 저녁 한 끼만 먹이고 물은 낮 동안에 입에 대지도 못하게 했다. 침 한방으로 살려냈으니 저들은 닥터 정에게 절대 순종했다. 차츰 밥으로 바꾸면서 하루 한 끼만을 저녁에 주되 밥을 먹고 두 시간이 지난 뒤에 물을 주었다. 매일 암으로 고통을 받으면서 뒤틀던 사람이 순해지기 시작했다. 급속도로 치료가 되고 있어서 닥터 정 자신도 놀랄 지경이었다.

소문이 섬 마을에 퍼지면서 사람들이 구름처럼 몰려오기 시작했다. 흑산도는 남도 제일을 자랑하는 경치를 지니고 있었다. 신안군에서도 섬이 가장 많은 면으로 임자도인 흑산도를 비롯해 11개의 사람이 사는 섬들과 89개의 무인도를 합쳐 전부 100개의 섬으로 된 곳이다. 면 전체가 다도해국립공원으로 지정될 정도로 섬들이 아름답다. 동백나무와 후박나무 숲이 우거져 있고 아열대성 활엽수가 숲을 이뤄 짙은 나무 빛이 바다와 어우러져 검게 보인다고 해서 흑산黑山도란 이름이 붙었다고 한다. 해상왕, 장보고도 흑산도를 거쳐 당나라와 교역을 할 정도였으니 역사가 아주 깊은 섬이다.

이렇게 아름다운 곳에 사는 사람들이 병들어 있었다. 침을 놔주고 외과의사로서 치료할 수 있는 간단한 것들은 즉석 처치를 해주었다.

대장암에 걸린 할머니를 치료하는 것은 그저 음식조절만 해주고 날마다 밀려오는 환자들을 돌보자니 기력이 진했다. 치악산 속의 노인이 병들었다는 이유를 알 것 같았다.

시간이 흐를수록 서서히 닥터 정의 내부에서 힘이 솟기 시작했다. 그건 기쁨이라고 표현하는 것이 좋았다. 보람이라고 말할 수도 있었다. 새벽 바다에서 잡은 흑산도 홍어를 가져오는 사람도 있다. 이곳에선 잔칫상에 아무리 많은 음식을 차려놔도 흑산 홍어 요리가 없으면 그 집 음식 먹을 게 없더라고 뒷말을 들을 정도로 사랑을 받는 생선이다. 돈도 받지 않고 이렇게 병을 치료해 주니 고맙다고 우럭이나 전복을 가져오기도 한다. 저들의 소박한 웃음과 고마움을 표현하는 얼굴에서 끈끈한 정과 짙은 사랑을 감지할 수 있었다. 그건 신뢰였고 고마워서 미치겠다는 표현이기도 했다. 가난하게 살아가던 할머니 환자 집은 매일 잔치 집처럼 먹을 것이 넘쳐났다. 저들이 가져온 음식을 상다리가 휘게 차려놓고 모두 어울려 함께 먹었다. 마당에 멍석을 깔아놓고 일렬로 누워 있는 환자들을 평상을 진료대로 삼아 닥터 정은 하루 종일 치료했다. 먹어서 좋았고 미끈한 젊은 의사를 바라보니 기뻤고⋯⋯. 해변가의 집은 웃음바다였다.

웃음치유 강의를 들은 적이 있었다. 닥터 정은 그 강의를 들으면서 부지런히 필기를 해두고 가끔 펴보았는데 그 현장이 바로 해변가의 집에서 재현되고 있었다. 15초를 웃으면 이틀을 더 살 수 있고 1분을 웃으면 8일을 더 살 수 있다고 강사는 의학적인 자료를 들이대면서 가르쳤다. 뇌는 어리석어서 진짜와 가짜를 구별 못하여 자꾸 웃으면 좋은 것으로 알고 모르핀보다 200배나 강한 엔돌핀을 분출한다나. 아픈 사람들이 웃으면 진통제가 분출한다고 한다. 심지어 해산으로 고통 받는 산모가 웃어대면 아픔을 잊어버리게 한다니 웃음의 치료효과는 대단한 것이다. 이곳 섬사람들은 웃어도 크게 웃었다. 하마처럼 입을 떡 벌리고 소리를 내면서 웃다가 너무 웃어 배가 아프다고 했고 손뼉을 치면서 웃기도 했다. 오줌을 저렸다고 팬츠를 갈아입고 온다고 가는 사람도 있었다. 오줌으로 팬츠가 젖을 정도로 웃었다는 것은 그만큼 장운동이 되었다는 뜻이니 의사 입장에서 보면 대단한 집단치료를 하고 있는 셈이다. 문득 얼굴 근육을 움직이면서 웃어야 좋다는 강의 내용이 생각나서 닥터 정은 입을 풍선처럼 부풀리고 입안의 공기를 좌우와 위 아래로 옮기자 그런 얼굴이 웃긴다고 둘러선 섬사람들에게서 박장대소가 터졌다. 침을 맞은 뒤에 마비되었던 오른팔을 움직일 수 있다고 춤을 추는 환자 앞에서 닥터 정은 하마처럼 웃어댔다. 이 사람들 앞에서 권위를 세울 필요도 없다. 저들과 같은 높이의 자리에 앉아 가릴 것이 무엇이란 말인가. 좋으면 좋다고 마구 표현하면 된다. 하마처럼 입을 크게 벌리고 두 팔을 위아래로 쩍 벌리면서 아하하……하고 하늘을 향해 뒤로 등을 젖히며 큰 소리로 웃어대자 모두 그를 따라 웃어서 웃음경연대회라도 벌어진 듯 해변가는 웃음판이 되었다. 여기서는 이윤을 따져 이래라 저래라 하는 윗분들도 없었다. 병원의 이득을 위해 이러저러한 약을 처방하라는 명령도 없었다. 다만 환자와 의사 사이에 팽팽하게 연결된 사랑과 끈끈한 정情 줄이 단단하게 퉁겨지는 독특한 짜릿함이 있었다.

비릿한 바닷바람을 타고 미역냄새도 실려 왔다. 후박과 동백에서 뿜어 나오는 싱그러움이 해변가를 그득 채웠다. 웃음을 만들려는 적극적인 자세를 가지라고 배웠지만 병원에서의 삶은 그걸 실천할 기회가 없었다. 다람쥐 쳇바퀴 돌 듯 일상에 묶여 항상 머리가 개운하지 않았고 찍어 누르는 짐이 무거워 허우적거렸다. 그러나 여기선 그게 아니었다. 바다와 허공을 향해 속에 있는 것을 다 토해 내면서 웃어대고 함께 어울려 공동 작업을 하는 것처럼 화기애애했다. 아프다고 끙끙거리던 섬사람들도 일단 평상에 누우면 하늘을 향해 눈을 박고 닥터 정의 농담에 웃느라고 어디가 아파서 왔는지 잊어버릴 지경이었다.

이런 와중에 닥터 정은 굶겨서 죽인 누나, 효숙에게 말을 걸었다.

'누나! 이렇게 살면 나를 용서할 거지. 그런다고 말해 줘. 이 길이 누나가 원하는 길이지. 그렇지?'

그윽하고도 평안한 기쁨이 서서히 그의 마음을 사로잡았다.

옷도 그들이 가져다주는 것으로 입었더니 영락없이 고기잡이 어부 모습이었다. 간밤에는 위급한 환자를 왕진했더니 너무 피곤했다. 더운 물에 몸도 담그고 내복도 새 것으로 갈아입고 싶다는 강한 바람이 닥터 정을 휘감았다. 그러고 보니 작년 가을 치악산 암자에 올라가서 늦은 봄까지 단 한 번도 더운 물에 몸을 담근 적이 없지 아니한가.

늦은 봄비가 추적추적 내리는 아침, 환자가 뜸한 틈을 타서 닥터 정은 휴진이라고 크게 써 붙이고 이 섬에서 가장 시설이 좋은 흑산도 비치호텔로 갔다. 남루한 옷차림을 보고 처음에는 거부반응을 보이더니 그가 내민 비자카드를 한참 조회해 보고 방을 주었다. 더운 물을 탕에 넘치도록 받은 뒤 그 안에 누웠다. 눈을 감았다. 초린의 얼굴이 떠올랐다. 불에 덴 것처럼 그는 몸을 일으켰다. 가야 한다. 집으로 가야 한다. 아내에게 가야 한다. 아기가 태어났을 텐데 전화를 해야 한다. 급히 호텔 상점에 가서 옷을 카드로 샀다. 면도기도 사고 급한데로 사람의 모습을 갖추려고 이것저것 신경을 썼다. 이곳 일을 접어두고 우선 집으로 먼저 가야 한다. 치매에 걸린 어머니는 어떻게 되었으며 퀸 메리는 잘 운영되고 있을까. 검게 탄 얼굴을 거울에 비춰보면서 길게 자란 머리를 깎아야겠다고 생각했다. 거울 속에서 자신의 눈과 마주치자 강렬하게 뿜어나오는 강한 빛에 깜짝 놀랐다. 살갗도 눈도 병든 사람이 아니라 살아서 움직였다. 생기가 돌았다. 병원에서의 삶과 이곳에서의 삶을 찬찬히 비교해 보았다. 아무리 생각해도 빈손으로 저들과 함께 살아가는 삶이 좋았다. 이제 남은 인생만이라도 하고 싶은 일을 하며 살고 싶었다. 변화는 두려운 것이다. 금전적인 것 말고도 다른 많은 것들과 타협을 해야 한다. 자신에 대한 인식까지도 완전하게 버려야 한다. 변신의 삶을 살아야 하는데 아내와 어머니가 앞을 가로막았다.

그때 방문을 두드리는 사람이 있었다. 경찰이었다.

"신고가 들어와서 조사하러 왔습니다."

"무슨 일로……?"

"무허가 의료행위를 한다는 신고입니다."

"전 외과전문의입니다."

"아니 그런 분이 어쩌자고 돈도 받지 않고 무료진료를 합니까. 믿을 수가 없습니다. 의사가 혼자서 이렇게 섬을 돌면서 진료한다는 것을 누가 믿겠습니까. 돌팔이의사가 맞지요?"

"누가 그런 신고를 했습니까?"

"서울에서 내려온 분들인데 숨어서 며칠 동안 조사한 뒤 신고한다고 합디다. 수술하고 침을 놓고 하는 일이 법에 위반되니 구속하여 감옥에 넣으라는 지시가 내렸습니다."

서울에서 내려온 굉장한 배경의 사람이라. 누굴까? 미도가 스치고 지나갔다. 여기까지 그녀의 손이 미치고 있다니! 진저리를 쳤다.

"젊은 여자지요?"

"남자들이었습니다. 그것도 한두 사람이 아니고 떼거리로 몰려다니는 것으로 압니다. 경찰에서 초긴장을 하고 있습니다."

닥터 정은 짐을 챙겨 가지고 저들의 뒤를 따랐다. 어떻게 알았는지 섬사람들이 그를 둘러싸고 눈물을 흘렸다. 안타까워서 발을 동동 굴렀다. 우리를 돕는다고 싫어하는 사람이 있다니 그게 무슨 소리냐고 울부짖었다. 더러는 그의 바짓가랑이를 잡고 늘어지기도 하고 좋은 사람을 왜 잡아가느냐고 시비를 걸어서 시위대를 진압하는 것처럼 경찰들이 바리케이드를 치고 막아야만 했다. 닥터 정은 울부짖는 섬사람들을 뒤로하고 경찰에게 양팔이 잡혀 강제로 배에 올랐다. 꼭 다시 여기 오라고 고함치는 순박한 어민들의 소리가 바닷바람을 타고 일렁거렸다.

3

경찰서는 언제나 시끄러웠다. 과거의 정권에 비해 많이 부드러워졌다지만 범인을 다루는 곳이니 여전히 고함소리가 나고 구질구질하고 찔찔 짜대는 사람들로 분위기는 험악했다.

문득 떠나온 흑산도의 웃음잔치 현장이 떠올랐다. 그곳을 떠올리기만 해도 웃음이 절로 나왔다.

"당신이 진짜 면허증이 있는 의사요?"

검은 얼굴의 사나이는 사뭇 위압적이다. 그 태도에는 네까짓 것이 무슨 수로 의사가 되었겠느냐 하는 확신이 단단해 보였다. 의사들은 귀족이고 부유층에 속한 족속들로 절대로 후진 데 와서 이런 일 하는 걸 보지 못했다는 맹신까지 넘쳐났다. 검은 피부의 사나이 눈에 상대방을 무시하는 비웃음이 스쳤다.

"네! 전 인턴과 레지던트를 거친 전문 외과의사입니다."

"돌팔이 의사겠지? 암자의 스님에게 며칠 뚝딱 배워서 돈을 벌려고 편법을 쓰는 사람이지?"

"아니요. 정식 교육을 받고 자격증이 있는 외과의사입니다."

"거짓말 말아. 그런 의사가 미쳤다고 여기 내려와서 엉뚱한 짓을 하고 있어. 너 같은 사람들이 자주 나타나는 바람에 골치를 앓고 있어. 결국은 불쌍한 어부들 등쳐먹는 일이 다반사지."

닥터 정은 입을 다물어버렸다.

"면허증을 내놓으시오."

"그건 집에 있습니다."

"그렇다니까. 모두 그렇게 대답하지. 허튼 수작이나 잔소리하지 말고 어서 수긍하고 간단히 처리합시다."

"간단히 처리하다니요?"

"다 알면서 왜 이래. 너 상습범이지?"

"진짜 의사라니까요. 제가 근무했던 병원으로 전화하시면 금방 알 수 있어요. 1년간 휴직하고 여행 중입니다."

"그럼 왜 병원을 뛰쳐나왔지? 수술 중 실수로 환자를 죽인 모양이군. 의사들이 수술 중 죽이는 환자가 열에 넷은 된다는 소문이 자자한데 너도 죄를 짓고 도망쳤지, 맞지? 혹시 너 수배인물⋯⋯."

"그렇지 않습니다."

아무래도 닥터 정의 목소리가 기어들어갔다.

"신고한 사람들의 말로는 돌팔이의사가 한의사도 아니면서 마구 침을 놓았다고 했어. 자격증 없이 침을 꽂을 수 없다는 사실을 모르고 있나? 더구나 부황을 떠서 피를 뽑고 있으니 에이즈라도 옮기면 어쩌려고."

"의사자격증을 가지고 침을 놓을 수 있습니다. 아직 한의와 양의가 그 문제를 놓고 결정한 바는 없습니다."

"저거 보게. 열린 입으로 말은 잘 하네. 그럼 어서 자격증이나 내놔봐. 주민등록번호랑 주소도 대보라고. 이 나라에서 제일 잘 사는 사람이 의사야. 그런 사람이 왜 섬을 돌면서 이래."

그러자 옆에 앉았던 형사도 입을 삐죽거렸다.

"돈방석에 앉은 의사들이 더 돈을 벌겠다고 의사파업을 하고 야단하는 판국에 병원 대신 섬에 왔다니 믿을 수 없어. 국민의 생명을 볼모로 돈을 더 달라고 의사파업을 일으킨 2000년도 사건을 보라고. 대한민국 의사들은 파렴치한 놈들인데 불쌍한 섬사람을 위해 헌신할 의사가 이 나라에 있을 리가 없어."

순간 닥터 정은 멈칫거렸다. 의사를 보는 저들의 눈이 무서웠다. 그리고 갑자기 경찰서에서 집으로 연락이 가면 놀랄 아내와 의주댁이 떠올랐다. 그들은 다시 닦달하기 시작했다.

"그것 보라고. 신고한 사람들이 예사 사람들이 아니더라고."

"도대체 나를 이런 구렁텅이에 몰아넣는 사람이 누구요?"

"신고자를 대주는 경찰도 있던가."

이렇게 옥신각신하고 있을 때 문을 박차고 들어서는 사람들이 있었다. 그들을 보자 닥터 정은 벌떡 일어섰다.

"어떻게 당신이 여길?"

"흑산도에 갔다가 어부들의 말을 듣고 바로 경찰서로

달려왔어요. 당신 살아있었군요. 얼마나 걱정했다고요. 흑흑……."

흐느끼는 초린의 어깨를 닥터 정은 가만히 감싸 안았다. 그 뒤에 눈물을 글썽거리는 성호가 서 있었다.

"이 사람 신분은 제가 보장합니다. 저는 이런 사람입니다."

성호가 신분증을 내놓고 뭐라고 경찰과 귓속말을 주고받더니 취조자의 태도가 갑자기 부드러워졌다. 얼마간의 조회와 확인 절차가 계속되는 동안 초린은 남편의 두 손을 꼭 잡았다.

세 사람은 경찰서를 뒤로하고 밖으로 나왔다. 큰길 가에서 택시를 잡으려는 순간 검은 승용차가 갑자기 저들 앞으로 달려들었다. 건장한 두 사나이가 저돌적으로 닥터 정에게 덤벼들어 강제로 차에 태우려고 했다. 초린이 악을 쓰면서 남편의 허리를 붙잡고 늘어졌고 성호가 한 놈의 면상을 보기 좋게 주먹으로 갈겼다. 하지만 저들의 무술은 만만치가 않았다. 바로 경찰서 앞이라 보초를 섰던 두 명의 경찰이 합세하면서 위기를 넘겼다.

"도대체 왜 이래? 나를 납치해서 무얼 하겠다는 거야."

닥터 정이 멍든 입 가장자리를 손으로 문지르면서 말했다.

"미도의 끄나풀들이에요."

"미도라니? 그 여자가 나를 잡아다 무얼 하겠다는 거

야?"

"저도 어제야 소식을 들었는데 회장님 딸이 정신병원에 입원해 있거든요. 상태가 심각한가 봐요. 당신을 잡아다가 그 앞에 대령하려는 의도든지 아니면 보복하려고 그랬을 거예요. 회사나 집 주위를 항상 맴돌아서 저도 미칠 지경이에요."

초린이 차분한 음성으로 또박또박 말했다.

"당신이 그걸 어떻게 알아?"

"우리 집과 회사 심지어는 제가 시장엘 가도 어디나 저들이 미행하고 있어요. 그것도 숨어서 모르도록 미행하는 것이 아니고 드러내놓고 해요."

순간 닥터 정의 얼굴에 그늘이 스쳤다.

청담동 집은 겉으로 보기에 여전했다. 봄꽃들이 흐드러지게 피어있고 대문에서 현관에 이르는 길 가장자리엔 겹꽃의 제라늄이 붉은 색을 요염하게 토해냈다. 집에 와서야 어머니가 돌아가신 것을 알고 안방에 들어간 닥터 정은 아직도 걸려있는 어머니의 옷들을 쓰다듬으면서 냄새를 맡기도 하고 얼굴을 비벼댔다. 누나를 굶겨 죽였듯이 어머니도 결국 그가 죽인 것이나 다름없지 아니한가. 깊이를 가늠할 수 없을 정도의 그리움과 회한悔恨이 못 견딜 정도로 닥터 정의 가슴을 저몄다.

환호를 무릎에 앉히는 초린의 얼굴이 눈물로 범벅이 되었다. 처음 대하는 아빠가 두려운지 환호는 입을 삐죽거리면서 눈물을 뚝뚝 흘렸다. 의주댁도 그저 닥터 정의 손을 잡고 놓지를 않고 쓰다듬고 있을 때 밖이 소란했다. 형, 교종이었다. 시뻘건 코와 눈이 닥터 정 앞에 거칠게 다가왔다. 알코올중독이 손쓸 수 없을 정도로 깊어졌다는 걸 한 눈에 알 수 있었다.

"네가 어머니를 교묘하게 조정했지? 너 어떻게 그렇게 악독할 수가 있냐. 모든 재산을 네 이름으로 다 해놓고 도망친 것이지. 요 죽일놈아! 빌딩까지 네 아내 이름으로 고치다니 이거……."

교종의 손이 닥터 정의 목을 조르기 시작했다. 성호와 의주댁이 교종의 허리와 팔과 다리를 잡고 늘어졌다. 눈에 핏발이 선 교종의 눈에는 포효하는 맹수의 표정이 역력했다. 영문을 몰라서 두리번거리는 닥터 정에게 초린이 속삭였다.

"유산 문제로 저래요. 당신 이름으로 모든 재산이 되어 있거든요. 어머니가 그렇게 유언을 변호사에게 남기셨어요."

닥터 정의 머릿속이 순간적으로 백지가 되었다.

"어서 내 재산을 몽땅 내놓아라. 내 것을 어째서 피 한 방울 섞이지 않은 네 놈이 집어 삼켜버려. 어머니를 얼마나 녹여 놨으면 그런 유서를 썼겠어. 이 지독한 놈아."

"오늘은 고만 둡시다. 형! 나 오랜만에 집에 돌아왔어요. 좀 쉬고 싶어요. 집사람하고 할 말도 있으니 내일 다시 만나지요."

거세게 나가지 않고 다소곳하게 대하는 닥터 정의 태도가 어느 정도 마음의 안정을 주었는지 돌아서면서 으름장을 놓았다.

"내일 올 테니 모든 재산을 내 앞으로 등기해야 한다. 알았지. 그러지 않으면 널 죽여버릴 거야. 이왕 빈털터리로 살아갈 바에는 너랑 함께 죽을 거다."

교종이 돌아간 뒤 집안은 다시 조용해졌다. 부엌에서 구수하게 무를 넣고 끓이는 소고기국 냄새가 거실에 그득했다. 이층 방으로 올라갔다. 아내는 매일 그를 기다렸나 보다. 곱게 다리미질하여 반듯하게 접은 잠옷이 베개 위에 놓였고 결혼사진 아래 환호가 고추를 내놓고 찍은 백일 사진이 걸려있다. 옷을 입은 채 침대 위에 벌렁 누웠다. 창문을 타고 한 줄기 바람이 코끝을 스친다. 떠날 때와 변한 것이 하나도 없다. 어머니만 이 집을 떠났다. 유산이라? 어머니가 모든 유산을 닥터 정에게 다 주었다고 한다. 임종의 순간까지 어머니는 큰아들을 믿지 못한 것이다. 오죽했으면 재산을 그에게 맡겨 형을 돌보도록 했을까. 그 재산이 무겁게 그를 찍어 눌렀다.

해변가에서 그를 사랑하고 신뢰했던 순진한 사람들의 웃음으로 그득했던 얼굴들이 떠올랐다. 억제할 수 없는 사랑이 마구 저들에게 흘러갔다. 진짜로 사랑하고 팠다. 그들을 껴안고 싶었다. 달려가고 싶었다. 이 재산으로 인해 형이 주는 스트레스를 받아야 하고 다시 병원으로 돌아가서 조직에 끼어 자신을 죽이고 기계처럼 살아야 하는 것인가. 끝없는 검사를 하고 그 결과를 들고 칼로 째고 꿰매고 게다가 실수도 해서 죽게 하고 가족들의 울부짖음과 넋두리를 들어야 하고……. 먹이사슬처럼 끝없는 반복이다. 세상의 여론에서조차 낙태, 태아성감별, 대리모, 인간복제, 뇌사, 안락사 문제가 터져 나오고 의사의 의료윤리를 믿지 못하겠다고 아우성이다. 고양이에게 생선가게를 맡길 수 없다면서 의사를 불신하는 사회가 되었다. 전문직의 윤리성을 어디까지 발휘해야 마음의 평안을 유지할 수 있는 것일까. 그가 수술하던 중에 죽인 환자의 가족들은 가장을 잃고 어떻게 살아가고 있을까. 그의 일생은 어째서 이렇게 죽음과 가까이 있어야 하는 것인가. 갈등과 고뇌를 참을 수 없어 그는 심하게 머릴 흔들었다.

스트레스에 묻혀 보람을 느낄 수 없는 일에 헌신하기보다 스스로가 선택한 일을 하면서 보내는 것이 현명한 삶이 아니겠는가. 개업을 해도 의사들끼리 모여 어떤 기기器機를 사서 비치하면 의료보험 혜택이 없는 돈을 환자의 호주머니에서 끌어낼 수 있는지 밀려다니면서 배워야 한다. 혼자서만 멀리 떨어질 수 없을 정도로 동질성 조직은 무서운 힘을 지니고 있었다.

치악산에서 만난 노인이 가르쳐 준 침술과 대체의학이 그를 매료했지만 어머니의 죽음과 유산은 그를 올무에 옭

아매서 더욱 옥죄었다. 섬으로 돌아가자 하면서도 아내와 아들 그리고 유산이 무겁게 매달렸다. 형도 그가 돌봐야 할 환자라는 것이 이제 명백해졌다. 그간은 어머님이 살아계셨고 자신은 공부한다고 바빠서 관계를 하지 않았지만 이제 닥터 정의 무릎 위에 떨어진 현안이었다. 형은 중증의 알코올중독자다. 입원하여 장기치료를 받아도 사회로 돌아올지 의심이 될 정도다. 그 모두를 뒤로하고 떠난다면 그건 대단한 모험일 것이 뻔했다.

하지만 나는 누구인가? 코끝에 호흡이 있으니 살아 있는 것이다. 호흡이 떠나면 오 분 뒤에 썩어야 할 흙에 불과하다. 정해진 시간을 이 땅에 머물면서 목적지를 향해 걷고 있는 나그네일 뿐이다. 그의 곁을 떠난 누나, 아버지, 어머니 그리고 그의 실수로 죽은 환자들의 뒤를 따라 그도 영원으로 갈 것이다. 그런데도 스트레스에 시달리고 좌절하고 과로하면서 지치고 괴로움을 당하고 윤리적인 문제로 시달리고 양심의 문제로 괴로워하면서 불만에 찬 나날을 살아야 하는 것일까. 이 길에서 돌아설 수 있다면 그건 지혜로운 사람일 것이다. 물고기가 물을 떠나 살 수 없듯이 의사도 환자를 떠나 존재할 수 없다. 그렇다면 혼을 충족하게 채울 수 있는 곳에서 환자들을 섬기고 신체적, 정신적, 감정적, 영적으로 풍요롭게 살고 싶었다.

따지고 보면 지금까지의 생활은 타협과 거짓 또 과장에 길들여져 있었다. 물론 좋은 사람들을 만나기도 했지만 이기적이고 직선적이며 불합리한 것을 주장하면서 억지를 부리는 사람들과 얼마나 많은 시간 마음을 졸이면서 살아왔는가. 의사 본연의 임무는 사회기여도에 초점을 맞춰야 하건만 아무리 주위를 둘러봐도 모두가 수익성에 초점을 맞추고 있으니 말이다. 싫어하는 것에 억지 미소를 지어야 하고 양심이나 정직 그리고 의로움은 대수롭지 않은 것으로 치부하고 살지 않았던가.

집안 어디를 둘러봐도 풍요로움으로 넘쳤지만 닥터 정 자신의 속은 텅 비어 있었다. 아무리 생각해도 이렇게 계속 살 수는 없다. 영혼의 깊은 곳에선, 떠나라 어서 떠나라 네가 원하는 삶 속으로 뛰어들어라, 하고 속삭인다. 하지만 닥터 정도 인간인지라 의사로서의 자존심과 정체성, 그리고 명예가 앞을 막았다. 아내와 갓 태어난 아들에 대한 책임감도 걸림돌이었다. 더구나 어머니가 유일하게 남기고 간 형, 교종도 무거운 짐이었다. 어머니는 형을 치밀한 계산 끝에 의도적으로 그에게 맡기고 간 것이다. 그럼 재산을 다 형에게 주고 떠날까. 그것도 아니다. 형은 그걸 몇 달 안에 다 팔아서 길에 뿌려 없애버릴 것이 뻔하다. 어머니도 그걸 두려워한 것이다.

그래도 떠나고 싶다. 모든 명예, 재산 그리고 권위나 주어진 의사로서의 정체성도 다 버리고 떠나고 싶다. 아내와 아들이 함께 지금 주어진 풍요를 누리기보다 세 식구가 끈끈하고 강하게 결속하여 닥터 정 자신이 지니고 있는 진정한 가치와 존엄성을 공유하고 행복과 보람을 찾아서 함께 참 길로 과감하게 가야 한다. 닥터 정은 자신을 냉정한 시선으로 객관화시켜서 제 삼자의 입장에서 관찰하기 시작했다. 어떻게 사는 것이 그의 행복을 증진시키고 보람을 느끼게 하고 가치 있게 사는 삶이 될 것인가? 치악산에서 노인과 살았던 삶이 영롱한 비전vision이 되어 자꾸 그에게 손짓을 하면서 불러내고 있었다.

모든 사람들은 돈이 필요하다고 믿는다. 돈이 행복을 가져다준다고 믿고 있어 너도나도 모두 돈을 모으려고 애쓰면서 인생의 대부분을 돈을 향해 뛴다. 돈이 삶의 방식까지 지배해 왔다. 물질이 우상인 정보화사회 물결에서는 의사도 돈만을 생각하게 마련이다. 그렇다면 돈이 전부일까? 아니다. 아니야, 아니야. 정말 아니다.

아무리 생각해도 인생의 진정한 의미란 자신이 좋아하는 일을 하면서 큰 꿈을 향해 새롭게 도전하고 성장하는 보람에 찬 삶일 것이다. 닥터 정 자신은 자유롭게 열정을 태우면서 기쁨을 느끼며 일하는 삶을 선택할 권리가 있다. 돈보다 더 가치가 있는 보상을 받고 소모품이 아닌 소중한 인격체로 인정받을 수 있는 자격이 있는 사람으로 말이다. 영혼을 충만하게 채울 수 있는 곳에서 행복하게 일하면서 살 자격이 있다. 지위와 명예, 권력이나 부富는 도덕적이고 윤리적인 희생과 함께 오기 마련이다. 이런 것들을 버리고 꿈을 실현하기 위해서는 비싼 심적 대가를 치러야만 한다.

사방을 둘러봐도 풍요의 물결에 속해 있었지만 정작 닥터 정 자신은 텅 비어서 자신이 처한 이런 입장에 대하여 좌절하고 분노했으며 나중에는 기진맥진했다. 따지고 또 따지고 보니 진짜 장애물은 그가 가진 것들이 아니라 그의 가슴 밑바닥에 옹크리고 있는 두려움이었다. 포기해야 할 것들 때문이다. 동질성을 지닌 사람들을 떠나면 그 자신이 평가절하될 거고 경제적으로 어려울 것이란 생각이 빚어낸 두려움이었다.

4

교종의 아내 고희선은 두 딸을 데리고 브라질로 도망갈 궁리를 하고 있었다. 친정 오빠가 그리로 이민 가서 10년이 되었고 거기서 음식점을 하고 있는데 자금도 부족하고 손이 모라자서 고생하고 있으니 어서 오라고 했다. 그리로 가면 구제불능의 남편에게서 완벽하게 몸을 숨길 수 있다.

남편인 교종은 이미 재기불능의 사람이다. 시어머니 송 권사가 살아 있을 적에는 그래도 재산이라도 바라보고 지냈는데 이제 유서가 공개되고 보니 알거지나 다름 없다. 그나마 돈이 되는 아파트를 팔아가지고 챙겨 도망가는 길이 최선책이었다. 사채나 카드빚은 유서 내용으로 보면 다 갚아준다니 아파트를 팔아서 그 돈만을 움켜쥐고 튀는 것이 가장 현명한 길이었다.

알코올에 만취한 교종의 몸에서는 역겨운 냄새가 항상 고여 있었다. 딸기코에 벌름거리는 콧구멍이랑 그 사람이라면 이미 정나미가 다 떨어졌다. 유산을 받으면 그걸 챙겨 몽땅 가지고 자식들을 데리고 외국으로 도망갈 의뭉한 속셈으로 지금까지 꾹꾹 참으면서 모질도록 버티어왔는데 그게 빗나갔으니 이제 아파트라도 챙겨야 한다. 한번 술에 취해 들어오면 정신없이 기물을 때려 부수고 아내를 구타하여 이제 이 남자 곁에 붙어있다가는 제 명에 갈 수 없을 것을 이미 알고 있었다. 아이들도 정신질환에 걸리기 일보직전이라 어서 그의 곁을 떠나는 것이 자식들과 자신을 살리는 길이었다. 이미 이민수속은 해놓은 터라 아파트가 팔리는 즉시 두 딸을 데리고 달아나면 된다.

한 달 뒤 잔금을 받은 교종의 아내는 두 딸을 데리고 브라질행 비행기를 탔다. 혼자 외톨이로 남은 교종은 미칠 지경이었다. 게다가 갑자기 들이닥친 아파트의 새 주인이 그를 쓰레기 쳐내듯 밖으로 내던져버렸다. 길바닥에서 늘어지게 한잠 자고 난 교종은 그래도 갈 곳은 어머니가 살았던 집과 동생 닥터 정뿐이다. 둘러봐도 친구들도 다 떠나버렸고 아무도 없었다.

어쩔 수 없이 초린이 작은 아파트를 얻었다. 그리로 교종을 데리고 들어가 이것저것 세간을 사서 넣어주고 음식을 끓여 먹을 수 있도록 해준 뒤에 식탁에 마주앉았다.

"아주버님, 이제는 정신을 차리셔야 합니다. 알코올중독자는 환자입니다. 치료하려면 장기간 병원에 입원해야 하고 그것도 일생 고생하면서 술과 싸워야 하는 병입니다. 그걸 잘 알고 있는 큰동서도 모든 걸 포기하고 달아날 수밖에 없었겠지요."

고등어가 소금에 푹 절어 있듯이 교종은 술로 전신이 흠뻑 절은 사람이었다. 게다가 술버릇도 고약했다. 길거리가 안방인 줄 알고 옷을 모두 벗어 던지고 구두를 베개 삼아 누워 자고 있으니 한밤중에라도 경찰이나 이웃의 연락을 받고 달려가야 했다. 어쩔 수 없이 닥터 정은 중대한 결정을 내렸다. 장기입원을 시키되 깊은 산속에 수용되는 병원을 택했다. 교종이 앰블런스에 강제로 실리면서 어찌나 악을 쓰고 몸부림을 치는지 닥터 정은 돌아서서 눈물을 닦았다.

교종이 떠나고 더 이상 청담동 집을 괴롭히는 사람은 없는 듯이 보였다. 퀸 메리도 잘 돌아가고 성호도 연수원에 들어가 법관이 되는 수련을 받고 있어 잔잔한 바다 위로 큰 배가 떠가듯 평온한 나날이었다. 하지만 닥터 정의 마음속은 폭풍의 언덕에 자리 잡은 집처럼 흔들렸다.

미도 문제에 도덕적 책임을 져야 하는가 하면서 가끔 머리를 앓았으나 닥터 정은 의사다. 그녀가 정신병적 체질을 타고 났다면 그만의 책임은 아니다. 결국 그녀는 정신병원에 입원하여 장기치료에 들어갔고 강 회장의 입질이 자주 닥터 정을 툭툭 건드려서 괴롭지만 그것도 견딜 만했다. 강 회장은 어느 면에선 닥터 정에게 보복을 한 셈이다. 의사들 사이에서 닥터 정은 따돌림을 당하고 괴짜로 알려져서 물 위의 기름처럼 겉돌고 있었기 때문이다.

그래도 집도하는 동안은 모든 걸 잊고 몰입하지만 수술과 수술 사이사이 닥터 정은 언제나 이 병원에서 이방인처럼 느껴졌다. 이제 병원을 떠날 때가 된 것이다. 전문의로 성숙하면 개인병원을 열어 독립을 한다. 심지어 의사들이 의과대학 교수직이나 꼭 필요한 곳에 설치한 보건소로 떠나고 있는 현실이다. 닥터 정 자신도 이제 개인병원을 열고 이 물결에 밀려 함께 떠내려가야 한다. 눈앞의 이익을 쫓기에 급급한 대열에 끼어 설 때가 다가오고 있는데 아무래도 거기엔 매력이 없었다. 하루에 적어도 50명 이상 환자를 봐야 현상유지가 되니 한번 올 환자를 자주 병원에 오도록 유도해야 하고 약도 고가제품을 한 종지씩 처방전을 써주고 제약회사와의 돈줄도 통겨봐야 한다. 병원마다 인기가 있는 태반주사나 호르몬주사도 놔줘서 큰돈을 뭉떵 받아내야 한다. 그런 것이 역겹다. 그게 욕지기가 난다.

늦가을의 햇살이 창문을 파고들어와 따갑게 닥터 정의 팔뚝에 내려 앉았다. 다시 방랑벽이 머리를 치켜들었다.

태어나서 바로 버림받았으니 역마살이 긴 모양이다.

흑산도의 해변가에 넘실거렸던 사람들이 파도를 타고 계속 그를 손짓하여 불렀다. 몸은 가족들과 환자 곁에 있었으나 마음은 언제나 해변가의 하늘과 바다 위를 맴돌았다.

휴대폰이 요망스러운 여자처럼 그를 깨웠다. 장거리 전화다. 대학을 졸업하고 멀리 태평양을 건너 샌프란시스코로 가버린 친구다. 언제나 그 쪽에서 먼저 닥터 정을 찾을 정도로 간간이 소식을 전하더니 인턴과 레지던트, 그리고 전문의가 되는 동안 연락이 없던 친구다.

"너 이제 공부는 끝났지? 전문의가 됐으면 한 번 왔다 가라."

그는 언제나 이렇게 제멋대로 나간다. 대학시절에도 개똥철학자인척 히피처럼 머리를 기르고 조직 속으로 들어오기를 거부했다. 옷도 거지처럼 입고 다녀서 어떤 때는 그와 함께 서서 대화를 나누기가 껄끄러웠다. 여름엔 검정 고무신에 베잠방이를 입고 학교에 왔다. 베잠방이 속에 입은 삼각팬츠가 훤히 내보이는 바람에 여학생들이 입을 막고 킬킬거렸던 장면이 떠올랐다. 모두 학교를 졸업하고 뿔뿔이 흩어졌지만 그 친구만은 연락의 줄을 놓지 않고 잊을 만하면 한 번씩 전화를 걸어왔다.

"너 거기서 도대체 뭣하고 사니? 아직도 히피처럼 헤매고 다니니? 결혼은 했어? 가족을 어떻게 벌어 먹이고 있니?"

"내가 왕이 아니었다면 디오게네스가 되었을 거란 알렉산더대왕의 명언을 너도 기억하지. 내가 바로 그런 거지철학자가 되었다. 샌프란시스코의 거지로 살아가고 있다."

닥터 정은 아찔했다. 서른이 넘어서도 히피의 티를 벗지 못하고 그것도 미국까지 가서 국제거지가 되었다니!

"왜 말이 없어. 한심해 보이냐. 그런데 어쩌지. 난 이 생활이 너무 좋아. 아무 것도 없이 몸뚱이만 가지고 거리에서 사는 매력을 넌 상상도 못할 거다. 이곳 스탠포드대학의 철학교수가 홈리스의 심리를 연구하려고 스스로 거지가 되었다가 아예 교수직도 버리고 길거리 사람이 되었다. 세상에서 제일 편한 자리야. 알렉산더 시대에 살았던 거지철학자가 지금도 존재하는 거지. 난 거머리처럼 들러붙은 여자를 만나 자식을 낳았기 때문에 반쯤 거지생활을 하고 있다. 너 한 번 왔다 가렴."

그 친구의 목소리가 한 달이 지나도 귓가를 맴돌았다. 홈리스생활이 너무 좋다고? 교수가 직업을 버릴 정도로 매력이 있는 생활이라고? 닥터 정은 호기심이 발동해서 참을 수가 없었다. 일상적인 생활의 리듬을 타고 아내는 가정과 퀸 메리를 오갔고 자신은 기계처럼 병원 일을 했지만 허리를 꺾어 꽂아놓은 꽃처럼 시들부들 서서히 죽어가는 기분이었다.

다시 한 해가 갔다. 겨울이 가고 봄이 오면서 닥터 정의 역마살은 잠을 자지 않고 꿈틀거렸다. 초린과 근무하는 병원에 타협을 했다. 미국의 유명한 존스홉킨스병원에서 6개월 간 신장이식수술 수련을 받겠다고 수속을 하고 공항으로 향했다.

"여보! 이번에도 또 사라지는 건 아니지요? 성호오빠도 연수 끝나면 바로 검사 생활로 들어갈 것이고 나 혼자 이 거대한 사업을 해나가야 하는데 당신이 곁에 없으면 어떡해요. 더구나 환호가 아빠를 얼마나 찾는데 꼭 이렇게 떠나야 되나요."

"마지막이야. 이번에 다녀오면 다시는 집을 떠나지 않을 거야. 미국으로 공부하러 가는데 막지 말라고. 외과는 역시 미국이야. 우리나라보다 수술이나 기술, 기계가 앞서 가고 있거든."

자기분야의 공부를 더 한다는데 막을 재간도 없었다. 초린은 마음이 상했지만 그래도 의주댁이 옆에 있어서 큰 버팀목이 되어주어 참을 만했다. 인천공항에서 떨어지지 않고 울어대는 환호를 아내의 품에 던지고 돌아서는 닥터 정의 등을 가족이라는 거대한 줄이 거세게 잡아당기는 걸 느꼈다. 미국에 가서 친구 혜리(이건 미국 가서 지은 이름이라고 했다)가 사는 것을 보고 존스홉킨스병원에서 신장이식 수술팀에 끼어 참관하고 오면 그의 6개월간의 스케줄은 끝날 것이다. 열두 시간의 비행 끝에 샌프란시스코에 닿았다. 공항에 마중 나온 헤리는 거지몰골이었다. 물론 미국의 청년들은 거지처럼 옷도 자유분방한 복장으로 제멋대로 입고 다닌다지만 헤리의 외모는 냄새가 날 정도로 지저분했다. 그가 몰고나온 차도 성한 데가 하나도 없이 우글쭈글하고 더럽고 구린내가 잔뜩 고여서 폐기해야 마땅한 고물차였다. 폐차가 되지 아니한 것이 수상할 지경이었다. 운전석 옆에 앉으니 찌그러진 의자의 모퉁이가 궁둥이를 심하게 찔러댔다.

"야! 이 똥차가 굴러가니 이상하구나."

"가끔 서기는 하지만 우리 홈리스 친구들이 덤벼들어 뚝딱 고쳐 놓으니 걱정하지 마라. 번지르르한 자동차를 타고 고급 옷을 입고 으리으리한 집에서 사는 사람들보다 난 훨씬 행복해."

바닷가라 몸뚱이가 큰 갈매기가 봉고 위를 낮게 날아다녔고 비둘기도 많았다. 도심지에 들어와 헤리는 차들 속에서 멈칫거리는 동안 새들이 물찌똥을 차의 유리에 깔기기도 했다.

"여긴 새들도 자유로워. 내 생활도 저들처럼 자유롭다고. 여긴 내게 진짜 천국이다, 천국이야."

아무리 뜯어봐도 사는 꼴이 말이 아닌데 천국이라니? 차가 속도를 늦추고 복잡한 중심가를 지나는 동안 닥터 정은 친구의 봉고 뒤 칸을 보고 기겁을 했다. 쓰레기통에서 주워온 것들일까. 헌옷에 헌 구두까지 잡다한 것들이 나동그라져 있었다. 그가 쓴 모자는 빈틈없이 꽂힌 다양한 모양과 색깔의 배지badge들로 빽빽하다.

"모자에 달린 것들이 뭐냐?"

"어음. 홈리스친구들이 하나씩 달아준 거야."

"무엇 때문에 저걸 네 모자에 지저분하게 달아주는 거냐?"

"사랑의 정표야. 무언가 주고 싶어 안달하는 그들이 길바닥에서 주운 게 바로 부자들이 내버린 배지니까 그거라도 달아주는 거야. 홈리스들이 내게 준 이 훈장들이 얼마나 가치가 있는 것인지 넌 모를 거다. 돈으로 계산할 수 없을 정도로 귀한 것들이다. 하나하나에 추억이 서려 있으니까."

무릎 맨살이 훤하게 드러난 청바지는 바지끝단이 닳고 닳아서 하얀 실밥이 지저분하게 너불거렸다.

"너 지금 입고 있는 바지는 쓰레기통에 버리지 그러니?"

"얘는 무슨 소릴 하는 거야. 내 작업바지다. 이걸 입어야 편하게 일할 수 있어. 거리 사람들과의 동질성을 부여하니까."

도대체 모를 소리다. 저런 것은 거지도 입지 않을 거란 거부반응이 속에서 울컥 치밀었다.

친구가 사는 집은 방이 둘에 부엌이 달린 아주 작은 것이고 이런 집은 한 달 수입이 천불이 되질 않아 정부가 보조하여 지어준 것이라고 한다. 모두 가난한 사람들이 모여 사는 2층짜리 아파트다. 안으로 들어가니 그야말로 찌든 삶이었다. 대형 커피기 다섯 대가 좁은 부엌을 차지하고 있고 닭고기 맑은 수프깡통 몇 백 개가 벽면을 빈틈 없이 채웠다. 이 친구는 미국까지 와서 커피와 인스턴트 맑은 닭국만 먹고 살 정도로 식성도 이상하게 바뀐 것인가 하면서 닥터 정은 머리를 갸웃거렸다.

"샤워하고 저녁 먹고 일찍 자라. 내일 새벽 2시에 나갈 것이니 너도 그때 따라가 볼 거지?"

"새벽 2시에 어딜 가려고?"

"너 이 도시의 거지들을 구경하려고 온 거 아니냐. 그 사람들을 보여주고 싶단 말이다."

헤리의 아내가 제지를 한다.

"밤과 낮이 바뀌어 정신 없는 사람에게 거지들 구경이 뭐가 그리 대단하다고 단잠을 잘 새벽 2시에 억지로 끌고 가요. 다음번에 기회가 있을 테니 우리끼리 나가요."

거지 구경을 새벽부터 나가 보자니 참으로 친구는 이상하게 변해 있었다. 하지만 친구, 헤리는 웃음이 넘치고 눈에서 빛이 뿜어 나와 참으로 행복해 보였다. 그의 아내도 화장기 없는 얼굴에 허름한 옷차림이라 길에 나가면 거지들 중의 한 사람으로 볼 것이란 생각을 지울 수가 없었다.

일주일쯤 이 집에 머물며 미국의 아름다운 항구인 샌프란시스코를 구경하고 동부로 갈 것이다. 서너 달 유명한 존스홉킨스병원의 신장이식팀에 끼어 수술을 참관하고 돌아가리라. 내심 스케줄을 잡아두고 억지로 잠을 청하면서 잠자리에 들었다.

5

닥터 정은 밤과 낮이 바뀌어 잠을 이룰 수 없었다. 알코올중독자 수용소에 강제로 수용된 형의 얼굴도 떠오르고 한참 재롱을 떨던 아들 환호도 앞에서 알찐거렸다. 유년시절부터 지금까지 변함 없는 마음으로 초린을 사랑하고 있는 성호의 슬픈 눈도 눈 앞에 크게 다가왔다.

하지만 진짜 잠을 이룰 수 없는 이유는 아래층에서 끓이는 커피냄새 때문이었다. 그 냄새는 초저녁부터 시작하여 자정이 넘도록 계속되었고 얼마나 많은 커피를 끓이고 있는지 집안이 커피 수증기로 안개가 낀 듯 희뿌옇게 변해서 마치 커피공장에라도 온 듯했다. 달그락거리는 소리도 잠을 못 이루게 하는 요인이 되었다. 밤새워 커피를 끓이고 무엇을 하는지 도마 위에서 춤을 추는 칼질소리로 마치 거대한 음식점의 주방에라도 온 듯했다. 슬그머니 일어나서 시계를 보았다. 시계바늘이 2시를 향하고 있었다.

층계참에서 밑을 내려다보니 안주인은 다섯 통이 넘는

대형 커피통을 입구로 옮기느라고 낑낑거렸다. 커다란 냄비는 여물통만큼 컸다. 닥터 정은 호기심을 누르지 못하고 층계를 조촘조촘 소리 없이 내려가서 훔쳐보았다. 펄펄 끓는 치킨수프를 대형 보온병에 담느라고 뜨거운 국자를 행주로 감싸 쥔 손이 열기로 벌겋게 부어 있었다.

얼마나 많은 수프를 끓여대는지! 원액수프에 물을 열배로 부어 냄비에 넣고 파 마늘을 다지고 여러 종류의 야채도 썰어 넣고 있었다. 혼자 있는 안주인에게 왜 그리 많은 음식을 밤새워 만드느냐고 물을까 하다가 한밤중 친구도 잠이 든 사이 둘이 대화를 나누는 것이 불경스럽다는 생각이 들어 그만두었다. 다시 침실로 들어와 누웠으나 아래층의 소란 때문에 잠을 이룰 수가 없었다.

닥터 정이 계속 몸을 뒤척이는 동안 헤리가 일어나서 샤워하는 소리가 들렸다. 밤 도깨비들이 춤을 추는 것인지 도대체 이상한 생활을 하는 부부다. 초등학교에 다닌다는 아들도 일어났는지 두런거렸다. 호기심이 발동해서 잠을 잘 수가 없었다. 따라가 보리라. 무슨 짓들을 하느라고 이 야단법석을 떠는지 가 보리라. 닥터 정도 찌뿌드드한 몸을 이끌고 내려갔다.

"너 그럴 줄 알았다. 이 행렬에 빠질 수는 없지."

"너희 식구들 무엇 하는 짓이냐? 이 밤중에."

"가봐라. 보면 안다. 어떻게 이걸 입으로 설명하겠니."

새벽 3시. 헤리는 아내와 아들을 데리고 발동이 걸리지 않아 동네가 다 떠나가도록 부르릉거리는 똥차를 살려내려고 무진 애를 쓰다가 가까스로 살아난 봉고를 몰았다. 커피와 치킨수프 냄새가 차 안에 진동했다. 터덜대는 차는 서서히 새벽 고속도로를 달리다가 도넛가게로 향했다. 그들이 올 것을 알고 기다리고 있었는지 서른 개도 넘는 도넛상자들을 뒷자리에 빼곡하게 실어주었다. 물씬 싱싱하고 구수한 도넛냄새가 창자를 자극했다.

"이 도넛들은 이제 막 구워낸 거야. 아주 맛있어."

"도대체 어디로 이 많은 걸 가지고 가는 거냐?"

"따라만 와라. 홈리스 집성촌으로 가고 있다."

이 많은 것들을 거지들에게 먹이려고 가는구나 하는 생각이 들었으나 물어보지는 않았다. 구름다리 밑에 차를 세운 친구 헤리는 꼼지락거리면서 옷을 갈아입기 시작했다. 머리에는 셀 수 없이 많은 배지를 단 벙거지를 푹 눌러쓰고 무릎이 훤히 보이는 청바지를 입었다. 몸보다 어찌나 큰 바지인지 사람이 둘도 더 들어갈 만큼 헐렁했다. 윗옷도 빛이 바래고 낡아서 영락없는 거지차림이었다. 봉고에서 내린 헤리는 어디서 구해 왔는지 한국에서도 특수한 장소에서나 볼 수있는 커다란 북을 둥둥 치면서 장단을 맞춰 노래를 부르기 시작했다. 어둠을 뚫고 거지들이 하나 둘 줄을 이어 기어 나왔다.

친구 헤리는 마이크도 없이 목청껏 한국의 처량한 아리랑 가락에 영어로 가사를 붙여 노래를 불렀다.

'이 세상은 잠시 있다 갈 정거장과 같은 곳
우리가 갈 곳은 저 멀리 있는 아름다운 성
어야, 어야, 얼씨구 좋다.
그곳은 부자도 가난한 사람도 없어
모두가 평등하게 사는 곳이라네.
쿵-따악, 쿵-따악.
우리 같은 사람도 거기서는 어깨를 펴고
건들거리면서 신나게 살 수 있는 곳이라네.
어야, 어야, 얼씨구 좋다.
그곳이 있기에 우리는 새 힘이 난다네.
그분은 우리를 향해 돈 말고 마음을 달라고 하시네.
쿵-따악, 쿵-따악.
너희들 마음을 내놓아라. 나는 돈을 원하지 않는다.
너희들 마음을 몽땅 바쳐라.
내가 너희에게 평안을 주리라.
쿵-따악, 쿵-따악.'

　새벽의 어둠이 커튼처럼 처진 공기 속을 엉금엉금 기어
나오는 사람들의 차림새가 자세히 보이지 않고 통째로 사
람의 형상으로 다가왔다. 바로 앞에 다가온 저들의 얼굴
은 찬 땅바닥에서 잔 탓인지 퉁퉁 부어 있었다. 샌프란시
스코는 바닷가이기 때문에 밤바람도 차갑지만 새벽은 긴
소매가 달린 옷을 입어야 할 정도의 날씨다. 비가 으슬으

슬 많이 오기도 하지만 캐나다와 가까운 위치라 이른 봄이나 늦가을처럼 소름끼치는 찬바람이 겨드랑 밑으로 파고드는 곳이다. 눈이 오지 않지만 낮에는 숨이 막히게 덥다가 갑자기 추운 날씨로 돌변하기도 한다. 샌프란시스코는 미국에서 가장 홈리스가 많은 지역으로 통계로는 어림잡아 8,000명이나 된다고 한다. 그 많은 사람들이 거리에서 자고 일어나고 먹고 뒷간에 가면서 산다. 가족이 모두 길거리 사람들이 되어 헤매기도 하고 혼자 돌아다니기도 한다.

친구의 노래가 처량하게 차가운 새벽 공기를 갈랐다. 그의 아내가 닥터 정에게 도와달라고 눈짓을 한다. 앞에 고소한 냄새가 나는 도넛을 수북하게 쌓아놓고 오는 사람들에게 하나씩 주라고 도움을 청했다. 거기에도 규칙이 있었다. 도넛 하나에 커피나 닭고기 수프 중 한 가지만을 주게 되어 있다. 행렬은 아주 질서가 있었다. 먼저 다투어 앞으로 나오지도 않고 훈련을 많이 받은 커다란 군견軍犬들처럼 줄을 서서 차례차례 받아갔다. 여전히 친구는 북을 둥둥 치면서 노래를 불렀다.

한데서 잠을 잔 저들은 따끈한 커피에 싱싱한 도넛을 먹으면서 헤리의 주위에 둘러섰다. 이따금 그의 노래를 들으면서 눈물을 글썽거리고 머리를 주억거렸다. 닥터 정은 의사로서 저들을 돕는 것이 아니고 먹을 것을 나눠주느라고 진땀을 흘렸다. 저들은 헤리와 초등학생인 아들이

나 그의 아내에게는 아주 다정한 눈길을 던졌으나 닥터
정에게는 경계하는 눈빛이 완연했다.

"화더! 저 사람 누구야?"

"으응! 걱정하지 마라. 나의 절친한 배꼽친구라 괜찮
아. 형사가 아니야. 너희들 잡으러 오지 않았으니 걱정하
지 말라니까."

그래도 낯선 사람의 등장에 저들은 잔뜩 겁을 집어먹고
슬금슬금 뒤로 물러서서 여차하면 도망칠 자세다.

"너를 데리고 왔더니 쟤들이 무서워하는구나. 네가 의
사인 줄 아나보다. 아마도 주사로 엉덩이를 찌를까 봐 겁
이 나는 모양이다. 으하하하……."

친구는 흔쾌하게 웃어댄다. 차가 움직이면서 백미러로
보니 그 많은 무숙자들이 어느새 사라졌는지 흔적도 없
다. 마치 아침 안개가 따뜻한 햇살을 받고 잦아들 듯 그렇
게 자취를 감추고 없었다.

"널 화더라고 부르더구나."

"응. 처음에는 커피맨coffee man 혹은 도넛맨Doughnut
man이라고 불렀어. 따끈한 커피와 도넛을 주니까. 얼마
지나니까 친구friend라고 부르더니 형brother이라고 부르
더라고. 그 다음에는 프리처preacher라고 하더니 저들과
함께 오랜 세월을 지내자 화더father라고 부르더라고. 그
들의 명칭에서 보듯 차츰 나를 신뢰한다는 뜻이 내포되어
있어."

"너 이 짓을 도대체 몇 년이나 했니?"

"벌써 10년이 넘었구나."

"거지목사는 신학을 하지 않아도 되나보지?"

친구는 묘한 웃음만 삼켰다. 대학을 졸업하고 미국으로 바로 왔다지만 그의 영어는 아주 유창했다. 저들과 섞여서 대화를 나눌 적에 눈을 감고 들으면 얼마나 완벽한지 이곳 사람들과 똑같아서 구별할 수가 없었다. 한국사람 특유의 억양이 전혀 없고 자연스런 본토 발음이 나왔다.

"길거리에 깔린 홈리스를 만나 대화를 나누다가 갑자기 신학을 하겠다고 샌프란시스코 신학교에 들어갔어요. 미국에서는 가장 유명한 신학교지요. 지금 미국목사로 등록되어 있어요."

친구 대신 그의 아내가 그간의 사연을 늘어놓았다. 학교시절부터 좀 유별나긴 했지만 공부도 참 특이하게 했다 싶었다. 거지철학자 디오게네스를 존경했던 친구가 신학을 하고 목사가 되었다니 참으로 맹랑한 친구구나 하는 생각을 하면서 달리는 차창 밖으로 동이 트는 하늘을 향해 얼굴을 돌렸다.

가난에 찌든 이들 가족의 생활이 아무래도 마음에 걸렸다. 어둠이 완전히 걷히고 햇살이 사방을 환하게 비췄다. 오랜 전통이 고여 있는 도시답게 고풍스러운 건축물에 짧은 미국 역사지만 묵은 때가 덕지덕지 앉아 있었다. 비둘기들이 극성스럽게 지붕과 창문 언저리에 똥을 싸서 그렇게 보일까. 8,000명이나 되는 홈리스는 아직 모습을 드러내지 않아서 거리는 깨끗했고 바닷바람을 타고 공기도 상큼했다.

친구 헤리는 화려한 도심지의 뒷골목으로 차를 몰았다. 거긴 집 천장 속의 흉측한 내부를 보는 것처럼 스산할 만큼 사방에 쓰레기더미가 널려 있다. 친구는 이번에는 꽹과리를 치면서 도라지타령에 설교를 부쳐 노래를 불렀다. 마이크도 없이 탁 트인 목소리는 쇳소리를 내면서 좁은 골목에 울려 퍼졌다. 이국땅에서 듣는 우리의 노랫가락은 너무나 처량하고 슬펐다. 친구의 말로는 그의 노래를 듣고 무숙자들 모두 눈물을 흘린다고 한다. 흑인영가처럼 그 노래 속에 영이 담겨 있고 사람의 마음을 움직이는 큰 힘이 서려있다는 것이다.

거기서도 오십 명이 넘는 홈리스들이 건물의 이곳저곳에 숨어 자고 있다가 헤리의 목소리를 듣고 모두 어슬렁어슬렁 기어 나왔다. 그 많은 홈리스들을 한 사람씩 눈여겨보다가 헤리는 한 사람을 찾기 시작했다.

"이봐! 케리가 보이질 않는군."

"그 사람 너무 아파서 일어나지도 못해요."

"어디 누워있지?"

"저 앞 건물 끝에 밤이슬이 내리지 않는 추녀 밑에 있어요. 어제 밤새 앓는 소릴 했는데 죽었는지 꼼짝하지 않네요."

헤리는 그 쪽으로 꽹과리를 치면서 다가갔다. 여전히 도라지타령이다. 그의 말에 의하면 매주 준비하는 설교를 담아서 부른단다. 그의 뒤를 초등학교에 다니는 아들이 닭고기 수프와 크림 도넛을 들고 따라붙었다. 닥터 정은 고물차 안에서 저들이 하는 짓을 바라보았다. 죽은 듯이 누워 있는 케리를 일으켜 안고는 그의 입에 뜨거운 수프를 먹이는 모습이 한 장의 성화처럼 그의 머리에 각인되었다. 가슴이 뭉클했다.

헤리는 모여드는 모든 홈리스를 둘러본 뒤에 꽹과리를 치면서 아주 천천히 축도를 했다. 홈리스들은 엄숙한 표정을 지으면서 그의 축도를 머리 숙여 받고 금세 세찬 바람에 흩어지는 구름처럼 자취를 감추었다.

헤리는 바로 경찰에 전화를 했다. 곧 숨을 거둘 홈리스를 어서 병원으로 데려가라는 뜻으로 닥터 정은 알아들었다.

"아주 병원까지 따라가지 그래."

닥터 정도 마음이 놓이질 않아 이렇게 말했다.

"아직도 날 기다리는 홈리스들이 많아. 저들이 기다리고 있는 곳으로 어서 가야 해."

해가 하늘 한가운데를 지나 서쪽으로 기울고 있었으나 아직도 고물차를 끌고 돌아다녔다. 이제 커피도 떨어지고 도넛도 바닥이 났다. 닭고기 수프도 한 방울 남지 않았다.

"줄 것이 없는데 그냥 집으로 가자."

닥터 정은 아침, 점심을 굶었더니 배가 고파 말할 기운도 없어서 친구의 표정을 살피면서 말했다.

"먹을 것이 없어도 나를 기다리는 홈리스들이 있어. 내 목소리를 듣고 얼굴을 보고 싶어서 아직도 그 자리를 뜨지 못하고 서성거리고 있는 녀석들을 어떻게 두고 그냥 가니. 이제 두 곳만 돌면 다 방문하는 것이니 조금만 참아라."

헤리는 번화가를 지나 도심지에서 뚝 떨어진 공원 쪽으로 차를 몰았다. 거기도 헤리의 하모니카 소리를 듣고 공원 여기저기에서 흩어져 있던 홈리스들이 모여들었다. 이미 해가 중천을 지났으니 도넛이나 커피가 다 떨어졌다고 알고 있는지 손을 내밀고 달라고 하지 않고 헤리 주위에 모여들었다. 그는 저들과 함께 잔디 위에 주저앉았다. 붓을 먹물에 흠뻑 적셔서 하얀 종이 위에 성경구절을 쓰고 멋지게 그의 사인을 해서 하나씩 나눠주었다. 저들은 마치 부적이라도 받는 자세로 두 손으로 그걸 받아서 곱게 접어 가슴 깊이 밀어 넣었다. 그들 중 몇은 헤리에게 선물을 했다. 하나같이 쓸모없이 작고 시시한 것들이었다. 헤리는 감탄사를 발하면서 저들을 안아주고 볼에 키스를 하면서 값 비싸고 귀중한 것을 선물 받는 것처럼 머리를 주억거리면서 수선을 떨었다. 헤리와 홈리스들 사이에 강한 사랑의 줄이 당겨지고 있었다. 그건 닥터 정이 흑산도의 바닷가에서 맛보았던 그런 유의 넘쳐나는 정情 줄이었다.

샌프란시스코는 바다를 끼고 있어서 그런지 갑자기 빗줄기가 강한 바람을 동반하고 불어닥치면서 햇살을 깡그리 걷어가버렸다. 그때 얼굴이 죽을 것처럼 찌든 이십 대의 홈리스가 헤리에게 다가왔다. 순간 위험하다는 신호가 닥터 정의 등줄기를 타고 흘렀다.

그건 순간이었다. 칼날이 번쩍했다. 닥터 정은 재빠르게 헤리를 옆으로 쳐냈고 칼날은 헛방을 치면서 마약에 푹 절은 거지는 힘없이 나가 동그라졌다. 헤리는 흙바닥에 대자로 누워 있는 그 홈리스를 일으켜 꼭 껴안았다. 헤리의 품에 안겨 덜덜 떨면서 거리의 남자가 서럽게 흐느껴 울기 시작했다. 그는 아빠가 아기를 안은 것처럼 그의 등을 토닥거리면서 함께 울었다. 얼마간 그렇게 울고 난 홈리스는 헤리의 두 다리를 껴안고 무릎을 꿇더니 그의 구두코에 입을 맞추는 것이 아닌가. 전신을 떨어가면서 흐느끼던 홈리스는 헤리를 간절한 눈으로 응시하면서 애걸했다.

"나를 위해 축복기도를 해줘요. 안수기도 해줘요."

헤리는 그의 머리 위에 손을 얹었다. 기도를 해주는 그의 눈에서 닭똥 같은 눈물이 거지의 머리 위로 후드득 떨어졌다. 젊은 거지는 그 눈물이 뜨거웠는지 몸을 옴츠리다가 나중에는 주저앉아 통곡하기 시작했다.

"나는 가족에게서 버림받았어요. 아내도 자식들도 나를 버리고 다 도망가버렸어요. 저는 마약중독자거든요. 저는 곧 죽을 것입니다. 저도 천국에 갈 수 있을까요?"

헤리는 그를 일으켜 껴안고는 아들에게 아버지가 말하듯이 다정하고 사랑이 넘치는 음성으로 말했다.

"우리는 모두 죽어 천국으로 가지요. 부자가 천국에 가는 것은 낙타가 바늘구멍으로 들어가는 것보다 어렵다고 했는데 친구여! 자네는 축복기도를 받고 싶을 정도로 마음이 가난하니 지금 이 자리에서 죽어도 천국에 있을 테니 염려 말아요. 하나님은 당신을 사랑합니다. 세상 사람이 다 자네를 떠나도 하나님은 당신의 손을 꼭 잡고 있습니다."

그의 말에 그 홈리스는 통곡했고 둘러선 다른 거지들도 함께 흐느끼기 시작했다.

저들을 뒤로하고 헤리는 차를 집으로 몰기 시작했다. 친구의 눈에서 빛이 나고 있었다. 머리 위에서도 강렬한 빛이 번쩍이는 듯 눈부신 것은 닥터 정의 착시였을까. 눈을 비비고 보고 또 봐도 그의 몸에서는 눈부신 빛이 뿜어나오고 있었다. 닥터 정이 보기에 헤리는 의사가 할 수 있는 것보다 더한 치료를 하고 있었다. 기술에 의지하여 그것만을 붙들고 늘어지는 의사보다 집단적으로 많은 사람들을 놀라운 힘으로 치료하고 있었다.

감빛으로 물든 석양을 바라보면서 일행은 노곤함에 젖어들었다. 모두가 입을 다물었다. 닥터 정도 깊은 침묵 속에 빠져들었다. 그건 깊이를 가늠할 수 없는 감동이요 기뻠이요 평화였다.

"아까 그 친구는 어제 거리로 나온 홈리스야. 처음에 나오면 저렇게 갈피를 잡지 못하고 방황하지만 차차 천국백성들처럼 평안하게 거리의 삶을 즐겁게 누릴 수가 있어."

터덜대는 고물차는 거대하고 화려한 교회 옆을 지나고 있었다. 주일이라 오후예배를 드리고 나오는 사람들이 꾸역꾸역 몰려나오고 있었다. 여자들은 예쁜 모자를 썼고 세상에서 가장 아름다운 옷들을 입은 듯 빛깔도 다양했다. 남자들은 양복에 얌전하게 넥타이를 맸고 꼬마들까지 정장을 해서 결혼식장에라도 온 듯 경건하고 거룩한 분위기가 넘쳐흘렀다.

"저렇게 큰 교회가 문을 열고 밤에 거리에서 자는 사람들을 모두 들어오라고 초청하여 안에서 재우면 얼마나 좋아."

닥터 정이 이렇게 말하자, 친구는 그저 빙긋 웃기만 했다. 그러자 그의 아내가 따발총처럼 쏘아댔다.

"교회 마당이라도 열어놓으면 좋으련만 거기도 들어오지 못하게 하는 판인데 어떻게 안에 들어가요. 홈리스들을 마치 범죄자들이나 더러운 전염병자들처럼 취급해요. 저것 보세요. 교회에 빙 둘러 울타리를 쳤지요. 순전히 홈리스를 거부하는 몸짓을 저렇게 표현하는 것입니다. 현대판 바리새인들이지요. 예수를 십자가에 못 박은 자들 말이에요. 샌프란시스코에 작년 겨울 영하의 한파가 밀어닥

쳐 새벽에 나오니 얼어 죽은 홈리스들이 많았어요. 담요
한 장이라도 저들 위에 덮어주었으면 얼어 죽지는 않았을
텐데. 아니 그 밤에 교회가 문을 열어 저들을 안에만 들여
놨어도 그렇게 죽어나가지는 않았을 텐데……. 그때 생
각을 하면 지금도 참을 수가 없어요."

친구의 아내는 흐느끼면서 손등으로 눈물을 쓱 닦아냈
다.

"그럼 저 부자들은 전부 집단 지옥행이네."

닥터 정이 이렇게 말하자 운전대를 잡은 헤리가 배꼽이
빠질 정도로 어찌나 호탕하게 웃어대는지 고물 차체가 웃
음소리를 따라 흔들흔들 했다.

6

닥터 정은 귀하게 얻은 6개월 간의 미국행을 기인奇人
생활을 하는 친구 헤리를 만나면서 스케줄에서 빗나가기
시작했다. 알렉산더 대왕이 만났다는 디오게네스의 생활
이 이랬을까 할 정도로 차츰 그도 친구의 생활에 흠뻑 젖
어들기 시작했다.

매주일 새벽부터 홈리스들을 만나는 곳을 세어보니 꼭
스무 번째 장소에 가야 하루의 일과가 끝이 난다. 정오의
햇살이 서쪽으로 기울고 새들도 먹이를 배불리 먹고 잠자

리를 찾느라고 부산할 즈음 헤리의 고물차 속에 든 모든 커피와 도넛이 거덜이 난다. 마지막 라운드는 언제나 빈손이다. 빈 배이다. 그래도 그를 본 홈리스들이 우우 모여든다. 친구는 쉰 목소리로 장구를 치면서 설교를 하기 시작했다.

"하나님은 우리를 사랑하신다네. 저 길거리 번쩍번쩍하는 옷을 입고 다니는 저 사람들보다 우리를 더 사랑하신다네."

"아멘, 아멘……."

헤리를 둘러선 홈리스들이 아멘을 연발하면서 기쁨으로 들뜬 얼굴을 흔들다가 더러는 그의 등에 얼굴을 비비기도 했다. 그때 부끄러운 줄도 모르고 고추를 내놓고 오줌을 깔기는 홈리스가 있었다. 헤리는 장구를 더 빠르게 치면서 그를 향해 곡조를 달아 말을 건넸다.

"야! 로미오야. 거기서 그냥 깔기면 어떡하니?"

그러자 로미오가 먹칠한 얼굴을 들어 헤리를 향해 비슷한 곡조로 응했다. 헤리가 그의 말에 장단을 맞춰준다.

"카악! 뭐 이리 하지 말라는 것들이 많아. 그런 것 싫어서 길거리로 나왔는데 또 하지 말라고. 이거 불편해서 살수 없네. 지붕 밑에 들어가도 길바닥에 나가도 모두 감옥이라니까."

"너 또 발작하는구나. 이 세상이 싫으면 지구를 떠나거라."

헤리가 씩 웃고는 장구를 둥둥치면서 대꾸를 한다. 로미오도 지지 않고 장단에 맞춰 대든다.

"그렇지 않아도 이 지구를 떠날 생각 중이다. 이 넌덜머리나는 세상을 어서 등져야 살 것 같다."

로미오는 알코올중독자다. 주정부에서 돈이 나오는 날 몽땅 술을 퍼먹고 그 다음엔 구걸을 해서 살아간다. 오늘은 돈이 나오는 날이라 술주정이 대단하다. 다시 질질 오줌을 사방에 깔기는 로미오를 향해 헤리가 장구를 치면서 또 말을 한다.

"급하면 컵에다 받아서 수챗구멍에 부으란 말이야. 너처럼 오줌을 누면 이 도시가 오줌통이 되어버릴 거다. 컵이 작으면 콜라병 큰 것을 줄테니 거기다 받아라."

헤리가 미리 준비한 콜라병을 그에게 내밀었다.

"현대인 났네, 났어. 난 원시인이라 원시인처럼 살아가는 거다. 저기 시청 지붕 꼭대기를 보라고. 비둘기 똥 투성이야. 비둘기들이 대소변을 화장실에 가서 누는 것 봤냐. 저 비둘기들이 화더가 주는 콜라병에 오줌 누는 것 봤느냐고. 여, 친구들! 내 말이 맞았어, 틀렸어."

"그럼 너 비둘기새끼가 되어라."

"그게 내가 원하는 바다. 나는 비둘기다. 아무데나 싸고 깔기는 비둘기새끼다. 샌프란시스코 시장의 자동차 지붕에도 깔기고 시청 꼭대기 탑에도 깔긴다. 아이쿠! 시원하다. 흐흠……"

로미오는 여전히 바지 지퍼를 내리고 그 짓을 하면서 비둘기라고 구구구 하면서 비둘기 우는 소리까지 낸다. 헤리는 장구를 목에 매단채 그의 곁으로 가서 팔짱을 끼고 이름 모를 동상 옆 난간에 앉히고 진짜 친아버지처럼 다정하게 말한다.

"로미오야! 너 이래 가지고 언제 시장이 될 거냐? 너 나한테 술 끊고 정신차려서 시장이 되겠다고 말했잖아. 다 까먹었어?"

"맞다, 맞아. 시장이 되어야지. 내가 시장이 되면 제일 먼저 할 일이 화장실을 이십사 시간 열어놓고 불쌍한 홈리스들이 길바닥에서 맘 편히 살 수 있도록 해줄 거야. 경찰 놈들이 홈리스 들볶지 말라고 엄명을 내릴 테고 교회나 부자들이 집 안을 공개해서 아무 때나 들어가서 샤워를 할 수 있고 추운 날은 창고에서라도 잘 수 있도록 허락할 거야."

그러자 둘러섰던 거리의 사람들이 박수를 치면서 환호했다. 이 도시는 해가 떨어지면 화장실을 잠근다. 화장실 안에서 범죄가 너무 많이 발생하기 때문이다. 고급주택가에서도 심지어 중산층이나 하류층 동네에서도 홈리스들이 오는 걸 싫어한다. 집값이 떨어지기 때문이다. 이 골목으로 가면 그곳 주민이 전화해서 경찰이 오고 거기서 쫓겨나면 다른 골목으로 가고 날마다 경찰과 숨바꼭질 하는 것이 저들의 일상사이다. 경찰들도 법과 주민들 사이에서 샌드위치가 되어 죽을 지경이다.

닥터 정은 헤리가 저들과 나누는 대화나 느긋함에 감탄을 금할 수 없었다. 귀가하는 차 속에서 닥터 정은 친구의 등을 두드리면서 쓰다듬어 주었다. 존경한다는 뜻도 되고 너처럼 사는 것이 부럽다는 마음을 전하는 손길이기도 하다.

"사실 나도 처음에는 힘들었어. 저들의 생각과 가치관이 너무 달랐거든. 이 사람들을 이해하는데 상당히 곤혹스러움을 겪었단 뜻이다."

"이제는?"

"이제는 난 저들을 무척 사랑한다. 무기력하고 자포자기해서 폭력적이고 처절한 삶의 굴레 속에서 살아가는 저들이 가식이 없고 교만하지 않고 솔직하고 가장 낮은 자리에 있는 사람들이라 저들과 지내면 기쁘고 사는 맛이 난다. 길거리에 나가 저들과 함께 있는 것이 너무 행복해. 사실 큰 교회에서 목사노릇도 해봤는데 그건 조직 안에 끼어 질식할 것 같았어. 숨이 막혀 죽을 것 같더라고. 난 체질적으로 길거리가 편안해."

"나도 병원이란 조직에 끼어서 숨이 막혀 튀어나온 거야."

"인생이 얼마나 길다고 그런 속에 갇혀 감옥살이를 하니. 너도 나처럼 뛰어나와 너 좋은 걸 하려무나."

"너 진짜 행복하니?"

"그럼. 내 얼굴을 봐라. 얼굴에서 빛이 난다고 사람들이 그러더라. 그만큼 나는 보람 있고 기쁘고 매일 즐겁다. 저 사람들이 날더러 뭐라 말하는 줄 아니? 내가 원하는 것이면 무엇이나 다 해주겠다고 명령만 하라고 그랬어."

"그게 무슨 뜻이야?"

"그건 목숨을 내놓겠다는 뜻이야. 어떤 사람을 지적해서 죽이라고 하면 살인까지도 하겠다는 충성심을 내보이는 거라고. 그들의 충정과 깊은 정을 이해하겠니? 내 고물 차가 고장 나면 모두 덤벼들어 뚝딱 고쳐놓기도 한다. 저 사람들 중에는 기술자들도 많아. 저들은 이 사회가 만들어낸 비극의 소산물들이지. 현대판 문둥이들이야. 가정에서 버림받고 길거리로 나와서 방황하기까지 얼마나 고통스러운 시간을 보냈겠어. 아마도 예수님이 지금 여기 오시면 저들을 찾아가서 문둥이를 치유하듯 저들을 치유하고 친구가 되어줄 거야."

"넌 그렇게 어려운 신학을 공부하고도 다른 목사들처럼 작은 교회라도 맡아서 평화롭게 살지 이게 뭐냐?"

"내가 말했잖아. 난 이런 목회가 편하다고. 예수님도 길거리목회를 했어. 예수님도 무리를 보시고 산에 나가 앉으시니 사람들이 모여들었고 거기서 설교를 했어. 하늘의 별처럼 여기저기 흩어진 사람들을 찾아가는 거야. 둘이 모이든 백이 모이든 저들을 찾아가서 길에서 설교를 하는 거야. 난 그게 좋아. 번질거리는 건물을 지어놓고 그리 오라고 부르는 그런 스타일이 역겹게도 내겐 맞질 않아. 이렇게 버려진 사람들은 메마른 모래밭에 물이 스며들 듯 복음을 주면 쪽쪽 마셔버려. 거대한 교회건물 속에서 하는 설교는 천장으로 벽으로 내가 외치는 설교가 부딪히면서 마구 튀어나가는 걸 느꼈어. 그때 밀려오는 그 외로움을 어떻게 표현할지 모르겠더라. 바닷가에 서서 허공을 향해 외치는 기분이라고 할까. 난 그걸 참을 수가 없었어. 그래서 나온 거야."

그는 완전히 자유로운 사람이었다.

헤리의 일터인 구둣방에는 홈리스들이 죽으면서 선물한 자질구레한 선물들이 사방 벽에 가득했다. 길에 내다 버려도 주워갈 사람이 없을 정도로 지저분한 것들이었다. 손때가 꼬질꼬질 낀 지갑, 영원히 잊지 말아달라고 나무쪽에 새겨진 이름들, 장난감 배나 곰인형, 심지어는 죽는 순간까지 움켜쥐고 있었던 손수건까지 그는 소중하게 간직하고 있었다.

"저걸 버리자고 내가 아무리 말해도 귀중품처럼 위하니 어쩌겠어요. 저것 때문에 장사에도 지장이 있어요."

친구의 아내가 그다지 속상하지 않은 표정으로 닥터 정에게 투정을 한다. 처음에 이 문제로 많이 다투었으나 이제 그것도 수용한다는 마음일 게다.

"저것들 하나하나에 다 그들의 마음과 혼이 어려 있어. 이제 이 땅 위에 없는 사람들이지만 저것들이 그들이 이 땅에 왔다 갔다는 흔적이 되니 어떻게 내가 마음대로 버리겠어."

닥터 정은 다시 친구를 향해 확인하려는 듯 물었다.

"너 정말 행복하니?"

"그럼. 이 세상에서 나처럼 행복한 사람이 있으면 내 앞에 나오라고 해봐."

"너 아주 당당하구나. 그렇게 행복하니? 나도 너처럼 행복했으면 좋겠다. 난 지금 행복하지가 않아. 병원에 다시 기어들어갈 일이 끔찍하게 싫어."

"넌 사랑하는 아내와 아들이 있다고 했잖아."

"가정도 내 마음이 충만하고 평안해야 있는 것이야. 저들을 사랑하지만 내가 먼저 서야 하는 것이 아니겠니."

"넌 의사인데 얼마나 좋으냐? 홈리스들을 돌보는 것도 좋겠다. 더러운 사람들을 만질 자신이 있니?"

"의사에게 깨끗하고 더러운 사람이 어디 있어. 다 동등하지. 대통령도 거지도 내겐 모두 다 똑같은 환자야."

헤리는 닥터 정을 힘껏 껴안았다. 등을 두드리는 손길에 힘이 있었고 그의 숨결이 거세게 닥터 정의 귓불을 스쳤다.

"여기선 양의보다는 한의가 더 어울려. 너 침을 놓고 주물러서 사람을 치료할 수 있니?"

그러자 닥터 정이 자신있게 머리를 끄덕였다.

7부
하늘로 통한 길

1

교종이 수용소에서 탈출했다는 소식을 접한 초린은 앞이 캄캄했다. 지금 당장이라도 집으로 들이닥쳐 환호를 잡아갈 것이란 생각에 숨이 막힐 듯했다. 아니면 회사로 와서 난동을 부릴 것이 뻔했기 때문이다. 집으로 전화를 걸었다. 언제나 변함없이 다정한 목소리의 의주댁이 나왔다.

"시아주버니가 수용소에서 도망을 쳤대요. 환호가 걱정이네요. 어서 아이를 데리고 다른 곳으로 피해야겠어요."

"다른 곳 어디를 말하는 거냐?"

"글쎄. 어디가 좋을까요?"

"그 사람이 모르는 곳이라면 옹기장이들이 살았던 골안마을이 적격일 것 같다. 거기라면 절대로 그 인간이 오질 않을 테니……."

골안마을은 가막산 기슭에서 한참 벗어난 맷골의 반대편에 자리 잡고 있는 동네다. 결혼하여 급물살을 타고 소용돌이치는 바쁜 생활 속에서 까맣게 잊고 지냈던 고향이 떠올랐다. 안경다리를 지나 가막산의 맷골로 접어드는 길이 눈앞에 환히 펼쳐졌다. 골안마을이라면 환호가 가있어도 안전한 곳일 것이란 확신이 왔다. 교종은 절대로 거길 가지 않을 것이기 때문이다. 우선 거기까지 갈 차비가 없을 터이고 거기 가도 아무도 도와줄 친척이 없으니 어설프게 고향을 찾는 것보다는 동생인 닥터 정이 살고 있는 청담동 집을 덮칠 것이란 확신이 왔다.

"골안마을에는 아는 분이 있으세요?"

"거기에 당숙이 아직도 살고 있으니 환호를 데리고 그리로 가서 우선 몇 달 피해 있는 것이 좋겠어. 그러나 환호 엄마는 어떡하려고 그래. 교종이 자네를 다치게 할 것이 아닌가."

"제 걱정은 마세요. 급하면 호텔에 투숙할 수도 있고 아니면 보디가드를 세워서라도 견디어낼 수 있어요. 급한 대로 먼저 비자카드로 돈을 찾아가지고 어서 환호를 데리고 가세요. 휴대폰 가지고 가는 걸 잊지 마세요. 자주 연락할게요."

환호와 의주댁이 골안마을로 뜬지 열흘이 되어도 교종은 모습을 드러내지 않았다. 그게 사람을 더 말려 죽였다. 날마다 신경이 곤두섰다. 보름이 지나자 환호가 보고 싶어 미칠 지경이 되었단다.

남편인 닥터 정은 샌프란시스코로 가고 난 뒤 공부를 잘 하고 있다는 전화가 간간이 왔다. 남의 나라에서 공부하는 사람에게 형이 수용소를 탈출했다는 말을 할 수도 없었다.

초린은 어쩔 수 없이 자가용을 몰고 제천 명도리로 향했다. 참으로 오랜만의 고향행이었다. 봄기운이 완연하게 퍼진 산야에는 한창 물이 오른 만물들의 싱그러운 냄새가 코를 자극했다. 도시에서는 전혀 맛볼 수 없는 향기로운 냄새다. 그리운 향기다. 초린은 창문을 활짝 열고 산과 들을 스치고 지나온 바람결을 잡으려는 듯 손을 내밀었다. 안경다리에서 꺾어져 치악산 줄기의 끝자락에 자리 잡은 가막산으로 향했다. 골안마을로 가기 전에 먼저 초린과 닥터 정이 살았던 맷골을 둘러보고 가고파서다. 명암낚시터에는 아직도 숯을 굽는 숯가마가 여기저기 널려 있고 저수지의 물은 하늘을 담뿍 안은 채 태고적의 적막함을 껴안고 봄바람을 따라 잔잔하게 흐느적거렸다. 환호를 데리고 오랜만에 탁사정과 의림지를 가리라 생각하니 마음이 절로 들떠서 개울을 끼고 가는 좁은 길이지만 속도를 냈다. 좁은 돌다리를 지나려면 속도를 줄여야 한다. 초린은 브레이크를 한껏 밟고 천천히 다리 위를 지나면서 개울 밑을 내려다보았다. 거기에 거지 한 사람이 널찍한 바위 위에 누워있었다. 그냥 지나칠까 하다가 갑자기 불쌍한 생각이 들었다. 따스한 봄 열을 받으면서 누워있긴 하지만 엄지발가락이 삐져나온 운동화에 짚신감발을 한 것이 마음에 걸렸다. 도시에서 살지 못하고 여기까지 온 거지임에 틀림없었다. 누르퉁퉁한 빛바랜 잠바나 두껍게 누빈 국방색 바지가 가난을 말해주고 있었다. 초린은 다리를 건너면서 차를 갓길에 세우고 거지에게 다가갔다. 돈이라도 조금 줄 마음이 생겼기 때문이다. 혹시 만에 하나 정신이 이상한 거지면 돌발적으로 덤벼 해코지할 것을 우려해서 주위를 둘러보니, 할아버지 한 분이 멀지 않은 밭에서 김을 매고 있었다.

그 할아버지를 향해 초린이 외쳤다.

"할아버지! 저 사람이 왜 저러고 저기 누워 있어요?"

"저 사람 어제 저녁에도 저기 있었는데 병이 든 것 같아요. 그러잖아도 내일까지 저러고 있으면 경찰에 연락할 참이야."

"밥이라도 먹이지 그러셨어요?"

"마누라가 불쌍하다고 아침을 가져다주었는데 몹시 아픈 모양이야. 숨을 헐떡이면서 손사래만 치더라고."

할아버지가 옆에 있다는 것에 용기를 얻은 초린은 조촘조촘 거지를 향해 개울가로 내려갔다. 갑자기 거지가 꿈틀하면서 머리를 초린 쪽으로 돌렸다. 순간 초린은 으악! 소리를 지를 뻔했다. 세상에! 어쩌자고 교종이 여기에 누워 있단 말인가? 앞뒤를 따질 겨를이 없이 초린은 그의 어깨를 잡아 흔들었다. 눈을 감은 채 그는 중얼거렸다.

"여기서 죽게 내버려둬. 여긴 내가 태어나고 자란 곳이야. 여기가 참 좋아. 제발 날 내버려둬."

시커먼 얼굴에 황달기가 완연했다. 눈을 감은 채 그는 몸을 새우처럼 옹크리면서 계속 기어들어가는 목소리로 중얼댔다. 초린은 노인의 도움을 받아 교종을 차에 태우고 우선 제일 가까운 제천의 큰 병원 응급실로 향했다.

아아! 이 사람이 마지막 죽을 장소로 떠올린 곳이 바로 맷골이었다니……. 그녀도 여기서 자랐고 여기서 사랑을 했고 여기서 아름다운 마음을 길렀으니 결국은 이리로 돌아올 것이 아니겠는가! 산골짜기 밑의 오만 평 땅을 시어머니가 닥터 정에게 유산으로 남겨 놓았다는 사실이 그제야 떠올랐다.

초린은 교종을 병원에 입원시켜 놓고 송 권사가 유산으로 남긴 골짜기로 향했다. 모두가 떠나고 황무지가 되어버린 곳은 평범한 산골짜기로 변해버렸다. 우물 난간이 덤불에 뒤덮여 둥근 테두리를 봉긋하게 드러냈다. 거목으로 자란 나무들이 골짜기를 휘감아서 계곡이 깊고 한적한 산골짜기가 되어버렸다. 그러나 아직도 개울은 마을 한가운데를 통과해서 흘러가고 있었다. 나무와 덤불을 전부 이발을 하듯 깎아낸다면 아름다운 산골 마을이 모습을 드러낼 것이 틀림없었다. 현종이 살았던 집터에는 아직도 감나무 두 그루가 살아서 자리를 지키고 있었다. 초린은 산중턱에 올라 아래쪽을 향해 앉아서 가만히 눈을 감았다.

2

닥터 정이 치악산 속에서 기인을 만났던 간증을 듣고난 친구의 아내는 기이한 제안을 했다.

"여보! 쥬리아를 기억하세요? 두 달 전에 거리에 나온 흑인여자 말이에요. 만삭처럼 배가 부르고 숨을 헐떡이던 삼십대 중반으로 보이는 여자 말이에요."

"아하! 알고말고. 병원에서도 그녀가 앓고 있는 병의 원인을 모르겠다고 머릴 흔들었다고 들었어. 너무 오랫동안 병원에 있으니 갑갑하다고 병원을 탈출한 여자지. 남편도 병든 여자라고 버렸고 친정에서도 돌볼 사람이 없어서 결국 거리로 나온 여자 말이지. 처음 몇 달은 많이도 울더니 요즘은 인생을 포기한 것처럼 아예 얼굴에 표정이 없어. 이 땅에서는 이미 죽은 여자로 생각하고 살아가는 모양이야. 왜 그 여자가 무슨 일 저질렀어?"

그의 아내가 눈길을 닥터 정에게 던졌다. 침을 놓을 수 있다면 혹시 그녀를 고칠 수 있지 아니한가 하는 표정이다.

다음날 닥터 정은 혜리를 따라서 도심지의 초입 고가도로 밑으로 갔다. 산허리를 끼고 도는 고가도로 진입로의 밑은 산에서 자라고 있는 잡초들이 무성하게 뻗어 나와 우거지고 덤불을 이뤄서 다리 밑 잡목들 뒤에 천막을 치고 홈리스들이 잠을 자는 곳이다. 그리로 가서 혜리는 징을 두드리기 시작했다. 고가도로의 시끄러운 소음을 누르려면 징을 치는 것이 멀리 신호를 보낼 수 있기 때문이다. 한낮이고 헤리가 오는 시간이 아니라 모두 거리로 구걸하러 가버려서 아무도 나오질 않았다. 얼마 동안 그래도 징을 두드리자 머리를 빗지 않아 북데기가 된 흑인여자가 수풀 속에서 허리를 펴지 못하고 짐승처럼 엉금엉금 기어나왔다. 머리칼이 살 속으로 파고드는 듯 꼬불거리는 것이 마치 가뭄에 말라 비틀어진 옥수수 수염처럼 까칠했다. 여자의 눈은 확 풀려 있어 시선이 어디를 보고 있는지 가늠할 수조차 없었다.

"하이! 쥬리아."

"하이! 화더. 이 시간에 어쩐 일이에요?"

"널 치료할 동양 의사를 데리고 왔다. 너 침을 한번 맞아볼래? 낮에도 그렇게 누워있으면 어쩌려고 그러냐."

"아하! 그거 재미있겠다. 가끔 텔레비전에서 중국인들이 침을 놓는 걸 봤는데 그걸 맞으면 벌떡 일어날 수 있을까?"

"그럼. 하나님이 보내신 분이니까 널 치료할 수 있어."

"오! 고마워라. 내가 낫기만 하면 전에 일했던 미용실로 돌아갈 거야. 그래서 인생을 다시 살 마음이 있어. 여기 누워서 그런 기도를 하고 있었어. 천사를 보내서 날 치료시켜 달라고."

닥터 정은 흑인여자를 헤리의 고물차로 데리고 가서 한가운데에 있는 의자들을 치우고 간이침대를 펴고 눕게 했다. 별세의 자세로 누운 흑인여자의 얼굴은 코가 오뚝 치솟고 입술도 도톰한 것이 미인에 속했다. 유럽에선 북쪽으로 갈수록 여자들은 밉고 남자들이 기막히게 잘 생겼다. 거기서 남쪽으로 내려올수록 검은 피부의 여자들이 미인이고 남자들은 못생겼다고 한다. 창조주는 지구의 남과 북에 골고루 인간을 창조하면서 아름다움의 대칭을 이룬 것이 틀림없다. 아마도 이 여자의 조상이 여기 노예로 끌려오기 전에 아프리카의 왕족이었을지도 모른다는 엉뚱한 생각을 닥터 정은 하고 있었다. 솔로몬 왕을 찾아왔던 스바의 여왕은 얼굴이 까무잡잡한 에티오피아 여자란 점을 새삼스럽게 닥터 정은 기억해냈다.

헤리처럼 닥터 정도 홈리스를 대하는 것이 편하고 마음이 넉넉했다. 가만히 여자의 손목을 잡았다. 맥진법이 이런 때는 가장 빨리 환자의 상태를 알 수 있는 방법이다. 아주 느리고 허약한 완맥이었다. 몸이 극도로 허약하다는 증거다. 맥박도 1분에 60이니 몸이 찬 환자다. 만삭처럼 부어오른 명치끝에 검지와 중지를 얹고 가만히 힘을 주어 눌렀다. 얼음처럼 차가웠다. 딱딱했다. 촉감으로 암은 아니고 위와 장의 피가 원활하게 흐르지 못하고 뭉쳐있었다. 살살 두 손가락으로 조금씩 힘을 주면서 풀기 시작했다. 생각보다 쉽게 응어리가 술술 풀려나갔다. 여자는 아픈 듯 상을 찌푸리고 몸을 뒤틀었다. 중지를 중심으로 세 손가락이 여자의 배를 누르면서 지압을 넣는 동안 열이

나기 시작했다. 배가 따뜻해지고 뭉클거리면서 만져지던 덩어리들이 줄어들기 시작했다.

닥터 정의 손이 움직일 적마다 여자의 이마 위로 비질비질 끈적거리는 식은땀이 흘러내렸다. 기름을 짜듯 진한 땀이었다. 참으려고 이를 악물다가 나중에는 마구 소리를 지르기 시작했다. 임산부가 아기를 낳으려고 용을 쓰듯 몸을 뒤틀고 짐승처럼 내지르는 절규가 고가도로를 달리는 차에까지 들릴 정도로 커졌다.

"고만 두지."

곁에서 참지를 못하고 헤리가 닥터 정의 손을 잡았다. 그래도 그는 흑인여자와 함께 땀을 흘려가면서 배꼽 주위를 세 손가락으로 꾹꾹 찌르면서 문지르고 있었다. 흑인여자는 어서 그냥 치료하라고 머리를 끄덕였다. 놀랍게도 부풀어 오른 배가 서서히 꺼지기 시작했다. 여자의 얼굴에 차츰 평안한 빛이 어리기 시작했다. 닥터 정이 조금씩 손가락에 힘을 주면서 말을 걸었다.

"예수를 믿습니까?"

흑인여자는 그렇다고 머리를 끄덕이더니 눈꼬리를 타고 눈물이 주르륵 흘러내렸다.

"그분의 얼굴을 떠올리세요. 환하게 웃으면서 자매님을 인자한 눈으로 바라보고 계십니다. 그분의 눈에도 눈물이 고이지요? 자매님을 사랑한다는 뜻입니다."

닥터 정의 말에 흑인여자는 어깨를 들먹이며 울기 시작

했다.

"저는 목사의 딸이었어요. 아버지가 홈리스를 돌본다고 거리에 나왔다가 등 뒤에서 쏜 총에 맞아 현장에서 죽었지요."

"저런! 그래서 아버지를 그리워하면서 거리로 나왔군요."

검은 얼굴에 서서히 평안함이 고이기 시작했다.

"가슴으로 숨을 쉬지 말고 배꼽 근처로 숨을 쉬세요. 그게 치료의 호흡입니다."

흑인여자는 배를 들썩이면서 호흡하기 시작했다. 닥터 정은 다정하게 어깨를 두드려주면서 환자를 안정시켰다.

"당신의 병은 아주 깊은 아픔을 당했기 때문이지요?"

"맞아요. 당신은 어쩜 그렇게 잘 알아요. 전 열 살 난 아들을 잃었어요. 그것도 자동차 사고로 갔지요. 남편이 데리고 나갔다가 그렇게 되었어요. 전 그래서 남편을 죽도록 미워했어요. 아들을 생각하면 지금도 억장이 무너져 내려요."

아픈 상처를 건드린 탓인지 여자는 다시 통곡하기 시작했다.

"맘껏 울어요. 속에 고인 것들을 울어서 다 쏟아놓아요. 참을 수 없을 정도로 아픈 마음의 상처에서 오는 스트레스가 병의 원인입니다. 위뿐만 아니라 장까지 다 나빠졌어요."

"그럼 전 죽습니까? 어서 죽기를 소원해요. 헤리 목사가 찬양하듯 우리가 갈 곳은 저 멀리 뵈는 곳에 있어요. 하나님 아버지가 계신 곳으로 저도 가고 싶어요. 아들이 있는 곳에 가기를 소원해요. 어서 죽고 싶어요."

"그럼 치료를 고만 둘까요?"

닥터 정이 배 위에 올려놓았던 손을 떼었다. 그러자 여자는 강하게 그의 손을 잡아다가 자기의 배 위에 올려놓았다.

"살아야겠다는 의지를 가져요. 지금까지 남편을 미워하고 아들로 인해 마음을 들끓이니까 독이 있는 호르몬이 나와서 이 지경이 되었어요. 아들은 하늘나라에 갔으니 얼마나 기뻐요. 나쁜 남편 옆에 있어 봐야 얼마나 속이 상할까 해서 하나님이 당신을 빼앗아 왔으니 얼마나 감사해요. 육체 속에 기쁘고 감사하는 마음이 넘치면 진통제의 6배가 넘는 호르몬이 나와서 모든 병을 치료하지요. 심령의 근심은 뼈를 마르게 한다는 성경 말씀을 읽은 적이 있어요?"

흑인여자는 닥터 정의 말에 고개를 끄덕거리면서 살짝 웃었다. 여자의 웃음에 헤리도 웃고 그의 아내도 소리 높여 웃었다. 닥터 정이 봉고차가 떠나갈 정도로 "으하하" 소리를 내고 웃어대자 닥터 정의 치료하는 손이 주는 아픔을 흑인여자도 잊어버릴 정도로 따라서 웃었다. 배꼽 주위와 전신에 혈액 순환이 되는 침을 꽂기 시작했다. 여자는 잠이 오는지 눈을 스르르 감았다. 편안한 빛이 얼굴에 넘쳐흘렀다.

"다리나 발등 그리고 배꼽 주위를 사혈하면 더 빨리 치료할 수 있어. 아주 간단한 병이야. 피가 돌지 않아 뭉쳐서 생긴 병을 양의는 고칠 수가 없어. 그냥 지나치지. 한의학에서는 모든 병의 근원을 피가 뭉쳐서 잘 돌지를 못해 걸린다고 보지."

흑인여자가 잠든 사이 닥터 정은 팔과 어깨를 만져주고 다리와 발바닥을 치료하기 시작했다. 신기할 정도로 뭉친 어혈들이 그의 손에서 살살 풀려나갔다. 보드라운 아기살처럼 뭉클뭉클 풀려진 살이 손에 잡혔다.

닥터 정의 이마 위로 흘러내리는 땀을 헤리 목사가 손수 닦아주었다. 그의 얼굴에도 고맙다는 빛이 역력했다.

"이 여자를 완치하여 사회로 내보내려면 한데 재우면서 치료하는 것은 불가능해. 따뜻한 방에 재우고 더운 물에 목욕을 하면서 음식을 잘 먹이면 열흘 정도면 회복될 수 있어. 그냥 수풀 속에 내던지고 가는 것이 마음에 걸리는구나."

닥터 정의 말에 헤리의 아내가 바로 응했다.

"우리 집으로 데리고 가요. 열흘 간 저희 식구들과 함께 지내지요. 쥬리아가 사회로 복귀할 수 있다면 무얼 못하겠어요."

헤리의 얼굴에 걱정이 서린다.

"우리 아이들이 받아줄까?"

"어려서부터 이웃을 돌보면서 자라왔으니 제가 데리고 이야기하지요. 우리 식구들이 모두 거실에서 자고 쥬리아는 침실에 들어가서 혼자 평안하게 지내도록 하지요. 아무튼 환자니까요."

이렇게 해서 쥬리아는 헤리 식구들과 함께 생활하게 되었다. 닥터 정의 말대로 치료는 급물살을 탄 듯 빨랐다. 뚝 허리를 꺾어서 물기가 하나도 없는 모래 위에 내던졌던 꽃을 물병에 꽂듯이, 그렇게 금방 전신에 생기가 돌면서 눈에 띄게 좋아지기 시작했다. 무엇보다도 사랑에 굶주렸던 그녀가 헤리 목사 가정에서 옛날을 돌아보게 되었고, 무한히 감사하면서 살아야겠다는 강한 의욕을 갖기 시작했다.

비틀어졌던 척추를 펴주고 목도 바로 잡아주었다. 뼈가 제자리로 돌아가면서 으드득 소리가 날 적마다 닥터 정의 얼굴을 보면서 감사의 인사를 잊지 않았다. 얼음처럼 차가웠던 배에 온기가 돌고 뜨겁던 머리가 식어지면서 정상으로 돌아온 빛이 역력했다.

일주일이 지나자 쥬리아는 혼자서 똑바로 서서 걸으면서 자신이 보기에도 신기한 듯 사방을 두리번거리기도 했다.

"이건 주님의 손이 닿은 것이에요. 닥터 정의 손에 예수님이 함께 하신 거라고요. 당신의 손이 닿을 적마다 전 그걸 알았어요. 주님의 손이 당신 손 위에 함께 있어서 저를 치료하고 있었어요. 당신의 손이 닿을 적마다 강한 빛이 위에서 내리꽂혔으니까요. 제 몸에 전류가 흐르듯 짜릿짜 릿 했고요."

쥬리아가 헤리 부인이 사다 준 옷과 구두를 신고 자신 이 근무했던 미장원으로 가고 난 뒤에 예기치 않았던 일 들이 터지기 시작했다. 쥬리아의 소문이 홈리스 사이에 파다하게 퍼지면서 홈리스들이 거대한 숫자로 모여들기 시작했다.

매일 거리에 나가서 닥터 정은 그들을 치료했다. 예수 님이 보낸 의사라는 소문과 그의 손길만 닿아도 성령의 불이 들어가서 치료하는 역사가 일어난다는 소문이 파다 하게 펴져나갔다.

"우와! 너를 여기에 보내신 하나님의 뜻을 알겠다. 너 와 내가 콤비가 되어서 이 일을 하면 홈리스들을 쥬리아 처럼 완쾌시켜 사회로 돌려보낼 수 있겠다."

"저들을 길거리에 눕혀 놓고 치료하는 것이 마음에 걸 렸다. 간이침대라도 놓을 수 있는 공원으로 가자. 한낮의 강렬한 햇볕을 피해 나무 그늘에서 치료를 하자꾸나."

헤리와 닥터 정은 금문교 옆의 공원에 간이침대를 펴놓 고 홈리스들을 치료하기 시작했다. 바닷바람이 불어오고 갈매기들의 울음소리가 하루 종일 들리는 공원은 잔디가 예쁘게 자라서 환상적인 곳이었다. 헤리 목사는 하모니카를 불면서 설교도 하고 이따금 징을 두드리거나 북을 치면서 찬송을 불렀다. 그게 서양노래가 아니라 좋다고 했다. 흑인영가처럼 구슬퍼서 코리아영가라고 하면서 허밍으로 따라 부르기도 했다. 저들이 하모니카에 맞추어 따라 부르는 노래가 파도소리를 반주 삼아 갈매기 소리와 하모니를 이루어서 마치 천국에라도 와 있는 듯했다. 닥터 정은 저들을 만져주면서 쓰다듬었다.

"닥터 정! 우리가 치료를 하고 있는 이 공원이 바로 포모 인디언들의 공동묘지 자리로 1847년까지는 '에르바 부엔나Yerba Buena'라고 불렀어. '에르바 부엔나'라는 풀은 뜨겁게 하여 마시는 차도 되었고 치료하는 약초도 되었다고 하더군. 이 지역 이름이 원래는 인디언들이 오랜 세월 '에르바 부엔나'라고 불렀는데 침략자인 백인들이 인디언 본토박이를 다 몰아내고 도시 이름도 샌프란시스코라고 지은 거야."

몸집이 큰 흑인남자의 목을 치료하면서 닥터 정은 헤리가 말하는 '에르바 부엔나'라는 단어를 입안에서 굴려가면서 발음해 보았다. 이 땅을 빼앗기며 인디언들은 얼마나 울었을까 하는 찡한 마음이 전해졌다.

"아무래도 닥터 정의 손이 '에르바 부엔나'의 정기를 받은 것 같다. 인디언들이 치료제로 썼던 바로 그 약초의 신비함이 네 손에서 살아나는 것 같아서 하는 말이야."

헤리가 그런 내용의 설교를 하자 줄을 서서 기다리던

홈리스들이 환호하면서 박수를 쳤다. 모자를 공중으로 던지기도 하고 휘파람을 불어대서 공원이 떠들썩했다.

이런 생활에 닥터 정은 만족했다. 보람이 있었다. 비렁뱅이 차림으로 홈리스들과 섞여서 저들과 함께 노래하고 먹고 마시면서 저들의 몸을 어루만져 고쳐주니 서로 간에 마음이 통하고 사랑이 주체할 수 없을 정도로 흘러가고 흘러들어왔다.

홈리스뿐만 아니라 일반 사람들도 홈리스들 속에 끼어 있다가 차례가 되면 몸을 닥터 정에게 내맡기기도 했다. 너무 많이 사람의 몸을 만지니 이제는 손이 닿으면 어디가 아픈 사람인지 즉석에서 감지하는 능력도 생겼다. 혼자서 다 할 수가 없어서 헤리 목사와 그의 부인에게도 마사지와 지압을 가르쳐서 셋이 함께 치료하기 시작하니 속도도 빨랐다.

그가 여기 온 지 벌써 6개월이 지나갔다. 계획대로라면 미美 대륙을 가로질러 동부의 존스홉킨스병원에 가서 신장이식 수술 공부를 해야 하는데 몸을 빼낼 수가 없었다.

그렇게 1년이 지나갔다. 닥터 정은 깊은 산중에 들어가서 화초가 아름답게 핀 동화의 나라에라도 온 듯 만사를 잊어버리고 홈리스들과 어울려 세월이 흘러가는 것도 잊을 정도다. 이상한 나라의 엘리스처럼 아내도 어린 아들, 환호도 형, 교종도 모두 저 멀리 구름처럼 그의 뇌리에서 사라져버렸다.

샌프란시스코에서 거지들을 돌보고 돌아올 생각도 않고 있는 남편으로 인해 초린은 무척 마음이 상했다. 교종은 퇴원을 하여 청담동 집으로 와서 요양을 하고 있었다. 다시는 수용소에 가지 않겠다고 울면서 매달리는 그를 야박하게 떼어낼 수도 없었다. 다행히 의주댁이 지성껏 그를 돌봐서 병원에서 약을 타 먹으면서 많이 순해진 것이 감사할 뿐이었다. 하지만 남편이 없는 집에 무턱대고 시아주버니를 모시고 살 수도 없었다. 알코올중독자인 교종이 또 언제 술을 진탕 마시고 행패를 부릴지 몰라 전전긍긍하던 터에 하루는 그 광기가 다시 시작하여 기물을 부수는 사고가 났다. 어쩔 수 없이 앰블런스를 불러서 그를 수용소로 실려 보냈다. 울부짖으면서 의주댁의 치맛자락을 붙잡고 늘어졌다. 중년에 이른 남자가 어찌나 눈물을 많이 흘리는지 초린도 돌아서서 눈물을 닦았다.

"다시는 술을 마시지 않을 테니 나를 이 집에서 살게 해줘. 나를 쫓아내지 말아줘. 엉엉……."

그의 울부짖음과 울음소리가 초린의 귓가에 맴돌아서 밤마다 환청처럼 그녀를 괴롭혔다.

남편을 가정으로 데려올 방안이 없을까? 번개처럼 한 생각이 그녀의 뇌리를 스쳤다. 맞다. 그 방법밖에 없다. 남편도 그 일에는 동감하리라.

초린은 샌프란시스코로 향하는 비행기를 타고서 시어머니 송 권사가 남기고 간 맷골의 지적도를 펴들었다. 오만 평이라! 명도리에 자리 잡은 산골이긴 하지만 거기에 남편의 꿈을 이뤄줄 수가 있다는 확신이 왔다.

　그간 자주 헤리 부인과 통화를 해서 닥터 정의 근황을 알고 있던 터라 초린은 공항에 내리자마자 바로 택시를 금문교 근처의 공원으로 몰았다. 사람들이 구름처럼 모여 있는 곳으로 다가갔다. 닥터 정의 얼굴이 보였다. 바닷바람을 타고 검어진 얼굴에는 건강미가 넘쳐 흘렀다. 그가 초린의 곁을 떠난 지 20개월 만에 보는 얼굴이었다. 그 옆에서 헤리 목사랑 그의 부인이 함께 시술을 하고 있었다. 환자들이 마치 신유은사의 대 집회에 참석한 것처럼 웅성거리면서 줄을 서서 기다리고 있었다.

　헤리 목사가 하모니카를 불기 시작했다. 아리랑이었다. 바닷바람을 타고 간드러지게 넘어가는 아리랑 가락은 미국 땅에서 들어도 구슬펐다. 입에서 하모니카를 떼고 간간이 헤리 목사는 군중들을 향해 목이 터져라 외쳤다.

　우리 교회 참 좋다.

　참으로 절묘하고 절묘하다.

　이 땅 위에 없는 나무로 대들보를 세우고

　그림자 없는 가지를 꺾어 서까래로 펼치고

　창문은 구멍이 난 밤하늘의 별들이요.

　지붕은 흰 구름을 올려놓았구나.

　마루는 하늘에서 떠낸 진흙이요.

벽은 담 없는 허공이라.

사방이 탁 트인 바람 문이로세.

안을 보니 오대양 육대주를 그대로 들여놓아도

비좁지도 않고 넓지도 않음이여.

허! 참! 이 교회 절묘하고 절묘하다.

— 거리 목회를 하는 스티브 목사의 시 인용

언제부터인가 꽹과리를 내놓지 않으면 홈리스들이 헤리 목사의 손에 개인적으로 다가와서 돈을 쥐어주기 때문에 어쩔 수 없이 꽹과리를 일곱 번 치고 나서 땅바닥에 놓으면 헌금시간이 되었다. 돈 던지는 소리가 쨍그랑쨍그랑 요란하다. 주로 1센트가 많고 니클, 다임, 그리고 소리가 큰 것은 쿼터가 떨어지는 소리다. 간혹 종이돈으로 10불이나 20불짜리를 바칠 적이 있다. 종이돈을 헌금할 적에는 꼬깃꼬깃 꾸겨서 동그랗게 만들어 꽹과리 속에 던진다. 큰돈이 조그맣게 되어서 도둑맞지 않도록 나름대로 꾀를 쓰는 것이다.

그 와중에 처음 나온 홈리스가 10불짜리를 펴서 꽹과리 속에 던졌다. 그러자 톰이란 녀석이 그걸 집어가지고 달아났다. 돈을 넣은 초년생 홈리스가 톰을 향해 뛰기 시작했다. 10불은 큰돈이다. 큰마음을 먹고 헌금했는데 그 자리에서 도둑을 맞다니 필사적으로 따라간다. 둘러선 홈리스들이 헌금통인 꽹과리를 물끄러미 내려다본다. 모두

침을 꼴깍 삼킨다.

이걸 보고 헤리 목사가 픽 웃고는 북을 둥둥 치면서 설교를 한다.

어서 이리 오너라.
도둑을 잡아서 무엇 하겠니?
하나님께서 너희들 헌금을 이미 다 받으셨다.
마음을 풀어라.
쿵짜작쿵짜작……
나는 사람 낚는 예수의 어부다.
너희들 마음을 내놓아라.
쿵짜작쿵짜작……
나는 너희들 마음을 낚는 어부다.
도둑맞은 너희들의 마음을 바쳐라.
너희들이 바친 헌금을 저렇게 훔쳐 가버리지만 너희들의 마음은 아무도 못 훔쳐간다.
쿵! 딱! 쿵! 딱! 너희들 마음을 내놓아라.
이 도둑놈들아!'

그러자 둘러선 홈리스들이 아멘, 아멘을 힘차게 외쳤다. 설교가 열기를 더해 갈 적에 닥터 정은 치료하던 손길을 멈추고 설교를 들으려고 일어섰고 누워있던 환자들도 모두 헤리 목사의 주변으로 몰려갔다.

북을 치면서 크게 벌렸던 미국 개척 당시의 치유집회처럼 헤리와 닥터 정이 가는 곳은 날로 모이는 숫자가 불어났다. 경찰들이 나와서 운집한 홈리스들을 통제하느라고 소란하게 호각을 부는 소리로 공원 안은 시끌벅적했다.

　그때 슬그머니 다가가서 닥터 정의 손을 잡는 여인이 있었다. 초린이었다.

　"어어! 어떻게 당신이 여길?"

　"당신은 저와 환호는 까맣게 잊고 이러고 있으니 제가 올 수밖에 없잖아요. 봄이 오면 당신이 집을 떠난 지 2년이에요."

　"미안하오. 난 여기서 정말 행복하다오."

　"당신의 얼굴에 고인 기쁨의 빛을 읽고 있어요. 저도 여기에 참석해서 은혜를 받고 있으니까요."

　"고마워. 정말 고마워. 당신이 날 이해해 주니 정말 고마워."

　"여기가 당신의 일터라고 생각하세요?"

　"……."

　"여긴 당신 친구 헤리 목사의 일터예요. 당신이 잠깐 돕고 있는 것이라고요. 당신의 일터를 만들어야죠."

　"내 일터라니?"

　아내의 얼굴을 보면서 닥터 정은 섬마을의 바닷가를 떠올렸다. 이곳의 바닷바람보다 더 거세고 비릿했던 거센 내음이 코를 찔렀다. 그리운 곳이었다.

"그럼 내가 남해의 섬으로 가도 될까?"

초린은 고개를 좌우로 흔들었다. 실망하는 빛이 닥터 정의 눈에 완연했다.

"우리의 고향으로 갑시다. 맷골로 갑시다. 거기가 당신이 돌아갈 곳이에요."

"맷골이라고?"

"맞아요. 맷골이요. 당신의 형 교종이 거길 갔더라고요."

형이 거길 갔다고? 닥터 정은 이해 못하겠다는 표정을 지으면서 머리를 흔들었다. 알코올중독자 수용소에 보낸 형의 딸기코가 크게 눈앞에 다가왔다.

3

성탄절을 보름 앞둔 하늘은 한바탕 눈이라도 퍼부을 듯 잔뜩 찌푸리고 가슴이 답답할 정도로 도심지를 찍어 눌렀다. 해가 지면서 바람을 타고 희끗희끗 눈발이 날리기 시작했다. 성격이 급한 상인들은 깜박이는 작은 등으로 성탄 트리를 장식하여 사람들의 마음을 사로잡아 돈을 벌려고 요란하게 치장을 하고 크리스마스 캐럴을 틀어놓고 유혹을 한다.

이때쯤이면 백화점마다 풀어놓은 상품들이 어느 정도

판로를 찾아갔고 결산도 한눈에 볼 수 있었다. 해서 샌프란시스코로 떠난 초린이 없이도 비즈니스가 한숨을 돌리는 시기다.

환호에게 줄 크리스마스 선물을 앵두색 한 짝의 양말 속에 넣어 핸드백 깊이 감추고 귀가하는 의주댁의 마음은 한껏 부풀어 있었다. 집으로 접어드는 골목으로 향했다. 눈발이 날리면서 살짝 얼어붙은 길바닥은 썰매를 타도 좋을 지경으로 완연한 빙판으로 변해 있었다. 차가운 겨울 바람이 골목을 통로 삼아 세차게 몰아쳤다. 휘날리는 스카프를 움켜잡은 의주댁은 조촘조촘 발걸음마다 미끄러지지 않으려고 신경을 쓰며 얼어붙은 골목 바닥만을 내려다보면서 걸었다. 좌우를 볼 여유도 없이 골목 바람과 빙판길은 그녀의 시야를 좁게 했다. 대문 앞에 이르러 초인종을 막 누르려고 폼을 잡을 때에야 얼굴을 두 무릎 사이에 처박고 신음하는 여인을 볼 수가 있었다. 하필이면 이런 날 큰길로 나가 훈훈한 불빛이라도 받지 어쩌자고 휑뎅그렁한 대문 앞에 쪼그리고 앉았을까 하는 속상함이 솟구쳤다.

"이봐요! 여긴 추워서 이러고 밤을 새우면 얼어 죽어요. 큰길 가로 나가 앉아있어요. 거긴 여기보다 온기가 있을 테니."

의주댁이 옹크리고 앉아있는 여인의 등을 거세게 두드렸다. 그러자 여인은 몸을 더욱 앙당그리면서 마치 날카로운 칼날이라도 피하듯 의주댁의 손길을 무서워하면서 몸을 비틀었다.

"왜 여기 이러고 있어요. 여긴 남의 집 앞이에요. 당신 집이 어디요? 전화번호를 주면 걸어 주리다. 길을 잃은 모양인데."

그래도 여인은 얼굴을 무릎 사이에 묻은 채 미동도 하지 않고 무엇이라고 웅얼거리면서 더욱 몸을 앙당그렸다.

"얼굴이나 봅시다. 이런 추운 날 어쩐 일로 이러고 있는지. 젊은 여자인가 늙은 여자인가. 무슨 연유로 여기에 이러고 있는 거요. 집주인 입장에서는 기분이 나쁘군."

의주댁이 여자의 팔을 잡아당기자 귀찮다는 듯 여자는 손을 뿌리치면서 얼굴을 들었다. 그 얼굴을 보는 순간 의주댁은 멈칫했다. 세상에! 미도다. 부잣집 외동딸이 어쩌자고 여기에 이러고 있단 말인가. 발등에 떨어진 송충이라도 떨쳐버리듯 의주댁은 뒤로 벌컥 물러섰다. 그냥 두고 모른 척 들어가려고 미도의 몸을 징그러운 뱀처럼 피하면서 열쇠를 문에 꽂았다. 그 순간 미도가 의주댁의 두 발을 우악스럽게 끌어안았다. 의주댁은 으악! 고함을 내지르면서 뒤로 물러섰다. 전신에 소름이 끼치는 순간이었다.

"절 살려주세요. 이북에서 사람들이 절 잡으려고 왔어요. 너무 무서워 이리로 도망쳤어요."

"이북에서 사람들이 잡으러 왔다고요?"

순간 미도는 정신질환을 앓고 있는 미친 여자가 되었지

하는 생각과 함께 정신병원에 입원했다고 들었는데 여길 어떻게 왔나 하는 생각이 스쳤다.

"여긴 남한 땅이라 북한 사람은 없어요."

의주댁의 말에 미도는 겁을 잔뜩 먹은 눈망울을 굴리면서 좌우를 살폈다. 그러고는 아직도 못 믿겠다는 듯 뒤까지 돌아보고 눈발이 제법 굵어져서 휘날리는 허공도 살펴보았다.

"저기 저 위에서 인공위성을 띄우고 나를 감시하고 있어요. 비밀스럽게 녹음기를 틀어놓고 내가 하는 말도 전부 도청당하고 있다니까요. 아이쿠! 무서워. 내가 닥터 정을 사랑한다고 전부 나를 죽이려고 야단이야. 나를 좀 살려줘요."

미도가 빙판 위에 무릎을 꿇더니 파리 손을 하고 싹싹 빈다. 이런 미도를 의주댁은 동정어린 눈으로 한참 흘겨보다가 한숨을 삼켰다. 세상에! 아직도 환호의 아비가 된 닥터 정을 사랑하고 있다니.

미도의 손을 잡고 집안으로 들어갔다. 추운 날씨에 어디서 그렇게 많이 얻어 입었는지 속에 입은 옷들이 마치 시루떡처럼 켜켜로 삐죽삐죽 소매 끝이나 옷깃 사이로 드러났다. 훈훈한 거실의 공기로 인해 몸이 녹은 미도의 이마 위로 질질 땀이 흘러내렸다.

"그 옷이나 벗어요."

의주댁이 코를 손으로 막는다. 냄새가 역했기 때문이

다. 똥오줌을 싼 옷을 그냥 입고 얼마나 오랫동안 길거리를 헤맸는지 기름때가 꼬질꼬질 무릎이나 소매 끝에 흘렀다. 의주댁과 미도는 씨름을 했다. 옷을 벗기려는 의주댁의 손길을 피해 짐승처럼 괴성을 내지르는 바람에 환호가 놀라서 "우와" 하고 울음을 터뜨렸고 파출부 아줌마도 환호의 울음소리에 뛰어나왔다.

옷을 벗으려고 하지도 않지만 무엇이 그리 무서운지 환호와 파출부 아줌마가 나오자 잽싸게 열린 안방 문 뒤에 몸을 숨기고 발발 떨기 시작했다. 무섭게 다가오는 어떤 공포에서 벗어나려는 듯 미도는 결사적으로 문 뒤에 몸을 숨기고 얼굴을 감싸안았다.

"어머머! 저거 미친 여자군."

미도를 처음 보는 파출부 아줌마가 거침없이 내뱉는다. 환호가 울먹이면서 의주댁의 품에 안겨 떨어지지를 않는다.

"이 여자가 어쩌자고 저렇게 길거리에 버려졌을까?"

의주댁이 난감한 표정을 감추지 못하고 한숨을 삼켰다. 순간 이 집의 며느리가 되겠다고 검은 드레스를 차려입고 곱게 화장을 하고 당당하게 들어섰던 모습이 미도 위에 오버랩 되었다.

약으로도 다스릴 수 없을 정도로 심하다고 들었는데 아마도 병원을 탈출한 모양이다. 소문에는 백화점들이 부도가 나서 어렵다고도 했는데 집안이 망한 것인가. 부자가 망해도 3년은 버틴다는데 이럴 수가! 부도가 나서 지방에 있는 백화점은 타인의 손에 넘어갔고 상당히 어려운 상태라는 말을 들은 적이 있었지만 금이야 옥이야 기른 외동딸을 한겨울에 내몰다니! 하긴 지금처럼 경제 여건이 어려운 때 어느 회사라고 건강하게 잘 운영되고 있다고 말할 수 있겠는가. 초린도 특유의 노하우를 살리면서 어렵게 기업을 이끌어가고 있지만 문어발식으로 기업을 까발리지 않고 차분하고 성실히 조심스럽게 욕심내지 않고 운영함으로 이 시대의 무서운 경제 한파를 거슬러 올라가고 있었다.

"미도를 어쩌지?"

의주댁이 난감한 표정을 감추지 못하고 머리를 감싸 안았다. 우선 미도의 집으로 연락하는 것이 도리지만 제 정신이 아닌 미도에게 집전화를 물을 수도 없었다. 더구나 이 추운 밤에 여기까지 와서 오물덩어리가 된 딸을 데려갈 부모의 심정도 아플 것이란 생각이 들었다. 우선 목욕을 시키고 옷을 깨끗하게 갈아입히고 어느 정도 사람의 모습으로 돌아온 뒤에 보내도 될 듯했다.

"우선 씻기고 먹여야지. 그 다음에 본가로 연락을 해야지. 여기까지 올 적에는 그래도 닥터 정을 떠올린 것이 아니겠어."

의주댁이 무심히 닥터 정을 입 밖에 내고는 멈칫했다. 미친 여자의 마음을 상하게 하는 것이 아닌가 하는 염려 때문이다.

추위에 지친 탓인지 중증의 정신질환을 앓고 있는 미도
는 따뜻한 물속에 몸을 담그더니 아주 조용했다. 평안한
표정이었다. 음식도 게걸스럽게 먹어치우고 그냥 잠 속으
로 곯아떨어졌다. 얼었던 얼굴이 녹으면서 홍조를 띠고
숨소리도 조용했다. 초린이 여기에 있었다면 어떻게 했을
까 하는 생각을 하면서 어깨까지 이불을 올려 덮어주었
다. 성탄절 시즌에 바쁜 사업을 잠시 접어놓고 초린이 남
편을 찾으러 샌프란시스코로 간 것이 참으로 다행이란 생
각도 들었다.

4

크리스마스를 앞둔 샌프란시스코는 한껏 치장을 한 여
인처럼 아름답다. 사람이 거의 없는 신새벽 뜨거운 커피
와 도넛을 싣고 이가 시리도록 차가운 새벽공기를 껴안고
도심지의 홈리스들을 향해 헤리 목사는 차를 몰았다. 초
린도 저들을 따라붙었다. 거리에 나가서 쓰는 소도구들이
짐칸에 널브러져 있다. 소고, 중형 북과 대형 북, 하모니
카, 배너, 종이와 필묵, 십자가 그리고 꽹과리, 징, 특히
눈에 띄는 것은 우리나라에서 반세기 전에 두부 장수들이
골목을 누비면서 딸랑딸랑 흔들었던 놋쇠로 만든 종이 어

떻게 이 땅까지 흘러들어왔는지 짐들 속에 덜렁 놓여 있었다.

"아니, 저건 옛날 두부장수가 쓰던 딸랑이 종인가 본데."

초린이 놀라서 외치자 헤리 목사가 웃음을 삼키면서 응한다.

"내 동생이 인사동 거리에서 구해 부쳐 준 것인데 아주 긴요하게 써요. 소리가 육중하고 깨끗하지요. 이곳 사람들이 쓰는 차임벨은 언뜻 보기는 멋있지만 소리가 너무 가볍고 쉽게 사라지는 것이 단점인데 이 종소리는 불평하는 사람이 없을 정도로 아주 멀리 퍼져 가면서 멋진 소리를 내요. 특히 비오는 날에는 이 종만큼 좋은 것이 없지요. 단점이라면 홈리스들의 정신을 몰아서 집중시키는 강약의 이동이 북만큼 강력하지 못한 것이 흠이지요."

소도구에는 목어와 나무북도 끼어 있었다. 목어는 스님이 준 것이고 나무 북은 하와이 원주민이 쓰던 것이라고 한다. 목어는 개인 전도할 적에 살살 두들기며 말을 하면 상대의 마음이 평화롭게 되고 집중이 된다고 닥터 정이 초린의 귀에 소곤거렸다.

어느 정도 햇살이 퍼지자 헤리 목사의 설교가 시작되었다.

성령은 바람과 같다.

너희들은 이 바람을 볼 수있느냐.

성령을 받아라.

성령은 바로 지금 너희들을 자유롭게 한다.

너희들은 이제 바람처럼 자유롭다.

너희들은 하늘을 흘러가는 구름처럼 자유롭다.

하늘을 나는 저 새들처럼 자유롭다.

너희들은 죄에서 풀림을 받았다.

믿는 사람들은 아멘 해라.

그러자 아멘 소리가 둘러선 홈리스의 입에서 우렁차게 울렸다. 초린도 그의 설교에 점점 빨려들어가기 시작했다. 커다란 북을 둥둥 치면서 외쳐대는 힘찬 설교가 하늘과 해변가에 울려퍼진다.

아멘한 사람들은 여기 다 내놓아라.

주사바늘도 내놓고 헤로인, 크랙, 코카인을 내놓아라.

술병이랑 담배도 다 여기 내놓아라.

마리화나도 내놔봐.

아하! 그리고 약 사고 술 사먹을 돈도

여기다 다 내려놔라.

저들은 호주머니를 뒤적여서 예서제서 툭툭 위에 열거한 것들이 길바닥에 놓은 꽹과리 속에 던져 넣었다. 이번에는 혜리 목사가 두부장수 종을 흔들면서 외쳤다.

이 종소리는 바로 너를 위한 자유의 종소리다.
모든 정신적 구속과 습관으로부터
풀림을 받는 종소리다.
모든 죄악으로부터 풀림을 받는 자유의 종소리다.
그렇게 믿으면 나를 따라 아멘 해라.

그러자 둘러선 홈리스들이 박수를 치면서 아멘을 외쳤다. 도넛이랑 커피가 바닥이 났고 해가 기울도록 외쳐대는 헤리 목사의 목소리는 완전히 허스키로 변했다. 그래도 그는 기쁨이 충만해서 싱글벙글 웃음이 헤펐다.

감탄의 눈으로 초린이 헤리 목사를 우러러보았다. 정말 존경스러웠다. 미국 본토박이들도 못하는 일을 해내는 그가 멋져 보였다.

일을 마치고 모두 차에 오는 뒤에 그녀의 눈초리를 의식한 듯 잠시 멋쩍어하던 헤리 목사가 모두가 들을 수 있도록 미국 경제를 논했다.

"장차 무서운 대공황이 미국을 휩쓸 거야. 이건 내가 자신을 가지고 예언할 수 있어. 1929년도에 미국을 넘어뜨렸던 대공황보다 더한 기세로 덤빌 거야. 많이 굶어 죽을 테니 두고 보라고. 토네이도보다 더한 바람이 미국 전체를 휘덮을 거라고."

비즈니스를 하고 있는 초린이 놀라서 외쳤다.

"그럼 우리나라, 한국은 어찌 되는 거예요?"

"미국 경제가 기침을 하면 한국 경제는 감기에 걸린다는 말이 있지요. 실제 미국 경제가 공황에 빠지면 세계 경제에 미치는 영향이 엄청나겠지요."

헤리 목사가 덤덤하게 답했다. 그러자 입을 꾹 다물고 있던 닥터 정이 갑갑한 듯 툭 한마디 던졌다.

"어떻게 미국처럼 풍부한 나라가 무너진다고 그래. 누가 그걸 믿겠니? 넌 가끔 망상을 하는 놈이니 그런 생각을 할 수도 있겠지."

그러자 언성을 높인 헤리 목사의 앙칼진 목소리가 차 안에 퍼졌다.

"미국의 5대 항공회사가 다 파산신고를 한 상태야. 그런 것도 모르고 한국의 조종사들이 몇 푼 더 받으려고 스트라이크를 일으키는 꼴을 보면 참 한심하지. 시대의 흐름을 모르는 거야. 시대는 변하고 있어. 『가마솥 속에 든 개구리』란 책을 읽은 적이 있어. 개구리를 처음부터 뜨거운 물에 넣으면 펄쩍 뛰어나가지만 찬물에 넣고 슬슬 불을 때면 아이쿠! 좋구나 하고 눈을 껌벅이면서 있다가 아이쿠! 뜨겁다 할 때는 바로 죽는 순간이라고 저자가 말하더군. 지금 현대인들을 두고 하는 말이야. 미국을 두고 하는 말이지. 밑에서 활활 불을 때고 있는 가마솥 물에 들어앉은 개구리처럼 서서히 죽어가고 있어. 죽는다는 걸 알아차렸을 땐 이미 늦은 거라고."

"미국이 망한다는 구체적인 통계라도 있단 말이냐?"

가마솥 안의 개구리란 말에 한풀 꺾인 닥터 정이 목소리를 저음으로 깔고 물었다.

　"그럼 충분한 자료를 가지고 있어. 미국의 재정적자는 어마어마하다고. 미국의 국가부채가 8조를 넘어섰어. 2천년대 들어서면서 파산선고가 1년에 150만 건을 넘어서고 있어. 현대인들이 속고 있는 것은 자산의 실질가치가 허구의 화폐에 의해서 농락당하고 있다는 걸 모르는 데 있어."

　"그럼 그런 무서운 공황이 언제 오나요?"

　비즈니스를 한다고 벌려 놓은 것이 많은 초린이 놀란 목소리로 다그쳐 물었다.

　"1년 이내에 온다고 보는 학자들도 있고 늦어도 5년 안에 세계 경제 침체가 확실히 온다는 것이 대부분의 주장이야."

　헤리 목사와 닥터 정이 서로 반말로 주고받는다. 초린이 겁이 나서 전신에 닭살이 돋았다. 존 스타인벡이 쓴 『분노의 포도』에 보니 너무 무섭던데 이를 어쩌나. 큰일났다. 그럼 우리가 사는 길이 무엇일까. 무섭증으로 인해 숨이 막혔다.

　헤리 목사의 입에서 마구 말이 터져 나왔다.

　"미국 경제의 90퍼센트를 장악하고 있는 금융기관이 도산하면 금융기관과 직접적인 관계를 맺고 있는 생명보험회사, 증권회사, 은퇴 연금기관, 주택부동산회사 등 경제 전반에 걸친 몰락이 도미노 현상으로 발생하면서 경제 활동이 더욱 침체되고 악순환이 계속해서 모두 무너져 내리지. 당장 먹고 살기가 어려워지고 절대적인 빈곤층이 기하급수적으로 늘어나게 되고 이로 인해 사회적 혼란도 필수적으로 수반될 것이야. 크레디트 카드 빚, 주택담보 대출 빚, 신용대출 빚 등등 세상 사람들을 빚의 그물이라는 올가미에 씌어왔던 것이 국가의 올가미가 되고 나중엔 세계의 올가미로 둔갑하는 것이지. 거기서 살아 남으려면 먼저 빚을 지지 말아야 해. 그게 사는 길이야. 낭비근성을 버리고 모든 걸 축소하고 검소하게 살아야 해. 땅이 있어 조금씩 농사를 지어 먹는 것도 좋아. 이런 공황에서 사막을 헤매면서 양을 키우고 사는 유목민인 베두인이나 아주 가난한 나라는 거뜬히 견뎌낼 수 있어."

"그럼 저 홈리스들도 소유가 없으니 공황엔 잘 견디겠네. 호호……."

헤리 목서의 부인이 심각한 분위기를 깨고 웃어댄다.

닥터 정은 그간 친구를 따라다니면서 들은 홈리스의 생태를 생각하면서 깊은 생각 속으로 빠져들었다. 홈리스들은 무소유의 삶을 살아가는 사람들이다. 엄히 따지고 보면 그들에게도 소유물이 있다. 입고 있는 옷과 덮고 잘 담요 거기다 텐트까지 갖고 있으면 비바람을 피해 살 수 있다. 이것도 소유라고 할 수 있다. 하지만 옷은 입었으나 단벌이니 언제나 더러움과 냄새로 찌들어 있고 신발도 한

켤레뿐이다. 신발이나 담요가 괜찮으면 깊은 잠을 잘 때 누군가 살짝 훔쳐간다. 휴대용 라디오를 가지고 있으면 목이나 손목에 쇠줄을 감아 붙들어 매놓고 잠을 자야 한다. 그러나 저들은 필요한 것이 있으면 좋기는 하나 없어도 그뿐이라는 태도로 살아간다. 이들이 감지한 무소유의 삶은 대단한 고도의 철학이다.

성경은 모든 것이 하나님의 것이라고 말한다. 자기가 가지고 있는 재산이 자기 것이라고 생각하는 것이 현대인의 난치병인 셈이다. 사람은 돈의 가치만 사용할 권한이 있다. 돈 그 자체의 소유권은 사람에게 없다. 그건 전적으로 하나님의 것이다. 그래서 성경은 모든 재물은 심지어 사람의 생명까지도 그의 것이라고 하지 않았던가. 가진자들은 그 돈을 지키고 써야 하는 청지기일 뿐인데도 모두가 난치병에 걸려 자기 것인 줄 착각하고 있다. 어쩌면 홈리스들은 이런 무소유의 개념을 일찍 터득한 마음 약한 사람들일 것이다. 쉽게 말해서 소유권에 익숙지 못한 사람들이 홈리스가 된다. 소유욕이 강한 사람들은 마약중독자가 되어도 길바닥에서 살지 않는다. 온 가족을 포함해서 친척이나 친지들을 달달 볶고 속이고 죽여서라도 자신의 욕망을 충족시키면서 살아가기 때문이다.

그 순간 닥터 정의 귓속에 헤리가 강하게 말해준 음성이 메아리쳤다.

'홈리스를 볼 적마다 내 안에 천국이 임한단다. 천국과 지옥의 경계선이 안개처럼 사라진다고 할까. 내가 서 있는 이 자리, 홈리스들이 서 있는 이 자리, 그리고 이 순간이 너무 아름답고 거룩하기 때문이다. 하나님은 내가 이런 자리에 있는 걸 바라신다.'

닥터 정이 이런 생각에 깊이 빠져있는 동안 초린은 나름대로 계획을 착착 진행하고 있었다. 이런 확고한 청사진은 헤리 목사의 말을 들으면서 명쾌하게 결정을 내린 셈이다.

5

닥터 정과 초린은 인천공항으로 향하는 비행기에 올랐다. 나란히 앉아서 머리를 맞대고 앞으로 할 일을 서로 노트에 써가면서 머리를 짜냈다. 열심히 메모를 하며 비행기 날개 쪽으로 뚫린 창공을 바라보는 남편의 옆얼굴을 훔쳐보면서 초린은 그저 감사할 뿐이었다. 닥터 정은 자신의 비자가 6개월짜리인 것도 몰랐다. 2년이 넘도록 무심하게 지냈으니 불법체류자가 되어 다시 미국에 오기는 힘들게 되었다. 초린이 쪽에서는 그게 은혜다.

"정말 어머님이 내게 오만 평의 맷골 땅을 주었단 말이야?"

"제가 여기 오기 전에 다 확인하고 왔어요."

"우후후! 그곳으로 돌아간다는 생각만 해도 가슴이 빠개지는 것만 같아. 맞아. 난 그곳을 못 잊어서 늘 방황했던 거야. 거기를 찾기 위해 역마살이 낀 것을 몰랐어."

닥터 정이 초린의 두 손을 와락 잡아다가 자신의 가슴에 얹고 힘을 주어 눌렀다. 강하게 뛰는 심장박동을 아내에게 전해 주고 싶었던 모양이다. 이런 남편을 초린은 아주 흐뭇한 미소를 흘리며 바라보았다.

'아하! 이 헌걸찬 사내는 어릴 적 꿈을 그저 간직하고 있는 거야. 하늘에는 고기가 헤엄쳐 다니고 물속으로 새들이 날아다니는 그림의 공간 속을 헤집고 다니는 사람이지. 이런 사람은 무엇에 강제로 끼어 넣은 자리에선 숨을 쉴 수 없지. 참 자유를 누리면서 살아가는 자유인이니까. 꿈이 많은 사람이니까. 가식이 없는 순진한 사람이야. 그래서 진짜 하나님이 사랑하는 사람이니까.'

"여보! 당신이 전국미술대회에서 상을 받은 그림을 거실에 걸었어요."

"왜 우리 방에 걸지, 거실에는?"

"우리 환호도 당신처럼 자유로운 영혼을 지닌 사람이 되라고요."

"좋아. 난 무엇에도 얽매이지 않은 자유인이 되고 싶어."

두 사람은 종이 위에 열심히 황토로 지은 흙집을 그리고 있었다. 우선 닥터 정이 자랐던 집터 위에 환자를 돌볼 방과 화장실, 부엌과 침실을 지을 것이고 그 옆에 닥지닥지 동글동글 연이어 흙집을 지을 것이다. 작은 공간 속에서도 자연을 느낄 수 있는 황토 공간만이 갖는 특유의 멋을 살려 짓는 것이 숙제다. 치악산 속에서 만난 노인의 말대로라면 흙에서는 원적외선이 상온에서는 3센티 정도 나오지만 열이 가해지면 더 많이 나온다니 환자들의 자연 치유가 가능하다는 뜻이다.

"제가 여기 오기 전에 강원도에 있는 목천의 흙집연구소를 방문했어요. 당신이 귀국하면 거기부터 가서 연구하세요. 당신의 역마살을 재울 좋은 것들이 널려 있더라고요."

닥터 정은 그저 머리를 끄덕거렸다. 시멘트에서는 라듐이라는 독소가 나와 사람을 서서히 죽이고 있다고 한다. 현대식 건물에서 환자들을 돌보는 것보다 자연 속에서 치유하는 방법을 그는 택했다.

아내가 수집해 온 자료들을 펼쳤다. 알코올중독으로 병든 형을 수용소에서 데려다가 함께 일하여 황토흙집을 지을 수 있다는 확신이 왔다. 그간 어머니가 가족들을 팽개치고 다닌 것이 형을 저 지경으로 만든 것이다. 가족이란 협력하면서 살아야 한다. 자신도 필요한 사람이란 자긍심과 가치를 느꼈을 때 모든 병은 치유의 물꼬를 트는 것이 아니겠는가. 동글동글 포도송이처럼 시간 나는 대로 황토흙집을 지으리라. 바닥의 기초는 벽돌을 쓰고 기둥과 축을 세우는 데는 가막산에 촘촘히 자란 낙엽송을 쓰고 창틀이나 문틀로는 육송이 좋다니 그걸 골라야 한다. 구들도 놔서 산에 지천으로 쌓인 죽은 나무와 낙엽을 긁어다가 때기도 하고 너무 힘이 들 적에는 기름보일러를 돌리면 된다. 초린이 수집한 정보에는 두 가지를 겸용해서 설치할 수 있는 보일러가 나와 있다니 그렇게 하면 된다. 친구 혜리가 예언한 대공황이 와도 기름이 없어도 온돌아궁이가 있으면 나뭇잎이나 말라 비틀어진 고목을 옛날처럼 지게에 져다가 아궁이 그득 불을 지피면 된다.

벌써부터 닥터 정은 들뜨기 시작했다. 형과 나란히 앉아 산밤을 구워서 먹고 도란도란 이야기를 나누리라. 형은 야비할 만큼 팽개쳐 버려져서 혼자 길바닥을 기어다니면서 얼마나 외로웠을까. 동생인 현종은 자기 욕심만을 차리고 공부한다고 등을 돌리고 자기 일만 하지 않았던가. 그뿐인가. 어머니의 마음을 사로잡으려고 달팽이처럼 자신 속에 빠져 지내면서 어머니를 향한 통로만 열어놓고 형을 아프게 한 것이 사실이었다. 형이 저렇게 된 것은 다분히 그의 잘못이었다. 그러고 보니 닥터 정은 너무나 죄를 많이 지은 사람이다. 누나도 죽이고 어머니도 죽게 하고 형도 저 지경으로 만들었으니 이를 어쩔 거냐. 가슴이 저미도록 아파오기 시작했다.

그의 잘못이 자꾸 생각나고 죄가 눈덩이처럼 자꾸 불어나서 앞을 볼 수 없을 지경으로 눈앞을 가로막았다.

그것도 모르고 초린이 남편의 꿈을 부추긴다.

"여보! 봉숭아를 앞마당에 심고 옛날처럼 앵두나무도

우물가에 둘러 심읍시다. 요즘은 겹채송화가 예쁘더라고요. 씨를 사다가 흠뻑 개울 가에 뿌리면 여름내 얼마나 아름다울까. 아참! 산기슭 토담마을의 한가운데에 교회를 지읍시다. 가운데 핵을 이루는 자리에 말이에요. 거기서 헤리 목사처럼 북을 치고 징을 울리면서 예배를 드리자고요. 모든 환자들이 다 모여서……."

이런 아내의 볼을 꼬집으면서 닥터 정은 싱긋 웃었다.

"우선 대공황이 닥칠 것에 대비해서 자족할 수 있어야지. 옥수수를 심고 콩을 심을 거야. 형도 나를 도와서 함께 일할 테니 얼마나 좋아! 봄에는 환자들과 함께 산에 올라 산나물을 뜯고 버섯도 캐고 약초도 캘 거야. 가을에는 산밤도 줍고 도토리도 주을 거야. 당신은 어떻게 이런 것들을 겨우내 저장할 것인가 연구하도록 하라고."

초린은 어제 다급하게 전화를 한 의주댁의 소식을 전할까말까 망설이다가 입을 열었다.

"여보! 미도가 거지가 되어서 우리 집에 와 있대요. 조현병을 앓고 있는데 아직도 당신을 사랑하고 있어요."

"부잣집 딸이 병들면 병원으로 가야지 어째서 나를 찾아왔을까. 더구나 나는 정신과의사도 아니잖아."

"집안이 전부 망했대요. 마음씨를 그따위로 쓰니 온전하겠어요. 당신을 잡아 죽이려고 눈에 불을 켜고 우리 식구들을 얼마나 들볶았는지 이건 간접살인이나 마찬가지였어요. 어머니가 그렇게 돌아가신 것도 그 가족의 협박이 다분히 크게 작용했다고 봐요."

닥터 정은 아내의 눈치를 흘끔 보면서 어렵게 입을 열었다.

"지금 어디에 있어?"

"오물을 뒤집어쓴 몸을 씻기고 우선 우리집에서 재운다고 했어요. 의주댁이 워낙 착한 사람이라 냉대를 하지 못하는 모양이어요."

"그러곤 어쩔 셈이야?"

"당신 형처럼 앰블런스를 불러서 강제로 입원시켜야지요. 우리가 어떻게 하겠어요."

닥터 정은 괴로운 듯 이마 위에 큰 주름을 잡고 한숨을 삼키면서 가슴 위로 팔짱을 끼고 등을 뒤로 젖히고 눈을 감아버렸다.

초린도 남편의 무거워진 기분에 우울해져서 남편처럼 등을 뒤로 젖히고 눈을 감았다. 먼저 입을 연 쪽은 남편이었다.

"흙집에 누가 와서 살지?"

"당연히 환자들이지요?"

"어떻게 환자를 모아들이지?"

"처음에는 집을 지어가면서 한두 사람씩 데리고 치료를 하다가 완쾌되면 가고 다시 들어오고……. 아무래도 첫 환자가 당신의 형이 되겠네요."

"그래 맞다. 형이 내 첫환자가 되는 것이지. 그 다음에는 누가 올까?"

"당신은 참으로 소심해요. 형하고 함께 있을 사람이면 모두 알코올중독자가 되겠지요. 그런 사람들 길에 널렸어요. 소문이 나면 너무 많이 와서 주체 못할 텐데 무엇이 걱정이요."

"그 옆에 또 다른 황토흙집을 지으면 어떤 환자를 받을까?"

남편의 질문에 어떤 암시가 있는 듯해서 초린은 잠시 멈칫했다. 아하! 이 사람은 미도를 생각하고 있구나. 아무리 정신병자가 되었다지만 자신도 여자가 아닌가. 순간 섭섭한 마음이 들었다. 그러나 이 문제를 해결할 사람은 자신밖에 없었다.

"여보! 부탁이 있어요. 다른 흙집에는 여자 환자들을 받읍시다. 여자가 있어야 부엌일도 거들고 빨래도 널고 말리지요."

"어떤 환자?"

"미도를 우리의 첫 여자 환자로 합시다."

닥터 정은 짐짓 놀라는 척했다. 그러자 초린이 남편의 손등을 살짝 꼬집었다.

"당신은 의사지요? 모두가 환자인데 누굴 받고 누굴 거절해요. 제 말이 맞지요? 우리가 돌봐야 할 여성 환자로 미도가 제1호가 아닐까요. 맞지요?"

아내의 말에 닥터 정은 머리를 주억거렸다. 비행기는

태평양 상공을 날았다. 아기를 잉태한 어머니의 자궁처럼 아늑함이 비행기 안에 넘실거렸다. 닥터 정은 아내, 초린이 수집한 황토흙집에 대한 정보를 다시 분석하면서 비행기 전용 담요로 잠이 든 아내를 어깨까지 덮어주었다.

구들 위에는 황토를 두텁게 발라야 한다. 채에 곱게 내린 황토가루에 소나무의 부드러운 톱밥을 섞어 손으로 비벼가면서 방바닥 맨 윗부분 갈라진 틈새를 덧칠하면 좋다고 했다. 황토의 갈라짐을 방지하기 위해서는 밀가루를 섞기도 한다나. 또한 숯가루를 섞어서 습기를 물었다 뱉었다 하는 기능을 할 수도 있다고 한다. 더러는 은행나뭇잎을 말려 손으로 비벼서 분말처럼 만들어 섞어 쓰는 사람도 있다니 이건 아마도 해충방지책일 수도 있다. 어떤분은 황토에 모래를 섞어 써야 갈라짐이 없다는 전통적인방법도 제시했다.

지붕과 단열공사도 어떻게 시공해야 되는지 아내는 상세한 정보를 얻어서 스크랩해오는 열심을 보였다. 하긴집에서 가장 중요한 것이 바로 단열과 보온과 방수가 될테니 그 분야는 상당한 기술을 요할 것이지만 하나하나사진까지 곁들인 아내의 정확성은 아마도 옷을 디자인해본 솜씨에서 나온 것인가 보다.

그간은 아내를 보호한다는 입장에서 항상 마음이 쓰였으나 어느덧 역할이 바뀌어 닥터 정이 아내의 보호를 받고 있는 형편이 되었다. 그래서 부부란 서로 보완하는 삶일 터였다.

닥터 정은 눈을 감았다. 태평양을 가로지르는 비행기 안에서 맷골의 산야가 좍 앞에 대형 스크린처럼 펼쳐졌다. 포도송이처럼 닥지닥지 해마다 이어서 짓는 황토흙집이 지붕까지 누런 색을 띠고 가막산 기슭을 뒤덮었다. 황토집들 한가운데 우뚝 십자가가 보이고 거기에 그리운 어머니의 얼굴이 확연하게 떠올랐다. 어머니는 입이 찢어지도록 활짝 웃고 있었다. 누나 효숙이 활짝 펴진 예쁜 얼굴로 고운 미소를 현종에게 보였다. 멀리 남해의 섬사람들도 황토흙집 안에서 넘실거렸다. 저들의 웃음소리가 바닷바람이 아닌 산바람을 타고 멀리까지 퍼져나갔다. 가을의 초입일까. 밭에는 추수를 기다리는 풍요로움이 넘실거렸다. 청청하게 힘이 오른 무청 밑에는 초록색 무 머리가 삐죽삐죽 나와 있고 고개를 숙인 수수와 조가 산비탈을 뒤덮었다. 옥수숫대를 걷어 들여 수북하게 쌓아올린 월동준비용 땔감이 황토흙집 군락 뒤로 산처럼 솟아 있다. 하늘은 빨려들어갈 듯한 깊음에 잠겨 잔잔한 바다 같았다.

까투리가 짝을 부르는 소리가 들판을 채웠고 개울가에는 아내가 심었을 겹채송화 뒤로 키가 작은 코스모스들이 만발하여 가을바람을 타고 춤을 춘다.

거기엔 상호의 활짝 웃는 얼굴도 끼어있었다.

소쿠리를 들고 산기슭으로 올라가는 환자들의 재깔거림이 새소리처럼 닥터 정의 귓불을 스쳤다. 그들 중에는 미도의 얼굴도 보였고 형, 교종의 행복한 얼굴도 크게 닥터 정의 눈앞에 다가왔다.

가막산 기슭, 맷골은 천국에서 가장 가까운 곳이었다.

가진 것이 없는 환자들과는 그동안의 경험으로 봐서 동류의식이 있을 것이고 같은 감성으로 통할 것이다. 문득 샌프란시스코의 부동산업자들이 내건 광고의 한 구절이 떠올랐다.

'소크라테스를 만나면 소크라테스가 되고 부자를 만나면 부자가 된다.'

그렇다면 닥터 정은 가진 것이 없는 사람들을 만나서 거지가 된 것일까. 아니다. 친구, 헤리처럼 닥터 정도 예수를 만나서 홈리스의 기질이 살아난 것일 게다. 그게 가장 평화롭고 뜻있는 길이기 때문이다. 그리고 보니 닥터 정이 오랫동안 지친 마음으로 그토록 가고 싶었던 길이 바로 빈 배를 타고 하늘까지 가는 길이었다.

비행기가 험한 기류를 만났는지 심하게 요동한다. 닥터 정의 눈앞에 펼쳐진 아름다운 맷골의 풍경이 공중에 높이 떠서 몸을 흔들면서 하늘 속을 유영하고 있었다. ✈